JEFF LINDSAY

CE CHER DEXTER

thriller

TRADUIT DE L'ANGLAIS (ÉTATS-UNIS)
PAR SYLVIE LUCAS

ÉDITIONS DU SEUIL
*27, rue Jacob, Paris VIe*

Ce livre est édité par Christel Paris

Titre original : *Darkly Dreaming Dexter*
Éditeur original : Doubleday, A Division of Random House, Inc., 2004

ISBN original : 0-385-51123X

ISBN 2-02-063942-4

www.seuil.com

pour Hilary,
qui représente tout pour moi

Chapitre I

Une lune. Une lune radieuse. Une pleine lune ronde et rousse, la nuit aussi vive que le jour, la terre inondée de lumière, source d'une joie infinie. Et de toutes parts le cri retentissant de la nuit tropicale, la douce voix du vent qui rugit et hérisse les poils, la plainte sourde des étoiles, le grondement terrifiant du clair de lune tout contre l'eau.

Autant d'appels qui éveillaient le Besoin. Oh, la symphonie stridente des mille voix enfouies, le cri du Besoin au-dedans, l'entité pure, le guetteur silencieux, l'être froid et calme, celui qui rit, le danseur du clair de lune. Le moi qui n'était pas moi, l'être qui raillait et riait et s'approchait en criant sa faim. Le Besoin. Et le Besoin était impérieux à présent, farouche, froid et furtif, frémissant, toujours à l'affût, mais impérieux et fin prêt désormais ; et pourtant il attendait et guettait encore, et me sommait d'attendre et de guetter aussi.

Cinq semaines que j'attendais et guettais le prêtre. Le Besoin avait commencé à me titiller, à m'aiguillonner pour que j'en trouve un, trouve le prochain, trouve ce prêtre. Je savais depuis trois semaines que c'était lui, lui le prochain, et que nous appartenions au Passager Noir, lui et moi. Ces semaines, je les avais passées à lutter contre la pression, contre le Besoin qui grandissait en moi telle une énorme vague qui assaille la plage en mugissant et ne se retire pas mais, au contraire, continue d'enfler au rythme des coups du cadran clair de la nuit.

Mais ç'avait été des semaines de prudence aussi, car je voulais être tout à fait sûr. Non pas du prêtre ; non, cela faisait longtemps que j'étais sûr de lui. Je voulais être certain de pouvoir faire les choses bien, proprement, que tout soit parfaitement au point, réglé comme du papier à musique. Je ne pouvais pas me faire prendre, pas maintenant. J'avais travaillé trop dur et trop longtemps pour parvenir à mes fins, pour préserver ma petite vie tranquille.

Et je m'amusais beaucoup trop pour m'arrêter maintenant.

J'étais donc toujours prudent. Toujours soigneux. Prêt bien avant l'heure pour que tout soit au point. Et, quand c'était au point, je laissais encore passer du temps pour être vraiment sûr. C'était la méthode Harry – Dieu ait son âme –, cet éminent policier au grand flair, mon père adoptif. Être toujours sûr, prudent, précis, disait-il. Et depuis une semaine j'étais sûr que tout était au point façon Harry, parfaitement au point.

Lorsque je quittai le travail ce soir-là, je sus que le moment était venu. C'était La Nuit. Cette nuit n'était pas comme les autres. Cela se produirait cette nuit, il le fallait. Exactement comme cela s'était déjà produit. Et comme cela se produirait encore, et toujours.

Et ce soir c'était au tour du prêtre.

Il s'appelait le père Donovan. Il enseignait la musique à l'orphelinat St. Anthony's de Homestead, en Floride. Les enfants l'adoraient. Et bien sûr il adorait les enfants – oh ! comme il les aimait ! Il leur avait dédié sa vie. Avait appris le créole et l'espagnol. Appris leur musique aussi. Tout ça pour les enfants. Tout ce qu'il faisait, c'était pour les enfants.

Absolument tout.

Je l'observai cette nuit-là comme tant d'autres nuits auparavant. L'observai tandis qu'il s'arrêtait un moment à l'entrée de l'orphelinat pour discuter avec une petite fille noire qui l'avait suivi dehors. Elle était très jeune, pas plus de huit ans, et petite pour son âge. Il s'assit sur les marches et discuta avec elle pendant cinq minutes. Elle s'assit à ses côtés puis fit des bonds sur place. Ils rirent. Elle se pencha vers lui. Il lui toucha les cheveux. Une religieuse apparut et, debout dans l'encadrement de la porte, les regarda un instant avant de parler. Puis elle sourit et tendit la main. La petite fille appuya sa tête contre le prêtre. Il la serra contre lui, se leva et lui fit une bise sur la joue. La religieuse rit et dit quelques mots au père Donovan. Il lui répondit.

Puis il se dirigea vers sa voiture. Enfin… Ramassé sur moi-même, je me préparai à frapper…

Pas tout de suite. À cinq mètres du seuil se trouvait le monospace du gardien. Comme le père Donovan passait devant, la portière coulissa. Un homme se pencha au-dehors, une cigarette aux lèvres, et salua le prêtre, qui s'adossa au véhicule et fit la conversation.

La chance. Encore la chance, comme toujours ces Nuits-là. Je n'avais pas vu l'homme, ne m'étais pas douté de sa présence. Mais lui m'aurait vu. Si la chance n'avait joué.

Je pris une profonde inspiration. Puis expirai, le souffle lent, lisse et glacial. C'était juste un détail. Je n'en avais omis aucun autre. Tout était parfaitement au point, comme les autres fois, exactement comme il le fallait. Ce serait parfait.

Maintenant.

Le père Donovan repartit vers sa voiture. Il se retourna une fois et cria quelque chose. Le gardien lui fit un signe depuis l'entrée de l'orphelinat, puis écrasa sa cigarette et pénétra à l'intérieur. Disparu.

La chance. Toujours la chance.

Le père Donovan chercha la clé dans sa poche, ouvrit la portière, s'installa au volant. J'entendis la clé tourner. Le moteur démarrer. Et puis…

MAINTENANT.

Je me redressai sur le siège arrière et glissai le nœud coulant autour de son cou. Un petit geste net et nerveux et la boucle de la ligne de pêche ultra-résistante vint le serrer comme il faut. Il eut un bref hoquet de panique, puis plus rien.

« Je vous tiens, maintenant », lui dis-je.

Il se figea aussitôt, comme s'il s'était exercé, comme s'il entendait cette autre voix, le rire du guetteur au fond de moi.

« Faites exactement ce que je vous dis. »

Il émit un petit souffle rauque et jeta un coup d'œil dans le rétroviseur. Mon visage l'y attendait, enveloppé dans le masque de soie blanc qui découvrait seulement mes yeux.

« C'est bien compris ? » dis-je.

La soie ondoyait devant mes lèvres lorsque je parlais.

Le père Donovan ne dit rien. Il fixait mes yeux. Je tirai sur le nœud coulant.

« C'est bien compris ? » répétai-je, plus doucement.

Cette fois il acquiesça. Il porta une main hésitante à son cou, ne sachant ce qui se passerait s'il essayait de desserrer le nœud. Son visage devenait violet.

Je relâchai le nœud.

« Soyez sage, lui dis-je, et vous vivrez plus longtemps. »

Il inspira un grand coup. J'entendis l'air se déchirer dans sa gorge. Il toussa et inspira à nouveau. Mais il restait immobile, ne cherchait pas à s'enfuir.

C'était parfait, tout ça.

Nous partîmes. Le père Donovan suivit mes indications – pas une feinte, pas une hésitation. Nous prîmes la direction du sud par Florida City et suivîmes Carl Sound Road. Je voyais bien que cette route le mettait mal à l'aise mais il ne protesta pas. Il ne chercha pas à m'adresser la parole. Il agrippait le volant de ses deux mains, pâles et crispées, au point que les jointures saillaient. Vraiment parfait, tout ça.

Nous roulâmes vers le sud pendant cinq minutes encore, sans autre son que le chant des pneus et du vent, et la lune immense au-dessus qui instillait sa musique majestueuse dans mes veines, et le guetteur prudent qui riait sans bruit au rythme du pouls vif de la nuit.

« Tournez là », dis-je enfin. Les yeux du prêtre cherchèrent aussitôt les miens dans le rétroviseur. Les serres de l'effroi distordaient son regard, son visage et sa bouche, qu'il ouvrit pour parler, mais… « Tournez ! » ordonnai-je.

Et il tourna. S'affaissa, comme s'il pressentait cela depuis le début, s'y attendait depuis toujours, et tourna.

Le chemin de terre était à peine visible. Il fallait vraiment savoir qu'il était là. Mais je savais. J'étais déjà venu. Le chemin s'étirait sur près de quatre kilomètres, ponctués par trois séries de zigzag, passait au milieu des herbes hautes et des arbres, longeait un petit canal, traversait un marécage pour aboutir enfin dans une clairière.

Cinquante ans auparavant, quelqu'un y avait construit une maison. Elle était encore plus ou moins debout. Plutôt vaste, pour ce que c'était. Trois pièces, la moitié du toit toujours en place, le tout laissé complètement à l'abandon depuis des années.

Hormis le vieux potager au fond du jardin. On voyait bien que la terre avait été creusée assez récemment.

« Arrêtez-vous », dis-je comme les phares balayaient la maison délabrée.

Le père Donovan fit une embardée puis obéit. La peur cimentait son corps, à présent ; ses membres et ses pensées étaient devenus rigides.

« Coupez le moteur », ordonnai-je.

Il obtempéra.

Ce fut le calme, soudain.

Une bestiole invisible bruissa dans un arbre. Le vent fit crisser l'herbe. Puis le calme à nouveau, un silence si profond qu'il engloutit presque le tumulte de la musique nocturne qui se déchaînait au plus secret de moi-même.

« Sortez. »

Le père Donovan ne bougea pas. Ses yeux fixaient le jardin potager.

On apercevait des petits monticules. La terre amoncelée paraissait très sombre sous le clair de lune. Elle devait paraître plus sombre encore au père Donovan. Il ne bougeait toujours pas.

Je tirai fort sur le nœud, plus fort qu'il ne s'imaginait pouvoir le supporter, plus fort qu'il ne pensait devoir l'endurer. Son dos s'arqua contre le siège, les veines saillirent sur son front, et il crut qu'il était sur le point de mourir.

Mais non. Pas encore. Pas avant un moment, d'ailleurs.

J'ouvris la portière d'un coup de pied et le traînai derrière moi, pour qu'il sente bien ma force. Il s'écroula sur le sol sablonneux, où il se tortilla comme un serpent blessé. Le Passager Noir s'esclaffa – il jubilait – et je jouai mon rôle. Je posai un pied sur la poitrine du prêtre tout en continuant à serrer le nœud.

« Vous devez m'écouter et m'obéir, lui expliquai-je. C'est impératif. » Je me penchai et desserrai doucement le nœud. « Il faut que vous sachiez. C'est important. »

Et il saisit. Ses yeux, vibrant sous l'afflux du sang et de la douleur, laissant s'écouler des larmes sur son visage, croisèrent les miens et, dans un sursaut de compréhension, il devina tout ce qui allait se produire. Il vit. Et il sut à quel point il importait qu'il fasse tout comme il faut. Il commença à savoir.

« Levez-vous, maintenant. »

Lentement, très lentement, ses yeux toujours rivés aux miens, le père Donovan se leva. Nous demeurâmes ainsi longtemps, regards enlacés, une seule personne désormais et un seul besoin, puis il frémit. Il porta une main à son visage et à mi-parcours la laissa retomber.

« Dans la maison », dis-je, la voix très douce.

Dans la maison, où tout était prêt.

Le père Donovan baissa les yeux. Il les releva vers moi mais il ne pouvait plus soutenir mon regard. Il se tourna vers la maison puis s'immobilisa lorsqu'il aperçut de nouveau les petits tas de terre sombres dans le jardin. Il aurait voulu me regarder encore, mais il ne pouvait pas, pas après avoir revu ces monticules sombres éclairés par la lune.

Il se dirigea vers la maison, au bout de sa laisse. Il avançait docilement, tête baissée – une victime très obéissante. Monta les cinq marches vétustes, traversa le porche étroit jusqu'à la porte d'entrée, restée entrebâillée. Là, il s'arrêta. Il ne leva pas les yeux. Il ne me regarda pas.

« Entrez » dis-je, de ma douce voix autoritaire. Il frémit. « Entrez, maintenant », répétai-je.

Mais il ne pouvait pas.

Je me penchai en avant et poussai la porte. Puis poussai le

prêtre du pied pour le faire avancer. Il trébucha, se redressa et se retrouva à l'intérieur, fermant les yeux de toutes ses forces.

Je repoussai la porte. J'avais laissé une lampe électrique posée sur le sol dans l'entrée ; je l'allumai.

« Regardez », chuchotai-je.

Le père Donovan, lentement, prudemment, ouvrit un œil.

Il se figea.

Le temps s'arrêta pour le père Donovan.

« Non, fit-il.

– Oui, dis-je.

– Oh, non ! reprit-il.

– Oh, oui ! »

Il hurla.

« Noooon ! »

Je tirai d'un coup sur le nœud. Son cri cessa net et il tomba à genoux. Il eut un bref sanglot rauque et se couvrit la face.

« Oui, dis-je. C'est une vraie horreur, n'est-ce pas ? »

Il se servit de tout son visage pour fermer les yeux. Il ne pouvait pas regarder, pas maintenant, pas comme ça. Je ne lui en voulais pas, au fond : *c'était* une véritable horreur. J'étais ennuyé de savoir ça là depuis que j'avais tout installé pour lui. Mais il fallait qu'il voie. Il le fallait. Pas seulement pour moi. Pas seulement pour le Passager Noir. Pour lui-même. Il le fallait absolument. Et il ne regardait pas.

« Ouvrez les yeux, père Donovan, ordonnai-je.

– Je vous en prie », dit-il, d'une misérable petite voix geignarde.

Cela m'énerva terriblement. Ça n'aurait pas dû, étant donné mon parfait sang-froid, mais cela me tapa sur les nerfs, qu'il geigne face à cette horreur sur le sol, et je l'envoyai à terre d'un coup dans les jambes. Je tirai fort sur le nœud et attrapai sa nuque de la main droite, puis j'écrasai son visage contre les lattes du plancher gauchies et crasseuses. Il y eut un peu de sang, ce qui me mit encore plus hors de moi.

« Ouvrez-les, répétai-je. Ouvrez les yeux. Ouvrez-les maintenant ! *Regardez.* » Et je tirai sa tête en arrière par les cheveux. « Obéissez. Regardez. Ou je vous arrache les paupières. »

Je fus très persuasif. Et il obéit donc. Il finit par obéir. Il regarda.

Je m'étais donné beaucoup de mal pour que ce soit comme il faut, mais on est obligé de se débrouiller avec ce qu'on a. Je n'aurais rien pu faire s'ils ne s'étaient trouvés là suffisamment longtemps pour que tout ait séché, mais ils étaient si sales avec cette terre... J'avais réussi à enlever le plus gros, mais certains des corps étaient dans le jardin depuis si longtemps qu'on ne savait plus où commençait la terre, où finissait le corps. On n'avait jamais su, à bien y réfléchir. Si sales... si sales...

Il y en avait sept, sept petits corps, sept petits orphelins extra-sales disposés sur des rideaux de douche en plastique – qui sont plus propres et qui ne laissent rien filtrer. Sept lignes droites toutes pointées vers l'autre bout de la pièce.

Braquées sur le père Donovan. Et il comprit.

Il allait les rejoindre.

« Je vous salue, Marie, pleine de grâce... » commença-t-il à réciter.

Je tirai violemment sur le nœud.

« Pas de ça, mon père. Pas maintenant. Maintenant c'est la vérité ici-bas.

– Je vous en prie, dit-il en suffoquant.

– Oui, suppliez-moi. C'est bien, ça. Beaucoup mieux, dis-je en tirant à nouveau sur le nœud. Vous croyez que le compte y est? Sept corps... Est-ce qu'ils ont supplié, eux?» Il ne dit pas un mot. « Vous croyez que le compte est bon? Sept seulement? Est-ce qu'ils sont tous là?

– Oh, mon Dieu, implora-t-il, le souffle rauque, dans une souffrance qui faisait plaisir à entendre.

– Et si on parlait des autres villes, mon père? Si on parlait de Fayetteville? Souhaitez-vous qu'on parle de Fayetteville?» Il étouffa juste un sanglot, ne prononça pas un mot. « Et si on parlait d'East Orange? Trois là-bas? Ou y en a-t-il un qui m'a échappé? C'est si dur de savoir. Quatre à East Orange, mon père?»

Le père Donovan essaya de hurler. Sa gorge était trop mal en point pour que le résultat soit réellement concluant, mais on sentait une telle sincérité qu'on en oubliait la technique douteuse. Puis il s'affala face contre terre et je le laissai là un moment à pleurnicher avant de le tirer vers le haut pour le remettre debout. Il ne tenait pas bien sur ses jambes et ne se contrôlait plus. Sa vessie s'était vidée, et un filet de bave recouvrait son menton.

« Je vous en prie, dit-il. C'était plus fort que moi. C'était vraiment plus fort que moi. Je vous en prie, il faut me comprendre...

– Mais je comprends très bien, mon père », répondis-je, et il y eut une nuance dans ma voix – la voix du Passager Noir, à présent –, une inflexion qui le glaça. Il leva lentement la tête pour me regarder, et ce qu'il vit dans mes yeux le pétrifia. « Je comprends parfaitement », répétai-je en m'approchant tout près de son visage. La sueur sur ses joues se changea en pellicule glacée. « Vous voyez, c'est plus fort que moi aussi. »

Nous étions très proches désormais, proches à nous toucher, et toute sa saleté fut soudain plus que je ne pouvais en supporter. Je tirai violemment sur le nœud et le fis à nouveau tomber de tout son long d'un coup dans les jambes. Le père Donovan était vautré par terre.

« Mais des *enfants*? repris-je. Je ne pourrais jamais m'en prendre à des enfants. » Je posai une de mes bottes rigides et propres sur sa nuque et écrasai son visage contre le sol. « Pas comme vous, mon père. Jamais des enfants. Je dois trouver des gens comme vous.

– Qu'êtes-vous? murmura le père Donovan.

– Le commencement, expliquai-je. Et la fin. Mon père, je suis votre Dé-créateur. »

L'aiguille était prête et elle s'enfonça comme prévu dans son cou – légère résistance des muscles raidis, aucune de la part du prêtre. J'appuyai sur le piston et la seringue se vida, emplissant le père Donovan d'une paix propre et rapide. Quelques secondes, quelques secondes seulement, et sa tête commença à flotter, et son visage roula vers moi.

Me voyait-il vraiment, à présent? Voyait-il les doubles gants de latex, la combinaison de protection, le masque de soie lisse? Me voyait-il? Ou cela se produisait-il dans l'autre pièce, celle du Passager Noir, la Pièce Propre? Peinte en blanc deux nuits auparavant, balayée, brossée, récurée, plus propre que propre. Et au centre de la pièce, les fenêtres obturées par des bâches blanches en plastique, sous les lampes, me voyait-il finalement, depuis la table que j'avais installée, avec à côté les sacs-poubelle blancs, les bouteilles de produits chimiques et la petite rangée de scies et de couteaux? Me voyait-il enfin?

Ou voyait-il ces sept formes malpropres, et Dieu sait combien encore? Se voyait-il lui-même enfin, incapable de crier, se transformant en cette saleté dans le jardin?

Il ne le pouvait pas, bien sûr. Il ne pouvait s'imaginer faire partie de la même espèce. Et, d'une certaine façon, il avait raison. Il ne se transformerait jamais en cette saleté qu'étaient devenus les enfants par sa faute. Je ne ferais jamais une telle chose, ne l'accepterais jamais. Je ne suis pas le père Donovan, pas ce style de monstre.

Je suis un monstre très soigneux, moi.

Le travail soigné prend du temps, bien sûr, mais cela paie à la fin. Cela paie de faire le bonheur du Passager Noir, de le réduire au silence pour un temps. Cela paie de faire son travail correctement et proprement. Et un autre tas d'ordures de moins sur terre. Quelques sacs-poubelle soigneusement ficelés de plus, et mon petit coin sur terre s'en trouve plus net, plus tranquille. Bien plus juste.

J'avais environ huit heures devant moi. Elles ne me seraient pas de trop si je voulais faire les choses comme il faut.

J'arrimai le prêtre à la table avec du ruban adhésif extra-fort et découpai ses habits. Je m'acquittai du travail préliminaire: rasai, frottai, coupai tout ce qui ne faisait pas net. Comme toujours je sentis la lente, la délicieuse extase prête à imprimer son rythme à tout mon corps. J'allais la sentir vibrer en moi tandis que je travaillais, croître de plus en plus et m'irradier, jusqu'à la fin, le Besoin et le prêtre emportés tous les deux par une déferlante.

Juste avant que je n'attaque le vrai travail, le père Donovan ouvrit les yeux et me regarda. La peur s'était retirée ; cela arrive parfois. Il me regarda droit dans les yeux et remua les lèvres.

« Comment ? » J'approchai légèrement ma tête. « Je ne vous entends pas. »

Je l'entendis respirer, un souffle long et paisible, puis il le redit avant que ses yeux se ferment.

« C'est tout naturel », répondis-je.

Et je me mis au travail.

Chapitre II

À 4 h 30 du matin, j'avais fini de nettoyer le prêtre. Je me sentais beaucoup mieux. Comme toujours, après. Tuer me fait le plus grand bien. Tous les nœuds des sombres schémas mentaux de ce cher Dexter s'en trouvent dénoués. C'est une douce délivrance, le relâchement nécessaire de toutes les petites valves hydrauliques à l'intérieur. Oui, mon travail me plaît ; désolé de vous contrarier. Vraiment tout à fait désolé. Mais c'est ainsi. Et ce n'est pas juste le plaisir de tuer en soi, bien sûr. Non, ce doit être fait dans les règles, au moment où il faut et avec le partenaire qu'il faut. Une procédure très compliquée mais absolument nécessaire.

Et toujours passablement épuisante. J'étais donc fatigué, mais la tension des derniers jours avait disparu, la voix froide du Passager Noir s'était tue, et je pouvais être moi-même à nouveau. Farfelu, drôle, l'insouciant, l'insensible Dexter. Oublié, le Dexter au couteau, Dexter le Justicier. Jusqu'à la prochaine fois.

Je replaçai les corps dans le jardin en compagnie de leur nouveau voisin, puis rangeai la petite maison décrépite du mieux que je pus. Je mis toutes mes affaires dans la voiture du prêtre avant de prendre la direction du sud jusqu'à l'étroit canal où était garé mon bateau, un Boston Whaler de dix-sept pieds au faible tirant d'eau, équipé d'un gros moteur. Je poussai la voiture dans le canal, derrière mon bateau, et montai à bord. Je la regardai s'enfoncer dans l'eau puis disparaître. Je démarrai alors le hors-bord d'un coup de manivelle et guidai prudemment le bateau vers le nord, de l'autre côté de la baie. Le soleil se levait juste et se réverbérait sur toutes les surfaces brillantes. J'affichais un grand sourire béat, simple pêcheur matinal qui rentre chez lui. Qui veut de la dorade ?

À 6 h 30, j'avais regagné mon appartement de Coconut Grove. Je retirai de ma poche la plaquette de verre, une fine lame lisse sur laquelle j'avais soigneusement déposé, au centre, une seule et unique goutte du sang du prêtre. Bien propre, et sèche à présent, prête à être insérée sous mon microscope dès que je voudrais me souvenir. Je la classai parmi les autres : trente-six jolies gouttes de sang parfaitement sèches.

Je me douchai longuement, laissant l'eau très très chaude emporter les dernières tensions et finir de dénouer mes muscles, tout en frottant les ultimes traces de l'odeur tenace du prêtre et du jardin attenant à la petite maison, près du marécage.

Des enfants. J'aurais dû le tuer deux fois.

Ce qui m'a fait tel que je suis m'a rendu creux, vide à l'intérieur, étranger aux émotions. Cela n'a rien d'exceptionnel en soi. Je suis à peu près sûr que la plupart des gens simulent une grande partie des relations humaines au quotidien. Pour moi, il s'agit simplement de tout simuler. Je m'y prends très bien, et les sentiments n'interviennent jamais. Mais j'aime les enfants. Je ne pourrai jamais en avoir, car l'éventualité d'un rapport sexuel est totalement exclue. Rien que l'idée de faire ces choses… Comment peut-on ? Un peu de dignité, voyons ! Mais les enfants… c'est différent. Le père Donovan méritait de mourir. Le code Harry avait été respecté et le Passager Noir comblé.

À 7 h 15, je me sentais propre à nouveau. Je pris du café et des céréales puis me mis en route pour le boulot.

Le bâtiment dans lequel je travaille est une grande structure moderne, blanche et entièrement vitrée, proche de l'aéroport. Mon laboratoire est au deuxième étage, à l'arrière. Je dispose d'une petite pièce à côté du labo. C'est un bureau très modeste, un simple box attenant au laboratoire des prélèvements de sang, mais il m'est réservé. Je n'ai à le partager avec personne ; personne d'autre n'y est autorisé ni ne vient salir mon domaine.

Une table et un fauteuil, un autre siège pour d'éventuels visiteurs qui ne doivent pas être trop gros. Ordinateur, étagère, classeur de rangement. Téléphone. Répondeur.

Et le répondeur clignotait ce matin-là. C'est loin d'être un événement quotidien. Curieusement, très peu de gens sur terre cherchent à joindre un expert judiciaire en taches de sang pendant les heures de bureau. L'une des rares personnes qui souhaitent parfois me parler est Deborah Morgan, ma sœur adoptive. Flic, comme son père.

Le message était bien d'elle.

J'enclenchai le répondeur, et la mélodie métallique d'une musique Tejano se fit entendre, suivie par la voix de Deborah. « Dexter, s'il te plaît, dès que tu arrives. Je suis sur la scène d'un crime à Tamiami Trail, devant le motel El Cacique. » Puis une pause. Je l'entendis couvrir le combiné et dire quelque chose à quelqu'un. Puis il y eut à nouveau une explosion de musique mexicaine et Deborah reprit : « Est-ce que tu pourrais venir tout de suite ? S'il te plaît, Dex. » Elle raccrocha.

Je n'ai pas de famille. À ma connaissance, du moins. Il doit bien y avoir quelque part des gens qui ont le même patrimoine génétique que moi – les pauvres... –, mais je ne les ai jamais rencontrés. Je ne les ai pas cherchés, et ils n'ont pas essayé de me trouver non plus. J'ai été adopté et élevé par Harry et Doris Morgan, les parents de Deborah. Et, vu le spécimen que je suis, ils m'ont drôlement bien élevé, vous ne croyez pas ?

Morts tous les deux. Deb est donc la seule personne au monde pour qui mon existence importe plus que les éternuements du chat du voisin. Pour une raison qui m'est obscure, elle préfère me savoir en vie. Je trouve cela gentil de sa part, et, si j'étais capable de sentiments, ils lui seraient réservés.

Je partis donc la rejoindre. Je sortis du parking du département de police de Metro-Dade et empruntai l'autoroute toute proche en direction du nord, pour aboutir à la section de Tamiami Trail où se situent le motel El Cacique ainsi que plusieurs centaines de ses cousins. D'un certain point de vue, c'est le paradis sur terre. Surtout quand on a la chance d'être un cafard. Des rangées et des rangées de bâtiments qui parviennent à scintiller et à s'effriter tout à la fois. D'éclatants néons qui décorent des constructions vétustes, sordides, rongées par la pourriture. Si l'on ne vient pas la nuit, on ne vient jamais. Car voir un tel lieu de jour, c'est entrevoir la vraie nature du fragile contrat passé avec la vie.

Toutes les grandes villes ont un quartier similaire. Si un nain souffrant d'un état de lèpre avancé souhaitait coucher avec un kangourou et une chorale d'adolescents, c'est ici qu'il viendrait louer une chambre. Après, il pourrait très bien emmener toute la troupe au bar d'à côté pour prendre un café cubain et un sandwich *medianoche*, personne ne s'en soucierait, du moment qu'il laisse un pourboire.

Deborah avait passé bien trop de temps par ici dernièrement – de son propre avis, pas du mien. C'était apparemment un des endroits où il fallait traîner quand on était de la police, si on voulait augmenter ses chances de surprendre des individus en train de commettre des actes inavouables.

Mais Deborah ne voyait pas les choses ainsi. Peut-être parce qu'elle travaillait aux Mœurs. Toute jeune femme séduisante qui travaille pour les Mœurs sur Tamiami Trail finit généralement par servir d'appât. En se postant à moitié nue dans la rue afin d'attraper les hommes prêts à payer pour un rapport sexuel. Deborah détestait ce rôle. Pas moyen pour elle de s'intéresser à la prostitution, si ce n'est sur un strict plan sociologique. Selon elle, le fait de coffrer X ou Y n'avait pas grand-chose à voir avec la lutte contre la criminalité. Et puis, j'étais le seul à le savoir, elle détestait tout ce qui mettait en valeur sa féminité et ses formes généreuses. Elle voulait être flic ; elle n'y pouvait rien si elle avait un physique de pin-up.

Et comme j'atteignais le parking reliant El Cacique à son voisin, le Tito's Cafe Cubano, je vis que ce jour-là ses formes étaient sacrément mises en valeur. Elle portait un bustier rose fluo, un short moulant, des bas résille noirs et des talons aiguilles. Un ensemble tout droit sorti de la réserve de costumes pour putains de Hollywood, en 3D.

Quelques années auparavant, le bruit avait couru au sein de la brigade des Mœurs que les souteneurs se moquaient des femmes flics dans la rue. De toute évidence, c'étaient les policiers, en majorité des hommes, qui choisissaient les tenues de leurs collègues pour ces opérations clandestines. Leurs choix vestimentaires en disaient long sur leurs goûts en matière de déshabillés affriolants, mais ils ne cadraient pas vraiment avec le look des prostituées. Si bien que tout le monde reconnaissait d'emblée la Nouvelle Fille qui a rangé son badge et son pistolet au fond du sac à main. Les policiers avaient donc insisté pour que les filles qui participaient à ces opérations choisissent elles-mêmes leur tenue. Après tout, les femmes savent toujours mieux ce qu'il convient de porter, n'est-ce pas?

Peut-être est-ce vrai pour la plupart d'entre elles. Pas pour Deborah. Elle ne s'est jamais sentie à l'aise dans autre chose qu'un jean. Vous auriez dû voir ce qu'elle voulait porter au bal de fin d'études au lycée. Et à présent... Eh bien, je n'avais jamais vu une femme ravissante vêtue de façon aussi provocante être pourtant aussi peu attirante sexuellement.

Mais elle ne passait certainement pas inaperçue. Elle était chargée d'écarter les badauds, son badge épinglé sur le haut sexy. Elle était plus visible que le kilomètre de ruban jaune qui avait été déroulé pour délimiter la scène du crime, plus visible encore que les trois voitures de patrouille stationnées en travers de la route, toutes lumières clignotantes. Son haut rose fluo ressortait davantage.

Elle se trouvait de l'autre côté du parking et empêchait les curieux de plus en plus nombreux d'approcher les techniciens du labo qui étaient occupés à examiner le bac à ordures appartenant au bar. Je me réjouissais de ne pas avoir été affecté à ce travail. La puanteur qui s'en dégageait me parvenait jusque dans la voiture: une odeur fétide de marc de café humide mélangé à de vieux morceaux de fruits et à des restes de porc ranci.

Je connaissais vaguement le policier posté à l'entrée du parking. Il me fit signe de passer, et je trouvai un emplacement pour me garer.

« Deb, dis-je en m'approchant d'un pas nonchalant. Jolie tenue. Ta silhouette se trouve pleinement mise en valeur.

– Ta gueule ! » répondit-elle en rougissant. Un spectacle à ne pas manquer venant d'un agent de police chevronné. « On a découvert une autre prostituée. Enfin, si c'en est bien une. Difficile à dire d'après ce qu'on a trouvé.

– C'est la troisième en cinq mois, dis-je.

– La cinquième, corrigea-t-elle. Il y en a eu deux autres dans le comté de Broward. » Elle secoua la tête. « Ces abrutis s'obstinent à répéter qu'officiellement il n'y a aucun rapport.

– Ça leur évite pas mal de paperasserie », lui dis-je obligeamment.

Deb me montra les dents.

« Ils pourraient pas se bouger le cul et faire leur boulot de flics le plus élémentaire, non ? lança-t-elle d'une voix rageuse. N'importe quel crétin peut voir que ces morts sont liées. »

Et elle eut un léger frisson.

Je la dévisageai, stupéfait. Elle était flic, et fille de flic. Elle n'était pas facilement impressionnable. À son arrivée dans la police, les gars plus expérimentés lui avaient joué des tours : ils lui montraient les cadavres découpés en morceaux qu'on retrouve régulièrement à Miami, pensant lui faire dégobiller son repas. Jamais elle n'avait bronché. Elle en avait vu d'autres. En avait vu des vertes et des pas mûres. Elle avait le cœur bien accroché.

Mais aujourd'hui elle frissonnait.

Intéressant.

« C'est différent cette fois, c'est ça ? lui demandai-je.

– C'est dans mon secteur, cette fois, chez les prostituées, dit-elle avant de pointer un doigt vers moi. Et *ça*, ça veut dire que c'est l'occasion pour moi de participer à l'enquête, de me faire remarquer et d'obtenir une mutation pour la Criminelle. »

Je lui fis ma version du sourire joyeux.

« Ambitieuse, Deborah ?

– Parfaitement. Je veux me tirer des Mœurs et bazarder cette tenue de vamp. Je veux intégrer la Crim, Dexter, et là c'est l'occase de rêve. Avec un tout petit peu de chance… » Elle s'interrompit. Puis elle dit quelque chose d'absolument stupéfiant. « Aide-moi, s'il te plaît, Dexter. Je déteste cette situation.

– “S'il te plaît” ? Deborah, tu m'as bien dit “s'il te plaît” ? Tu sais à quel point ça me rend mal à l'aise…

– Arrête tes conneries, Dex.

– Non mais vraiment, Deborah…

– Arrête, je t'ai dit. Tu acceptes de m'aider, oui ou non ? »

Présenté de cette façon, avec cet inhabituel « s'il te plaît » en suspens, comment pouvais-je répondre autrement que par :

« Bien sûr que oui, Deb. Tu le sais bien. »

Elle me fixa d'un regard froid, effaçant d'un coup son « s'il te plaît ».

« Non, je ne le sais pas, Dexter. Je ne sais jamais rien avec toi.

– Bien sûr que je vais t'aider, Deb », répétai-je en essayant de paraître froissé.

Et dans une parfaite imitation de l'amour-propre blessé je la laissai et me dirigeai vers le bac à ordures pour rejoindre les collègues du labo.

Camilla Figg était accroupie au milieu des ordures, à la recherche d'empreintes digitales. C'était une femme trapue de trente-cinq ans aux cheveux courts qui n'avait jamais semblé réagir à mes plaisanteries aimables et enjouées. Dès qu'elle m'aperçut, elle se redressa sur ses genoux, rougit et me regarda passer sans dire un mot. Elle avait la manie de me regarder fixement et de rougir.

Assis sur des boîtes de lait en plastique à l'autre bout du bac à ordures, occupé à triturer le contenu d'une poignée de déchets, se trouvait Vince Masuoka. Il était à moitié japonais, et il aimait dire en blaguant qu'il avait hérité de la plus petite moitié. Enfin, c'est lui qui appelait ça une blague…

Il y avait quelque chose de légèrement dérangeant dans l'éclatant sourire asiatique de Vince. Comme s'il avait appris à sourire à l'aide d'un livre illustré. Et même quand il se lançait dans les sales blagues rituelles à l'intention des policiers, personne ne s'en offusquait. Personne ne riait non plus, mais ça ne le troublait pas. Il effectuait systématiquement tous les gestes appropriés, mais il avait toujours l'air de simuler. C'est pour cette raison que je l'aimais bien, je crois. Un autre type qui faisait semblant d'être humain, comme moi.

« Tiens, Dexter, dit Vince sans lever les yeux. Quel bon vent t'amène ?

– Je suis venu voir de vrais experts à l'œuvre dans un environnement 100 % professionnel, dis-je. Tu sais où je peux les trouver ?

– Ha, ha ! » fit-il. C'était supposé être un rire, mais c'était encore plus affecté que son sourire. « Tu te crois sans doute à Boston. » Il découvrit quelque chose qu'il porta à la lumière pour y jeter un coup d'œil. « Sans blague, qu'est-ce que tu fais là ?

– Comment ça, qu'est-ce que je fais là, Vince ? rétorquai-je, prenant un ton outré. On est bien sur la scène d'un crime, non ?

– T'es spécialisé dans les éclaboussures de sang, dit-il, comme il se débarrassait du débris qu'il avait scruté un moment, puis en cherchait un autre.

– Merci de me l'apprendre. »

Il me regarda en me décochant son grand sourire artificiel.

« Il n'y a pas de sang ici, Dexter. »

Je fus pris de vertige.

« Qu'est-ce que tu veux dire ?

– Il n'y a pas de sang, ni dedans ni dessus ni à côté. Pas de sang du tout. Jamais vu un truc aussi bizarre. »

« Pas de sang du tout. » J'entendais ces mots se répercuter dans ma tête, de plus en plus fort. Pas de cet affreux sang sale, visqueux et tiède. Pas d'éclaboussures. Pas de taches. PAS DE SANG DU TOUT.

Comment n'y avais-je pas pensé ?

J'avais l'impression de découvrir la pièce manquante d'un puzzle que je croyais pourtant complet.

Je ne prétends pas pouvoir expliquer le mystère de la relation de Dexter avec le sang. Sa seule évocation me donne envie de grincer des dents... Et cependant j'en ai fait l'objet de ma carrière, de ma recherche, et d'une partie de mon vrai métier. Manifestement, des choses très profondes sont en jeu, mais j'ai du mal à m'y intéresser sérieusement. Je suis comme je suis et, du reste, quelle nuit magnifique j'avais passée à disséquer un tueur d'enfants...

Mais là...

« Ça va, Dexter ? me demanda Vince.

– Merveilleusement bien, répliquai-je. Comment il fait ça ?

– Ça dépend. »

Je regardai Vince. Il avait au creux de la main une poignée de marc de café qu'il examinait et remuait délicatement de son doigt ganté.

« Ça dépend de quoi, Vince ?

– De quel "il" et de quel "ça" tu parles. Ha ! Ha ! »

Je secouai la tête.

« Parfois tu cherches un peu trop à être énigmatique, lui dis-je. Comment est-ce que le tueur s'y prend pour éliminer le sang ?

– C'est difficile à dire pour l'instant. On n'en a pas trouvé du tout. Et le corps n'est pas franchement en bon état, alors ça va être dur de trouver quoi que ce soit. »

Ce n'était plus aussi intéressant soudain. Moi, j'aime laisser les corps bien nets. Pas de traces, pas de taches, pas de sang qui dégouline. Si ce tueur était une fois de plus comme ces chiens qui s'acharnent sur un os, je n'avais rien à voir avec lui.

Je respirai un peu plus aisément.

« Où est le corps ? » demandai-je à Vince.

Il indiqua de la tête un coin distant de cinq ou six mètres.

« Juste là, près de LaGuerta.

– Ça alors ! C'est LaGuerta qui est chargée de l'affaire ?

– Quel bol il a, ce tueur, hein ? » renchérit Vince en me gratifiant à nouveau d'un de ses sourires forcés.

Je tournai les yeux. Un petit groupe de gens était rassemblé autour d'un tas de sacs-poubelle bien nets.

« Je ne le vois pas, dis-je.

– Si, là. Les sacs. Chacun d'entre eux contient une partie du corps. Il a découpé le corps en morceaux puis les a tous emballés comme des cadeaux de Noël. Tu as déjà vu un tel truc, toi ? »

Bien sûr que oui.

C'est comme ça que je fais.

CHAPITRE III

C'est toujours très insolite et quelque peu désarmant de se trouver sur les lieux d'un meurtre sous le soleil éclatant de Miami. Les crimes les plus monstrueux en deviennent aseptisés. Comme mis en scène. On se croirait dans une nouvelle section audacieuse de Disneyworld. Bienvenue à Horror Land. Venez chevaucher le réfrigérateur. Prière de régurgiter dans les récipients prévus à cet effet.

Ce n'est pas que la vision de corps mutilés m'ait jamais incommodé dans d'autres contextes, oh non, loin de là. Il est vrai que je ne raffole pas des cadavres négligents qui ne contrôlent pas leurs excrétions : pas beau à voir du tout. Autrement, c'est un peu comme regarder des côtelettes dans une boucherie. Mais les novices et les visiteurs qui se rendent sur la scène d'un crime ont tendance à vomir ; et, bizarrement, ils vomissent beaucoup moins ici que dans le Nord. Le soleil atténue le choc. Il nettoie les choses, les rend plus propres. Voilà peut-être pourquoi j'aime tant Miami. C'est une ville tellement propre.

Et la journée s'annonçait une fois de plus belle et chaude. Tous ceux qui portaient une veste de costume cherchaient à présent un endroit où l'accrocher. Hélas, c'était peine perdue sur ce petit parking miteux qui ne comptait que cinq ou six voitures et le bac à ordures dans un coin, tout près du bar, contre un mur en stuc rose surmonté de fil barbelé. La porte de derrière du Tito's Cafe Cubano s'ouvrait juste là. Une jeune femme maussade multipliait les allées et venues, affairée à servir des cafés et des *pasteles* aux policiers et à l'équipe du labo. La clique des policiers en costard qui traînent toujours sur les scènes de crime, que ce soit pour se faire remarquer, exercer des pressions ou encore se tenir informés de la tournure des événements, devaient maintenant jongler avec un objet supplémentaire. Leur veste, leur café, leur gâteau.

Les experts, eux, ne portent pas de costume. Ils optent plutôt pour des chemisettes en rayonne. J'en portais une moi-même, dont le motif reproduisait des batteurs de tambour vaudous et des palmiers, sur un fond vert pâle. À la fois élégant et pratique.

Je m'avançai vers la chemise en rayonne la plus proche parmi les gens qui étaient attroupés autour du corps. Elle appartenait à Angel Batista-aucun-rapport, comme il se présentait habituellement lui-même : « Salut, moi c'est Angel Batista, aucun rapport avec l'autre[1]. » Il travaillait dans le service du médecin légiste. À ce moment précis, il était assis sur ses talons devant un des sacs-poubelle et en examinait l'intérieur.

J'allai le rejoindre. J'étais impatient de voir l'intérieur du sac. Tout ce qui suscitait une réaction de la part de Deborah valait nécessairement le coup d'œil.

« Angel, dis-je en me postant à ses côtés, qu'est-ce qu'on a là ?

– Comment ça, "on", le Ricain ? répliqua-t-il. Y a pas de sang, cette fois. T'es pas dans le coup.

– À ce qu'il paraît, dis-je en m'accroupissant. Ça s'est produit ici ou ça a juste été déposé là ? »

Il secoua la tête.

« Difficile à dire. Ils vident le bac deux fois par semaine. C'est peut-être là depuis deux jours. »

Je jetai un regard circulaire sur le parking, puis sur la façade moisie du motel El Cacique.

« Et dans l'hôtel ? »

Angel haussa les épaules.

1. Allusion à Fulgencio Batista, dirigeant politique de Cuba qui fut renversé par le mouvement révolutionnaire de Fidel Castro en 1959 (*NdT*).

« Ils sont en train de vérifier, mais ça m'étonnerait qu'ils trouvent quoi que ce soit. Les autres fois, il les a balancés dans des bennes à ordures publiques. Oh oh ! fit-il tout à coup.

– Qu'est-ce qu'il y a ? »

Il se servit d'un crayon pour entrouvrir le sac plastique.

« Regarde un peu comme il a découpé ça. »

L'extrémité d'un segment de jambe dépassait, très pâle, paraissant extraordinairement mort sous le soleil éblouissant. Ce fragment-là s'arrêtait à la cheville, le pied ayant été soigneusement tranché. Un petit tatouage de papillon s'y trouvait encore, une de ses ailes partie avec le pied.

Je sifflai. C'était un travail presque chirurgical. Ce type faisait du très bon boulot, en tout conforme à mes exigences.

« Très propre », dis-je.

Et ça l'était effectivement, même sans parler de la précision du geste. Je n'avais jamais vu une chair morte aussi propre, sèche et nette. Une merveille.

« *Me cago en diez* que c'est bien propre ! s'exclama-t-il. Et c'est pas fini. »

Je me penchai en avant, plongeant les yeux au fond du sac Rien ne bougeait là-dedans.

« Ça m'a tout l'air définitif, Angel.

– Regarde ! dit-il en ouvrant légèrement un des autres sacs. Cette jambe-là, il la coupe en quatre morceaux. Comme avec une règle ou presque, hein ? Mais l'autre », et il indiqua la cheville que je venais d'admirer, « il la coupe en deux morceaux seulement. Pourquoi ça, hein ?

– Je n'en ai pas la moindre idée, répondis-je. Mais l'inspecteur LaGuerta élucidera peut-être ce mystère pour nous. »

Angel me regarda un instant et nous nous efforçâmes de garder notre sérieux.

« Peut-être bien », dit-il enfin. Et il se retourna vers les sacs. « Tu pourrais aller lui en parler.

– *Hasta luego, Angel,* lançai-je.

– Très certainement », répliqua-t-il, la tête penchée au-dessus des sacs en plastique.

Selon une rumeur qui avait circulé quelques années auparavant, l'inspecteur Migdia LaGuerta serait entrée dans la brigade criminelle en couchant avec quelqu'un. On n'avait pas de mal à le croire quand on la voyait. C'était une femme qui avait tous les attributs nécessaires pour être attirante physiquement, dans un style arrogant et aristocratique. Une véritable artiste en matière de maquillage, et toujours impeccablement vêtue – le chic Bloomingdale's. Mais la rumeur ne pouvait pas être vraie. Tout d'abord, bien qu'en apparence elle fût très féminine, je n'avais jamais rencontré une femme aussi masculine de tempérament. Elle était intransigeante, ambitieuse, de la manière la plus intéressée qui soit, et la seule faiblesse qu'elle trahît se manifestait envers les hommes sensiblement plus jeunes qu'elle, dotés d'un physique de mannequin. Voilà pourquoi j'avais la certitude que ce n'était pas en usant de ses charmes qu'elle était entrée à la Criminelle. C'était tout simplement parce qu'elle était cubaine, frayait avec les politiques et savait très bien faire de la lèche. À Miami, cette combinaison marchait beaucoup mieux que le sexe.

LaGuerta s'y connaissait très bien en courbettes : une lèche-cul de première. Elle avait fait de la lèche à toutes les étapes de son ascension dans la hiérarchie, jusqu'à l'éminent grade d'inspecteur à la Criminelle. Malheureusement, c'était un poste pour lequel ses grands talents de lécheuse n'avaient jamais été requis, et elle faisait un très mauvais inspecteur.

Cela arrive ; l'incompétence est plus souvent récompensée qu'on ne croit. Je devais de toute façon travailler avec elle. J'avais donc employé mon charme prodigieux à me faire apprécier d'elle. Plus simple que vous ne pourriez penser. N'importe qui peut être charmeur, du moment qu'il ou elle n'a pas peur de feindre, de proférer les inepties évidentes et écœurantes dont s'abstient toute personne dotée d'une once de conscience. Par chance, je n'ai pas de conscience. Je m'exprime sans vergogne.

Au moment où je m'approchais du petit groupe posté près du bar, LaGuerta était en train d'interroger quelqu'un dans son espagnol de mitraille. Je sais parler espagnol. Je comprends même un peu le cubain. Mais je n'arrivais à saisir qu'un mot sur dix des paroles de LaGuerta. Le dialecte cubain est le désespoir des locuteurs espagnols. Le véritable but de ceux qui le parlent semble être de gagner une course contre la montre et de sortir le plus de mots possible avant le top chrono sans utiliser de consonnes.

Si l'on veut suivre, l'astuce consiste à savoir ce que va dire la personne avant même qu'elle ne le dise. Voilà qui contribue à l'esprit de clan dont se plaignent parfois les non-Cubains.

L'homme qu'interrogeait LaGuerta était petit et large d'épaules, brun de peau, il avait les traits indiens, et il était manifestement intimidé par le dialecte, le ton et le badge. Il essayait de ne pas la regarder lorsqu'il répondait, ce qui la faisait parler encore plus vite.

« *No, no hay nadie afuera,* dit-il doucement, lentement, en détournant les yeux, *todos están en café.* (Personne n'était dehors, ils étaient tous dans le café.)

– *¿Donde estabas ?* (Où étais-tu ?) », demanda-t-elle.

L'homme jeta un coup d'œil aux morceaux de corps entassés et détourna immédiatement les yeux.

« *Cocina.* (La cuisine.) *Entonces yo saco la basura.* (Et puis j'ai sorti la poubelle.) »

LaGuerta poursuivit, le brusquant verbalement, posant toutes les mauvaises questions sur un ton de voix qui le contrariait et le rabaissait, au point qu'il en oublia peu à peu l'horreur ressentie face aux morceaux de corps trouvés dans le bac à ordures et finit par se renfrogner et ne plus être coopératif du tout.

Un véritable coup de maître. Prendre le principal témoin et le retourner contre soi. Si l'on peut bousiller une affaire dès les toutes premières heures de l'enquête, on est sûr de gagner du temps et de s'épargner beaucoup de paperasse plus tard.

Elle termina avec quelques menaces avant de congédier l'homme, qui s'éloigna pesamment.

« Indien de mes deux, siffla-t-elle entre ses dents lorsqu'il se trouva hors de portée de voix.

– Il faut de tout pour faire un monde, inspecteur, dis-je. Même des *campesinos.* »

Elle leva les yeux et me dévisagea, longuement, tandis que je restais immobile à me demander pourquoi. Avait-elle oublié à quoi je ressemblais ? Mais elle conclut par un grand sourire. C'est qu'elle m'aimait bien, l'idiote…

« *¡Hola, Dexter!* Quel bon vent vous amène ?

– J'ai su que vous étiez là et j'ai eu une envie impérieuse de vous voir. Inspecteur, quand accepterez-vous de m'épouser ? »

Elle pouffa. Les policiers qui se trouvaient à côté échangèrent des regards puis se détournèrent.

« Je n'achète jamais une chaussure sans l'essayer, rétorqua LaGuerta. Même la plus belle paire. » J'avais beau la croire sur parole, je me demandai néanmoins pourquoi elle passait sa langue entre ses dents tout en me regardant. « Allez-vous-en, maintenant, vous m'empêchez de me concentrer. J'ai vraiment fort à faire.

– Je vois ça. Êtes-vous sur le point d'arrêter le tueur, inspecteur ?

– On dirait un journaliste, grogna-t-elle. Ces connards vont me bombarder dans moins d'une heure.

– Que leur direz-vous ? »

Elle regarda les morceaux de corps emballés et fronça les sourcils. Non pas que cette vision l'incommodât. Elle songeait à sa carrière, essayait de formuler sa déclaration à la presse.

« C'est juste une question de jours avant que le tueur ne commette une erreur et que nous l'arrêtions.

– En bref, jusqu'à présent il n'en a commis aucune, vous n'avez aucune piste, et vous devez attendre qu'il tue à nouveau avant de pouvoir agir, c'est bien ça ? »

Elle me lança un regard noir.

« Rappelez-moi : pourquoi je vous aime bien, déjà ? »

Je haussai les épaules. Je n'en avais aucune idée, et visiblement elle non plus.

« On a *nada y nada* comme indices. Le Guatémaltèque, commenta-t-elle avec une grimace en direction de l'Indien, a trouvé le corps en sortant les poubelles du restaurant. Il n'a pas reconnu ces sacs et en a ouvert un pour voir s'ils contenaient des aliments. Et c'était la tête.

– Coucou, c'est moi ! dis-je tout bas.

– Hein ?

– Non, rien. »

Elle regarda autour d'elle, les sourcils froncés, attendant peut-être qu'un indice surgisse, prête à lui tirer dessus.

« Ça s'arrête là. Personne n'a rien vu, rien entendu. *Nada.* Il faut que je poireaute jusqu'à ce que vos crétins de collègues aient fini pour en savoir plus.

– Inspecteur… » dit une voix derrière nous.

Le commissaire Matthews s'avançait, précédé par un nuage d'after-shave Aramis, signe que les journalistes n'allaient pas tarder à arriver.

« Bonjour, commissaire, dit LaGuerta.

– J'ai demandé à l'agent Morgan de participer indirectement à cette affaire », dit-il. LaGuerta tiqua. « En sa qualité d'agent infiltrée dans la communauté de la prostitution, elle dispose de ressources qui pourraient nous assister dans l'activation de la solution. »

Cet homme était un vrai dictionnaire. Trop d'années passées à écrire des rapports.

« Commissaire, je ne pense pas que cela soit vraiment nécessaire », rétorqua LaGuerta.

Il lui fit un clin d'œil et posa la main sur son épaule. La gestion du personnel est tout un art.

« Du calme, inspecteur. Elle ne va pas contester les prérogatives de vos fonctions. Elle vous tiendra simplement au courant si elle a la moindre information à signaler : des témoins, ce genre de choses. Son père était un flic du tonnerre. C'est d'accord ? » Ses yeux se voilèrent et allèrent se fixer sur un point situé à l'extrémité du parking. Je tournai la tête. La camionnette de Channel 7 faisait irruption. « Excusez-moi », dit Matthews.

Il rajusta sa cravate, revêtit un air grave et se dirigea d'un pas mesuré vers la camionnette.

« *Puta* », souffla LaGuerta.

Je ne savais pas si c'était une observation à caractère général ou si Deb était expressément visée, mais je m'avisai que c'était le bon moment pour m'éclipser, avant que LaGuerta ne se souvienne que l'agent Puta était ma sœur.

Comme je rejoignais Deb, Matthews serrait juste la main de Jerry Gonzalez de Channel 7. Ce reporter était connu dans la région comme étant le grand spécialiste du journalisme qui a pour credo « Plus il y a de sang, plus on vend ». Tout à fait mon style. Il allait être déçu cette fois.

Je sentis un frisson me parcourir. *Pas de sang du tout.*

« Dexter ! s'écria Deborah, s'efforçant tant bien que mal de garder un ton professionnel, mais je voyais bien qu'elle était surexcitée. J'ai parlé au commissaire Matthews. Il m'associe à l'enquête.

– À ce qu'il paraît, dis-je. Sois prudente.

– De quoi tu parles ? répliqua-t-elle en plissant les yeux.

– LaGuerta.

– Ah, celle-là ! grogna-t-elle.

– Oui, celle-là. Elle ne t'aime pas, et elle ne te veut pas sur son territoire.

– Pas de pot ! Elle a reçu des ordres du commissaire.

– Ouaip. Et elle vient de passer les cinq dernières minutes à chercher un moyen de les contourner. Alors protège tes arrières, Deb. »

Elle se contenta de hausser les épaules.

« Qu'est-ce que tu as découvert ? » me demanda-t-elle.

Je secouai la tête.

« Rien pour l'instant. LaGuerta n'a aucune piste. Mais Vince a dit… »

Je m'interrompis. En parler semblait presque trop intime.

« Vince a dit quoi ?

– C'est presque rien, Deb. Un détail. Qui sait ce que ça veut dire ?

– On n'en saura jamais rien si tu ne le dis pas, Dexter.

– Il semblerait que… le corps n'ait plus de sang du tout. Pas une goutte. »

Deborah resta silencieuse un instant; elle réfléchissait. Ce n'était pas un silence respectueux, comme le mien. Juste un temps de réflexion.

« Bon, finit-elle par dire. J'abandonne. Qu'est-ce que ça signifie ?

– Trop tôt pour le dire.

– Mais tu penses que ça signifie quelque chose. »

Cela signifiait une étrange sensation de vertige. Une envie impérieuse d'en savoir plus sur ce tueur. Un rire admiratif de la part du Passager Noir, qui aurait dû se tenir coi si tôt après le prêtre. Mais tout ça était un peu délicat à expliquer à Deborah, n'est-ce pas ? Je lui répondis simplement :

« C'est possible, Deb. Qui peut savoir ? »

Elle me regarda fixement pendant quelques secondes, puis haussa les épaules.

« Bon, d'accord, conclut-elle. Autre chose ?

– Oh oui, plein ! Un sacré coup de scalpel. On dirait un travail de chirurgien. À moins qu'ils ne découvrent quelque chose dans l'hôtel, ce qui est peu probable, le corps a été tué ailleurs puis abandonné ici.

– Mais où ?

– Question très judicieuse. La moitié du travail d'un bon flic consiste à poser les bonnes questions.

– L'autre moitié consiste à obtenir des réponses, rétorqua-t-elle.

– Oui, eh bien, personne ne sait encore où, Deb. Et je n'ai évidemment pas toutes les données médico-légales...

– Mais tu commences à avoir tes petites idées », dit-elle.

Je la regardai. Elle soutint mon regard. J'avais déjà eu des intuitions. J'en avais d'ailleurs acquis une certaine réputation. Mes intuitions étaient souvent bonnes. Quoi d'étonnant ? Je savais la plupart du temps comment fonctionnaient les tueurs. Je fonctionne de la même manière. Bien sûr je me trompais parfois. De temps en temps j'étais même très loin de la vérité. Ç'aurait été un peu louche si j'avais toujours visé juste, non ? Et puis je ne voulais pas que les flics arrêtent absolument tous les tueurs en série. Qu'aurais-je fait de mon loisir après? Mais là... Comment allais-je procéder dans cette petite affaire fort intéressante ?

« Dis-moi, Dexter, insista Deborah. Tu as des hypothèses cette fois ?

– Peut-être bien. Mais c'est encore un peu tôt.

– Eh bien, Morgan... » intervint LaGuerta, qui arrivait derrière nous. Nous lui fîmes face tous les deux. « Je vois que vous avez la tenue idéale pour vous lancer dans le vrai travail de police. »

Le ton de sa voix était particulièrement cinglant. Deborah se raidit.

« Inspecteur, dit-elle. Vous avez trouvé quelque chose ? »

Son intonation sous-entendait qu'elle connaissait déjà la réponse.

Un coup facile. Mais loupé. LaGuerta agita la main avec désinvolture.

« Il n'y a que des *putas*, dit-elle en fixant le décolleté de Deborah, plus que suggestif dans ses habits de vamp. Que des putes. Le plus important pour l'instant est d'empêcher les journalistes de devenir hystériques. » Elle secoua la tête lentement, comme incrédule, puis releva les yeux. « Ça ne devrait pas être si difficile, vu votre discrétion manifeste. »

Elle me fit un clin d'œil puis s'éloigna en direction du commissaire Matthews, qui, très digne, s'entretenait avec Jerry Gonzalez, de Channel 7.

« Quelle garce ! lança Deborah.

– Désolé, Deb. Qu'est-ce qu'il faut que je dise ? "Elle ne perd rien pour attendre", ou bien "Je t'avais prévenue" ?

– Bon sang, Dexter ! dit-elle en me lançant un regard furieux. Je dois à tout prix trouver ce type. »

Et comme me revenaient en écho les mots *pas de sang du tout*... je savais que moi aussi. Moi aussi je devais absolument le trouver.

CHAPITRE IV

Ce soir-là après le travail, je partis faire un tour en bateau. Pour échapper aux questions de Deb et pour démêler un peu mes sentiments. *Mes sentiments.* Ça alors ! Quelle aberration...

Je guidai lentement mon Boston Whaler au-delà du canal, sans penser à rien, parfaitement zen, le moteur tournant au ralenti tandis que je passais devant les larges demeures, séparées par d'immenses haies et par des clôtures grillagées. J'adressai un grand geste machinal et un sourire éclatant à tous les voisins, qui prenaient l'air dans les jardins bordant les digues. Les enfants jouaient sur les pelouses impeccables. Papa et maman s'occupaient du barbecue, se prélassaient dans un fauteuil ou encore astiquaient le fil de fer barbelé, couvant leur progéniture du regard. Je saluai tout le monde. Quelques-uns me rendirent mon salut. Ils me connaissaient, m'avaient souvent vu passer, toujours enjoué, un grand bonjour pour tous. C'était un homme si charmant. Extrêmement gentil. Je n'arrive pas à croire qu'il ait pu faire ces choses-là...

Je mis les gaz à peine sorti du canal et me dirigeai vers l'entrée du chenal, puis vers le sud-est, en direction de Cape Florida. Le vent qui fouettait mon visage et le goût salé des embruns me remirent les idées en place, me donnèrent la sensation d'être propre et frais. Je pus à nouveau réfléchir plus aisément. C'était en partie dû au calme et à la paix de l'eau. Mais c'était aussi parce que, dans la plus pure tradition maritime de Miami, la plupart des autres plaisanciers avaient l'air de vouloir à tout prix me faire la peau. Je trouvais ça infiniment reposant. Je me sentais chez moi. Ah, mon cher pays… Ces chers concitoyens…

Au cours de la journée, au travail, j'avais reçu très peu d'informations supplémentaires d'ordre médico-légal. À l'heure du déjeuner, l'affaire éclata dans tout le pays. Les médias étalaient au grand jour la série de meurtres de prostituées suite à la « macabre découverte » du motel El Cacique. Channel 7 accomplit un travail magistral en réussissant à transmettre l'horreur hystérique des morceaux de corps retrouvés dans un bac à ordures sans toutefois rien en dire de précis. Ainsi que l'inspecteur LaGuerta l'avait finement observé, les victimes n'étaient que des prostituées ; mais, une fois que les médias auraient fait enfler la pression publique, il pourrait tout aussi bien s'agir de filles de sénateurs. Le département de la police se prépara donc à recourir à des stratégies défensives, n'ignorant pas les âneries affligeantes que ne tarderaient pas à propager les braves et intrépides fantassins du quatrième pouvoir.

Deb était restée sur les lieux, jusqu'à ce que le commissaire s'inquiète soudain de toutes ces heures supplémentaires qui allaient être comptabilisées ; elle dut donc rentrer chez elle. Elle commença à m'appeler à partir de 2 heures de l'après-midi pour savoir ce que j'avais découvert, et ce n'était pas grand-chose. Ils n'avaient absolument rien trouvé dans l'hôtel. Il y avait tellement de traces de pneus sur le parking qu'aucune n'était clairement distincte. Aucune trace ou empreinte non plus dans le bac à ordures, sur les sacs ou sur les morceaux de corps. Tout était d'une propreté conforme aux réglementations sanitaires les plus strictes.

Le seul véritable indice de la journée était la jambe gauche. Comme l'avait remarqué Angel, la jambe droite avait été consciencieusement sectionnée en plusieurs segments, coupée à la hanche, au genou et à la cheville. Ce qui n'était pas le cas de la jambe gauche : elle consistait seulement en deux segments, soigneusement emballés. Ha ha, s'était étonnée l'inspecteur LaGuerta, véritable génie. Quelqu'un avait interrompu le tueur, l'avait surpris et alarmé, et il n'avait donc pas terminé son travail. Il avait paniqué. En conséquence, elle concentrait tous ses efforts sur la recherche de ce témoin.

Il y avait un léger problème avec la théorie de LaGuerta. Un tout petit détail. C'était peut-être couper les cheveux en quatre, mais... Le corps avait tout de même été méticuleusement nettoyé puis emballé, à l'évidence après avoir été découpé. Ensuite, il avait été prudemment transporté jusqu'au bac à ordures, et le tueur avait eu suffisamment de temps et de concentration pour éviter toute erreur et ne laisser aucune trace. Ou bien personne n'avait songé à signaler ces faits à LaGuerta ; ou alors, par le plus grand des hasards, se pouvait-il que personne d'autre ne s'en soit aperçu ? Possible. Le plus gros du travail de police relève tellement de la routine, de l'agencement des détails selon des schémas préétablis. Si le schéma était nouveau, l'enquête pouvait très bien s'apparenter à l'examen microscopique que trois aveugles auraient tenté d'effectuer sur un éléphant.

Étant donné que je n'étais ni aveugle ni entravé par la routine, mon hypothèse était plutôt que le tueur devenait simplement insatisfait. Tout le temps nécessaire devant lui, mais... c'était déjà le cinquième meurtre sur le même mode. Commençait-il à trouver ennuyeux de débiter ainsi le corps ? Notre ami cherchait-il à présent quelque chose de différent ? Une nouvelle direction, une tournure inédite ?

Je pouvais presque sentir sa frustration. Être allé si loin, jusqu'au bout, s'appliquer à découper les restes pour faire des paquets-surprises. Et puis la découverte soudaine : *Ça ne va pas. Il y a quelque chose qui cloche. Coïtus interruptus.*

Cette méthode ne le comblait plus, voilà tout. Il avait besoin d'autre chose. Il essayait d'exprimer un sentiment et n'avait pas encore trouvé les mots justes. Et à mon humble avis – c'est-à-dire, je me mettais à sa place – il devait en ressentir une grande frustration. Et devait sans aucun doute chercher la solution.

Bientôt.

LaGuerta pouvait tranquillement chercher son témoin. Il n'y en aurait pas. On avait affaire là à un monstre froid et prudent, qui, personnellement, me fascinait au plus haut point. Mais comment devais-je réagir face à cette fascination ? Je n'en savais rien, et c'était pour cette raison que je m'étais retiré dans mon bateau pour réfléchir.

Un Donzi coupa ma trajectoire à plus de cent à l'heure, frôlant presque mon bateau. Je fis un joyeux signe de la main et rejoignis le présent. J'approchais de Stiltsville, le groupement de vieilles maisons sur pilotis plus ou moins abandonnées près de Cape Florida. Je décrivis un grand cercle dans l'eau, sans but précis, et laissai mes pensées reprendre leur fil paresseux.

Qu'allais-je faire ? Il fallait que je prenne une décision maintenant, avant de me montrer trop coopératif avec Deborah. Je pouvais tout à fait l'aider à résoudre cette affaire, bien sûr, personne n'était mieux placé. Personne n'avançait même dans la bonne direction. Mais est-ce que je voulais vraiment l'aider ? Est-ce que je voulais que ce tueur soit arrêté ? Ne voulais-je pas plutôt le trouver et m'en occuper moi-même ? Du reste – oh, comme elle m'asticotait, cette pensée –, voulais-je même le voir cesser ?

Qu'allais-je faire ?

Sur ma droite, j'apercevais Elliott Key dans les dernières lueurs du jour. Et comme toujours je me remémorai la nuit de bivouac que j'y avais passée avec Harry Morgan. Mon père adoptif. Le Bon Flic.

Tu es différent, Dexter.

Oui, Harry, c'est vrai.

Mais tu peux apprendre à contrôler cette différence et à l'employer de façon constructive.

D'accord, Harry. Si tu penses que c'est nécessaire. Mais comment ?

Et il m'expliqua.

Aucun ciel étoilé n'égale le firmament du sud de la Floride quand on a quatorze ans et qu'on passe la nuit dehors avec son père. Même si ce n'est que son père adoptif. Et même si la vue de toutes ces étoiles ne procure qu'un vague sentiment de satisfaction, l'émotion n'entrant pas en jeu. On ne la ressent pas. C'est une des raisons pour lesquelles on est là, d'ailleurs.

Le feu s'est éteint et les étoiles émettent une clarté extraordinaire ; ce cher père se tait depuis un moment maintenant, avalant de temps à autre une gorgée de la vieille flasque qu'il a extraite de la poche extérieure de son sac à dos. Et il n'est pas très convaincant dans ce rôle – pas comme tant d'autres policiers ; ce n'est pas un buveur. Mais elle est vide à présent, et c'est le moment pour lui de sortir sa tirade, c'est maintenant ou jamais.

« Tu es différent, Dexter », me dit-il.

Je détourne les yeux du spectacle des étoiles. Tout autour de la petite clairière sablonneuse, les derniers rougeoiements du feu dessinent de fines ombres. Il y en a même qui dansent sur le visage de Harry. Il a une drôle d'expression que je ne lui ai jamais vue. L'air résolu, triste, légèrement hébété.

« Qu'est-ce que tu veux dire, papa ? »

Il évite mon regard.

« Les Billup m'ont dit que Buddy avait disparu, dit-il.

– Un sale cabot. Il aboyait toute la nuit. Maman ne pouvait pas dormir. »

Maman avait besoin de dormir, bien sûr. Mourir du cancer requiert le plus grand repos, et elle en était privée à cause de l'horrible clebs des voisins d'en face qui jappait dès qu'une feuille effleurait le trottoir.

« J'ai trouvé la tombe, poursuit Harry. Il y avait énormément d'os là-dedans, Dexter. Pas seulement ceux de Buddy. »

Je ne sais pas quoi répondre. Je ramasse avec soin une poignée d'aiguilles de pin et attend la suite.

« Quand est-ce que tu as commencé ? »

Je sonde le visage de Harry, puis tourne les yeux vers la plage, de l'autre côté de la clairière. Notre bateau est là et oscille doucement au gré des vagues. On aperçoit les lumières de Miami au loin sur la droite, une pâle lueur blanche. Je ne comprends pas où veut en venir Harry, ce qu'il veut entendre. Mais c'est mon infaillible père adoptif ; il vaut mieux opter pour la vérité avec lui. Il sait toujours tout ou se débrouille pour savoir.

« Un an et demi », dis-je.

Harry hoche la tête.

« Pourquoi as-tu commencé ? »

Une très bonne question, mais qui, à quatorze ans, me dépasse.

« C'est juste… J'sentais que… Il le fallait », lui dis-je.

À l'époque déjà, si jeune mais si pondéré.

« Tu entends une voix ? me demande-t-il. Quelqu'un ou quelque chose qui te dit ce que tu dois faire et t'oblige à le faire ?

– Euh… dis-je avec l'éloquence des jeunes de quatorze ans. Pas exactement.

– Explique-moi. »

Ah, s'il pouvait y avoir une lune, une belle lune ronde, quelque chose de plus gros à regarder. J'attrape une autre poignée d'aiguilles de pin. J'ai les joues en feu, comme si papa m'avait demandé de raconter mes rêves érotiques. D'ailleurs, en un sens…

« Ben, euh… En fait, tu sais… Je sens un truc, finis-je par dire. À l'intérieur. Qui me regarde. Enfin, peut-être. Qui rit, plutôt. Mais pas vraiment une voix, juste… »

Un haussement d'épaules typique d'ado. Mais Harry a l'air de me suivre.

« Et ce *truc*, il t'oblige à tuer des choses. »

Très haut au-dessus de nous, un gros jet passe lentement.

« C'est-à-dire, euh… Il m'oblige pas, dis-je. C'est juste… Il me persuade que c'est une bonne idée.

– Tu as déjà eu envie de tuer autre chose ? Quelque chose de plus important qu'un chien ? »

Je tente de répondre mais un truc dans ma gorge m'en empêche. Je m'éclaircis la voix.

« Oui, dis-je.

– Quelqu'un ?

– Personne en particulier, papa. C'est juste… dis-je en haussant à nouveau les épaules.

– Pourquoi tu ne l'as pas fait ?

– Ben... Je me disais que vous seriez pas contents. Toi et maman.

– C'est tout ce qui t'a arrêté ?

– Je... euh... J'voulais pas... que tu te fâches. Tu sais... Que tu sois déçu. »

Je lance un coup d'œil furtif à Harry. Il me regarde, sans ciller.

« C'est pour ça qu'on est venus ici, papa ? Pour parler de ça ?

– Oui, répond Harry. Tu as besoin d'être recadré. »

Recadré, oh oui, du Harry tout craché, ça : un mot qui en disait long sur sa vision de la vie, avec ses couloirs d'hôpitaux et ses souliers cirés. Et déjà je savais : le besoin de tuer quelque chose de temps à autre finirait bien un jour par ne plus cadrer.

« Comment ? » je l'interroge.

Il me dévisage très longtemps puis finit par hocher la tête lorsqu'il voit qu'on se comprend parfaitement.

« C'est bien, fiston, dit-il. Voilà. »

Mais malgré ce « voilà » il s'écoule un très long moment avant qu'il reprenne la parole. Je regarde les lumières d'un bateau qui passe au large, peut-être à deux cents mètres de notre petite plage. Par-dessus le bruit du moteur, on entend la clameur d'une musique cubaine.

« Voilà », répète Harry, et je le regarde. Mais à présent il a les yeux perdus dans le vague, plus loin que le feu mourant, vers un futur situé quelque part tout là-bas. « Voilà comment c'est », dit-il.

J'écoute attentivement. Ce sont toujours les mots de Harry lorsqu'il énonce une grande vérité. Quand il m'a montré la technique du crochet du gauche ou le coup de la balle à effet au base-ball, c'est ce qu'il a dit. *Voilà comment c'est*, disait-il, et c'était toujours exactement tel qu'il le disait.

« Je me fais vieux, Dexter. » Il s'interrompt quelques secondes pour que je proteste mais je ne le fais pas, et il hoche la tête. « Je pense que les gens voient les choses différemment en vieillissant. Ce n'est pas qu'on devienne plus indulgent ou qu'on voie les choses en demi-teintes alors qu'avant tout était noir ou blanc. Je crois sincèrement que je comprends les choses autrement. Mieux. »

Il me regarde, un regard à la Harry, l'amour exigeant au fond des yeux bleus.

« D'accord, dis-je.

– Il y a dix ans, j'aurais voulu que tu sois placé dans un hôpital psychiatrique », dit-il, et je plisse les yeux. C'est presque douloureux, sauf que j'y ai pensé moi-même. « Mais voilà, poursuit-il. Maintenant je suis plus lucide. Je sais ce que tu vaux, et je sais que tu es un bon garçon.

– Non », dis-je d'une voix faible à peine audible.

Mais Harry m'a entendu.

« Si, affirme-t-il. Tu es un bon garçon, Dex, je le sais. Je le sais très bien », répète-t-il, comme pour lui-même, peut-être pour l'effet. Ses yeux viennent se river aux miens. « Sinon tu t'en ficherais de ce que j'en pense, ou de ce qu'en pense maman. Tu le ferais, un point c'est tout. Tu ne peux pas t'en empêcher, je le sais. Parce que… » Il s'interrompt et me regarde un instant sans rien dire. Ça me met très mal à l'aise. « Qu'est-ce que tu te rappelles d'avant ? me demande-t-il. Tu sais… Avant qu'on t'adopte. »

C'est encore douloureux, mais je ne sais pas vraiment pourquoi. J'avais à peine quatre ans.

« Rien, dis-je.

– Tant mieux. Je ne souhaite à personne d'avoir de tels souvenirs. » Et aussi longtemps qu'il vivra c'est toujours tout ce qu'il en dira. « Mais même si tu ne t'en souviens pas, Dex, cela t'a marqué. Ces choses t'ont fait tel que tu es. J'en ai parlé à des gens. » Et, contre toute attente, il m'adresse un léger sourire, presque timide. « Je m'y attendais. Ce qui t'est arrivé quand tu étais petit t'a modelé. J'ai essayé de te maintenir sur le droit chemin, mais… » Il hausse les épaules. « C'était trop fort, trop présent. Ça t'a affecté trop tôt, et ça va rester en toi. Te donner envie de tuer. Et tu ne pourras pas t'en empêcher. Tu ne peux rien y changer. Mais… » Il détourne les yeux à nouveau pour voir ce que je ne peux distinguer. « Mais tu peux canaliser cette envie. La contrôler. Choisir… » Chaque mot est pesé maintenant avec la plus grande précaution, une précaution inhabituelle chez lui. « Choisir ce que tu vas… ou *qui* tu vas… tuer… » Et il me fait un sourire comme je n'en ai jamais vu, un sourire aussi pâle et aussi morne que les cendres de notre feu éteint. « Il y a tout un tas de gens qui le méritent, Dex… »

Et par ces quelques mots il façonna le reste de mon existence, mon univers, mon être intime. Cet homme exceptionnel, si clairvoyant, si pénétrant. Harry. Mon père.

Si j'étais capable d'éprouver de l'amour, oh ! comme j'aurais aimé Harry.

Il y avait des années de cela, maintenant. Harry était mort depuis longtemps. Mais ses leçons lui survivaient. Et ce n'était certainement pas dû à un quelconque sentimentalisme de ma part. Harry avait tout simplement raison. Preuve en avait été faite maintes et maintes fois. Harry savait, et Harry m'avait fort bien appris.

Sois prudent, avait-il dit. Et il m'avait appris à être prudent comme seul un flic peut l'apprendre à un tueur.

À choisir prudemment parmi ceux qui le méritent. À être absolument sûr de moi. Et puis à tout nettoyer. À ne laisser aucune trace. Et à toujours éviter le moindre lien affectif; cela peut induire en erreur.

La prudence allait bien sûr au-delà du crime lui-même. Il fallait se construire une vie prudente. Compartimenter. Nouer des relations. Imiter la vie.

Des recommandations que j'avais suivies à la lettre. J'étais un hologramme presque parfait. Au-dessus de tout soupçon, à l'abri des reproches, à couvert du mépris. Un monstre poli et soigné, un vrai monsieur Tout-le-monde. Même Deborah tombait plus ou moins dans le panneau la moitié du temps. Même si elle croyait, c'est vrai, ce qu'elle voulait bien croire.

Et actuellement elle croyait que je pouvais l'aider à résoudre ces meurtres, relancer sa carrière et la propulser à un poste qui la ferait quitter sa tenue sexy pour endosser un tailleur distingué. Et elle avait raison, bien sûr : je pouvais l'aider. Mais je n'en avais pas vraiment envie, parce que je prenais plaisir à regarder ce tueur travailler et parce que je ressentais à son égard une sorte d'affinité esthétique, voire…

Un lien affectif.

Tiens. Nous y voilà. J'étais en pleine violation du code Harry.

Je guidai à nouveau lentement mon bateau en direction du canal, en sens inverse. Il faisait nuit noire maintenant, mais je pris pour repère le pylône d'une antenne radio située à quelques degrés sur la gauche du bassin attenant à ma maison.

Conclusion : jusqu'à présent, Harry avait toujours eu raison, il avait donc encore raison. *Évite tout lien affectif,* avait-il dit. J'allais l'écouter.

J'aiderais Deb.

CHAPITRE V

Le lendemain matin, il pleuvait et la circulation était infernale, comme toujours à Miami quand il pleut. Certains conducteurs ralentissaient sur les chaussées glissantes. Les autres enrageaient et klaxonnaient de toutes leurs forces, hurlaient par la vitre puis déboîtaient d'un coup d'accélérateur pour doubler furieusement les traînards en montrant le poing.

Sur la bretelle d'accès de LeJeune Road, un énorme camion de produits laitiers s'était déporté à grand fracas sur le bas-côté et avait embouti une camionnette pleine d'enfants d'une école catholique. Le camion s'était retourné. Et à présent cinq petites filles en kilt écossais étaient assises dans une immense flaque de lait, l'air hébété. La circulation fut interrompue pendant près d'une heure. Une des fillettes fut transportée par hélicoptère à l'hôpital Jackson. Les autres restaient assises dans la flaque de lait avec leur joli uniforme et écoutaient les adultes se couvrir d'injures.

Je roulais au pas, calmement, tout en écoutant la radio. Apparemment la police était sur la bonne piste concernant le Boucher de Tamiami. Aucun détail n'était donné, mais le commissaire Matthews avait eu une petite phrase exquise. Il avait semblé insinuer qu'il allait personnellement arrêter le tueur dès qu'il aurait fini de boire son café.

Parvenu enfin sur les voies, je pus accélérer un peu. Je m'arrêtai en chemin dans une boutique de doughnuts non loin de l'aéroport. J'achetai deux beignets, l'un aux pommes, l'autre nature, mais celui aux pommes fut englouti avant même que j'aie regagné la voiture. J'ai un métabolisme très rapide : c'est dû à la vie captivante que je mène.

Le temps que j'arrive au travail, la pluie avait cessé. Le soleil brillait et de la vapeur commençait à s'élever du trottoir lorsque je pénétrai dans le hall d'entrée et présentai mon badge en passant, avant de monter à l'étage.

Deb était déjà là à m'attendre.

Elle n'avait pas l'air heureuse ce matin-là. Bien sûr, c'était assez rare qu'elle ait l'air heureuse. Elle est flic après tout, et la plupart d'entre eux ont du mal à se faire à leur boulot. Trop de temps passé à figer leurs traits dans des expressions inhumaines ; cela laisse des traces.

« Deb, dis-je en posant le sachet de beignets sur le bureau.

– Où étais-tu passé hier soir ? » m'interrogea-t-elle.

Un ton très acerbe, comme je m'y attendais. Bientôt ces plis entre les sourcils deviendraient permanents, gâtant un visage superbe : de profonds yeux bleus, pétillants d'intelligence, un petit nez retroussé agrémenté de quelques taches de rousseur, le tout encadré par des cheveux noirs. Des traits magnifiques, recouverts à cet instant par une couche de trois centimètres d'un maquillage infect.

Je la regardai avec affection. De toute évidence elle revenait du travail, vêtue ce jour-là d'un soutien-gorge en dentelle, d'un short moulant rose vif et de chaussures à talons dorées.

« Peu importe, répondis-je. Et toi donc ? »

Elle rougit. Elle détestait porter autre chose qu'un jean propre bien repassé.

« J'ai essayé de t'appeler, dit-elle.

– Désolé.

– Ouais, c'est ça. »

J'allai m'asseoir sans mot dire. Deb aime bien passer sa rage sur moi. C'est fait pour ça, la famille.

« Pourquoi voulais-tu me parler à tout prix ?

– Je suis virée de l'enquête », répliqua-t-elle.

Elle ouvrit le sachet devant elle et regarda à l'intérieur.

« Qu'est-ce que tu t'imaginais ? Tu sais très bien ce que LaGuerta pense de toi. »

Elle s'empara du beignet et l'attaqua férocement.

« Je m'imaginais être dans le coup, dit-elle la bouche pleine. Comme l'a dit le commissaire.

– Tu n'as aucune ancienneté. Et pas un gramme de jugeote en matière de politique. »

Elle froissa le sachet et me le lança à la figure. Rata son coup.

« Merde, Dexter ! Tu sais parfaitement que je mérite d'être à la Criminelle. Au lieu de ce… », elle fit claquer la bretelle de son soutien-gorge et montra d'un geste sa tenue minimaliste, « ce putain de déguisement. »

Je hochai la tête.

« Qui te va très bien, ceci dit… » déclarai-je.

Elle fit une horrible grimace où la rage se mêlait au dégoût.

« Ça me débecte. Si je continue comme ça, je te jure, je vais péter les plombs !

– C'est encore un peu tôt pour que j'aie résolu toute l'affaire, Deb.

– Tu fais chier, Dex », dit-elle. S'il y avait une seule certitude concernant Deb et sa carrière dans la police, c'est que son vocabulaire en prenait un coup… Elle me jeta un vrai regard de flic, dur et froid, le premier venant d'elle. C'était le regard de Harry, les mêmes yeux qui vous donnaient l'impression d'être sondé au plus profond de vous-même. « Arrête tes conneries. La plupart du temps tu n'as qu'à voir le corps et tu sais déjà qui est le tueur. Je ne t'ai jamais demandé comment tu t'y prenais, mais si tu as des intuitions cette fois-ci, tu dois me les dire. » Elle envoya dans le bureau un violent coup de pied qui enfonça légèrement la surface métallique. « Je veux me débarrasser de ce costume à la con.

– On aimerait tous voir ça, Morgan », dit une voix grave et affectée provenant de derrière elle.

Je levai les yeux. Vince Masuoka entrait, le sourire aux lèvres.

« Tu ne saurais pas comment t'y prendre, Vince », lui dit Deb.

Il sourit encore plus largement – un de ses sourires éclatants tout droit sortis d'un manuel scolaire.

« Il n'y a qu'à essayer, on verra bien…

– Cours toujours », rétorqua Deb, la bouche figée dans une moue que je ne lui avais pas vue depuis ses douze ans.

Vince indiqua de la tête le sachet froissé sur mon bureau.

« C'était ton tour, mon pote. Qu'est-ce que tu m'as apporté ? Où tu l'as mis ?

– Désolé, Vince, lui dis-je. Debbie a mangé ton beignet.

– Si seulement… dit-il, prenant un faux air concupiscent. Moi, j'aurais pu croquer sa meringue. Tu me dois un gros doughnut, Dex, ajouta-t-il.

– Le seul gros gâteau que tu auras jamais, coupa Deb.

– Ce n'est pas la taille qui compte, c'est le talent du pâtissier, répondit Vince.

– Par pitié, protestai-je. Vous allez vous bousiller un lobe frontal si vous continuez. C'est dangereux de faire de l'esprit à cette heure si matinale.

– Ha ha ! fit Vince de son affreux rire artificiel. Ha, ha, ha ! À plus tard, dit-il en m'adressant un clin d'œil. N'oublie pas mon doughnut. »

Et il retourna à son microscope à l'autre bout du couloir.

« Alors, qu'est-ce qui t'est passé par la tête ? » me demanda Deb.

Deb était persuadée que de temps à autre j'avais des intuitions. Elle n'avait pas tort. Généralement, mes inspirations avaient trait aux fous furieux qui s'amusent régulièrement à découper en morceaux de pauvres ploucs juste pour s'éclater un peu. Plusieurs fois Deborah m'avait vu mettre immédiatement le doigt sur un détail que personne d'autre n'avait remarqué. Elle n'avait jamais rien dit, mais ma sœur n'est pas flic pour rien : cela faisait donc un moment qu'elle me suspectait de quelque chose. Elle ne savait pas quoi, mais elle savait qu'il y avait quelque chose qui ne tournait pas rond, et ça l'embêtait terriblement parce que, après tout, elle tient à moi. C'est même à présent la seule et unique créature sur terre qui m'aime. Il ne s'agit pas de m'apitoyer sur mon sort mais de faire preuve de la plus froide, de la plus honnête lucidité. Je suis indigne d'amour. Fidèle aux conseils de Harry, j'ai essayé de me lier avec les gens, de m'impliquer dans des relations, et même, dans mes moments les plus fous, de me prêter à l'amour. Mais ça ne marche pas. Quelque chose en moi est brisé, ou n'a jamais existé, et tôt ou tard l'autre personne me surprend en train de simuler, ou bien l'une de ces Fameuses Nuits survient.

Je ne peux même pas avoir un animal de compagnie. Les bêtes me détestent. Un jour, j'ai acheté un chien ; il m'a aboyé et hurlé après avec une telle violence pendant deux jours d'affilée que j'ai été obligé de m'en débarrasser. Plus tard j'ai essayé une tortue. J'ai eu le malheur de la toucher une fois ; elle n'a plus jamais voulu sortir de sa carapace et au bout de quelques jours elle a fini par mourir. Tout plutôt que de me voir ou de me sentir la toucher à nouveau.

Personne d'autre ne m'aime, ni ne m'aimera jamais. Moi-même y compris (surtout moi-même, d'ailleurs). Je sais ce que je vaux et sais que je n'ai rien d'aimable. Je suis seul au monde, entièrement seul, mis à part Deborah. Et hormis bien sûr la Chose à l'intérieur, mais qui sort se distraire assez rarement. Et qui du reste ne sort pas pour moi, mais a besoin de se repaître de quelqu'un d'autre.

C'est pourquoi, à ma façon toute particulière, je tiens à Deborah. Sans doute ne peut-on pas qualifier mes sentiments d'amour, mais je préférerais la voir heureuse.

Et à présent elle était là sur son siège, cette chère Deborah, l'air très malheureuse. Ma famille. Elle me regardait fixement sans savoir que dire, mais paraissait plus proche que jamais de trouver une réponse.

« Eh bien, en fait… commençai-je.

– J'en étais sûre ! Tu vois que tu as quelque chose !

– N'interromps pas ma transe, Deborah. Je suis en contact avec le monde des esprits.

– Allez, accouche !

– C'est le côté inachevé, Deb. La jambe gauche.

– Eh bien, quoi ?

– LaGuerta pense que le tueur a été surpris. A pris peur, n'a pas pu finir. »

Deborah hocha la tête.

« J'ai eu pour ordre de demander aux prostituées hier soir si elles avaient vu quelque chose. Il doit bien y avoir quelqu'un.

– Ah non ! Tu ne vas pas t'y mettre, toi aussi, lui dis-je. Réfléchis, Deborah. S'il a été surpris, trop effrayé pour continuer…

– Les sacs, coupa-t-elle. Il a quand même passé beaucoup de temps à emballer le corps et à tout nettoyer. » Elle eut un air surpris. « Merde alors ! *Après* avoir été interrompu ? »

Je battis des mains et lui fis un sourire rayonnant.

« Bravo, Miss Marple.

– Alors ça ne tient pas debout.

– Au contraire. S'il a tout le temps qu'il veut mais n'achève pas son rituel – et souviens-toi, Deb, le rituel est presque tout –, que faut-il en déduire ?

– Dis-le-moi et finissons-en, dit-elle d'un ton brusque.

– Ça n'a aucun intérêt. »

Elle soupira bruyamment.

« Bon sang, Dexter ! OK. Alors, il n'a pas été interrompu, mais il n'a pas fini… Merde ! C'est plus important pour lui d'emballer que de couper le corps ? »

J'eus pitié d'elle.

« Non, Deb. Réfléchis. C'est le cinquième crime, selon exactement le même schéma. Quatre jambes gauches minutieusement découpées. Et là, la cinquième… dis-je en haussant les épaules et en levant un sourcil interrogateur.

– Merde, Dexter ! Qu'est-ce que tu veux que j'en sache ? Peut-être qu'il n'avait besoin que de quatre jambes gauches. Peut-être… Franchement je n'en sais rien. » Je souris et secouai la tête. C'était tellement évident à mes yeux. « Quoi ?

– Le plaisir s'est émoussé, Deb. Il y a quelque chose qui cloche. Ça ne colle plus. Il manque un truc pour que la magie opère totalement.

– Et tu voulais que je trouve ça toute seule ?

– Quelqu'un devait y penser, tu ne crois pas ? Et donc il interrompt son geste et cherche l'inspiration, mais en vain. »

Elle fronça les sourcils.

« C'est fini, alors ? Il ne recommencera pas ?

– Diable ! Si, Deb, dis-je en riant, bien au contraire. Si tu étais prêtre et que tu croyais sincèrement en Dieu mais ne parvenais pas à trouver la manière idéale de le vénérer, que ferais-tu ?

– J'essaierais sans cesse. Jusqu'à ce que je sois satisfait. » Elle me regarda fixement. « Bon sang ! C'est ce que tu penses ? Il va recommencer bientôt ?

– C'est juste une impression, répondis-je avec modestie. Je peux me tromper. »

Mais j'étais sûr que non.

« Nous ferions mieux de trouver un moyen de l'attraper dès qu'il se manifestera, dit-elle, au lieu de chercher un témoin inexistant. » Elle se leva et se dirigea vers la porte. « Je t'appelle plus tard. Salut ! »

Et elle disparut.

Du bout du doigt je touchai le sachet en papier. Il était absolument vide. Exactement comme moi : une jolie enveloppe propre, et rien à l'intérieur.

Je le pris et le déposai dans la poubelle à côté du bureau. J'avais du travail ce matin-là, le vrai boulot sérieux d'un labo de police. J'avais un long rapport à taper, ainsi que des photos à trier, des preuves à classer. C'était la routine, un double homicide qui ne serait sans doute jamais jugé, mais j'aime m'assurer que tout ce que je fais est bien ordonné.

Du reste, ce cas-là avait été intéressant. Les taches de sang avaient été très difficiles à interpréter ; entre le jet issu de l'artère, les multiples victimes (qui visiblement s'étaient déplacées) et les éclaboussures qui devaient avoir été causées par une tronçonneuse, il avait été presque impossible de déterminer un lieu d'impact précis. Afin de couvrir l'ensemble de la pièce, j'avais dû utiliser deux bouteilles de Luminol, produit qui met en évidence la plus infime des taches de sang et qui coûte le prix exorbitant de douze dollars la bouteille.

J'avais même dû tendre des fils pour m'aider à comprendre les principaux angles selon lesquels avait giclé le sang, une technique si vieille qu'elle s'apparente à l'alchimie. Le spectacle des taches était saisissant ; il y avait des éclaboussures éclatantes, violentes et sauvages partout sur les murs, les meubles, la télévision, les serviettes, les couvre-lits, les rideaux. Une débauche ahurissante de sang dans tous les sens. Même à Miami on s'attendrait à ce que des gens aient entendu quelque chose. Deux personnes se font découper en morceaux à la tronçonneuse dans une chambre d'hôtel élégante et luxueuse, et les voisins se contentent d'augmenter le volume de la télé.

Vous pensez peut-être que le très diligent Dexter s'emballe un peu trop au boulot, mais je suis très consciencieux et il est vrai que j'aime savoir où se tapit tout le sang. Les raisons professionnelles de cet intérêt sont évidentes, mais elles m'importent beaucoup moins que les raisons personnelles. Peut-être un jour un psychiatre au service du système pénal de l'État pourra-t-il m'aider à les éclaircir.

Dans tous les cas, les morceaux de corps étaient plus que froids le temps que la police parvienne sur les lieux, et nous n'arrêterons sans doute jamais le type qui portait des mocassins italiens cousus main, pointure 42. Droitier et très corpulent, avec un revers de main terrifiant.

Mais j'avais persévéré et effectué du très bon boulot. Je ne fais pas mon travail pour arrêter les sales types. Quel intérêt y trouverais-je ? Non, je fais mon travail pour forcer l'ordre à émerger du chaos. Pour obliger les vilaines taches de sang à se comporter comme il faut puis à disparaître. Les autres peuvent se servir de mon travail afin d'arrêter les criminels ; je n'y vois pas d'inconvénient, mais je m'en moque.

Si je suis suffisamment négligent un jour pour me faire prendre, on dira de moi que je suis un monstre sociopathe, un être diabolique et pervers qui n'a rien d'humain, et les juges m'enverront sans doute sur la chaise électrique en s'autocongratulant joyeusement. Si jamais Pointure 42 se fait prendre, on dira de lui que c'est un mauvais bougre qui a mal tourné en raison de facteurs sociaux auxquels il n'a malheureusement pu résister, et il passera dix ans au trou avant d'être libéré, avec juste assez d'argent pour se payer un costume et une nouvelle tronçonneuse.

Chaque jour, au travail, je comprends un peu mieux Harry.

Chapitre VI

Vendredi soir. Grand soir pour le flirt à Miami. Et, croyez-le ou non, Dexter aussi est de sortie. Aussi étrange que cela puisse paraître, j'avais trouvé quelqu'un. Pardon ? Le Dexter au cœur mort sort aussi sa cocotte ? Les morts vivants s'intéressent au sexe ? Mon besoin d'imiter la vie allait-il jusqu'à simuler des orgasmes ?

N'ayez crainte. Jamais il n'était question de sexe. Après des années d'embarras et d'affreux tâtonnements à essayer d'avoir l'air normal, j'avais enfin dégoté l'amie parfaite.

Rita était presque aussi détraquée que moi. Mariée trop jeune, mère de deux enfants, elle s'était démenée pendant dix ans pour que les choses marchent. Son doux mari avait quelques petits problèmes. D'abord l'alcool, puis l'héroïne – rien que ça –, et enfin le crack. Il la battait, le rustre. Cassait les meubles, hurlait, lui lançait des objets dessus, la menaçait. Puis la violait. Il lui avait transmis d'horribles infections ramassées dans des squats de drogués. Tout cela à un rythme fréquent. Et Rita encaissait, s'obstinait, l'avait épaulé même durant deux cures de désintoxication. Puis une nuit il s'en était pris aux enfants, et Rita avait enfin mis les voiles.

Son visage depuis avait cicatrisé, bien sûr. Et quelques côtes fêlées ou un bras cassé font partie de la routine pour les médecins de Miami. Rita était tout à fait présentable à présent, juste ce qu'il fallait au monstre.

Le divorce avait été sans appel, le rustre mis sous les verrous

– et après ? Ah ! Les mystères de l'âme humaine… Pour une raison inexplicable, cette chère Rita avait décidé de « fréquenter » à nouveau. Elle était convaincue que c'était *la* chose à faire. Mais, suite aux innombrables coups qu'elle avait reçus de son bien-aimé, elle avait perdu tout intérêt pour le sexe. Elle voulait juste un peu de compagnie masculine l'espace de quelques heures.

Elle s'était mise à la recherche du type idéal : sensible, doux et patient. Une quête qui prenait du temps, évidemment. Elle cherchait un homme imaginaire qui préférait avoir une amie à qui parler et avec qui aller au cinéma plutôt que d'avoir des rapports sexuels, pour la simple raison qu'elle n'était Absolument Pas Prête pour l'instant.

J'ai dit imaginaire ? Eh bien, oui. Les hommes véritablement humains ne sont pas comme ça. La plupart des femmes le savent quand elles ont eu deux enfants et connu leur premier divorce. Mais la pauvre Rita s'était mariée trop tôt et trop mal pour apprendre cette précieuse leçon. Et pendant la période de convalescence qui avait suivi son affreux mariage, au lieu de se mettre dans la tête que tous les hommes sont des brutes, elle s'était forgée cette belle image romantique d'un vrai gentleman qui attendrait indéfiniment qu'elle s'ouvre peu à peu, comme une jolie fleur.

Non. Franchement. Peut-être était-il possible de trouver un tel homme dans l'Angleterre victorienne, lorsqu'il y avait un bordel à tous les coins de rue pour se défouler un peu entre deux déclarations fleuries jurant un amour éthéré. Mais, à ma connaissance, c'était mission impossible dans le Miami du XXIe siècle.

Et pourtant… Moi je savais imiter tout cela à la perfection. Et je le faisais très volontiers. Je ne voulais en aucun cas d'une relation sexuelle. Je cherchais un déguisement, et Rita était exactement ce qu'il me fallait.

Elle était, comme je l'ai dit, tout à fait présentable. Menue, coquette et décidée, un corps svelte et musclé, de courts cheveux blonds et des yeux bleus. Elle était fana de sport, passait tout son temps libre à courir, faire du vélo, etc. D'ailleurs, suer était son activité préférée. Nous avions traversé les Everglades à vélo, couru sur des distances de cinq kilomètres et même fait de la gonflette ensemble.

Mais le mieux, c'étaient encore ses deux enfants : Astor avait huit ans et Cody cinq. Ils étaient tous les deux exagérément sages. Rien d'étonnant, bien sûr. Les enfants dont les parents cherchent régulièrement à se trucider avec le premier meuble qui leur tombe sous la main tendent à être un peu renfermés. Comme tout enfant qui grandit dans une zone de combat. Mais ils peuvent s'en sortir, à la longue. J'en suis la preuve vivante. J'ai enduré étant petit nombre d'atrocités innommables, c'est certain, et pourtant voyez ce que je suis devenu : un citoyen indispensable, un pilier de la communauté.

Peut-être fallait-il y voir la raison de mon étrange affection pour Cody et Astor. Car je tenais à eux, et je ne savais comment me l'expliquer. Je suis parfaitement lucide ; je comprends beaucoup de choses sur moi-même. Mais l'un de mes traits de caractère qui me laissent absolument perplexe est mon attitude envers les enfants.

J'ai de l'affection pour eux.

Ils sont importants à mes yeux. Ils comptent.

C'est un vrai mystère. Très honnêtement, peu m'importerait que tous les humains sur terre viennent à expirer d'un seul coup, à l'exception peut-être de moi-même et, éventuellement, de Deborah. Les autres personnes comptent moins pour moi que de vulgaires chaises de jardin. Disons, pour utiliser les termes éloquents des psys, que je n'ai aucun sens de la réalité des autres. Et cette prise de conscience ne me cause pas le moindre état d'âme.

Mais les enfants… c'est différent.

Cela faisait presque un an et demi que je fréquentais Rita, et au fil du temps, tout doucement, délibérément, j'avais réussi à amadouer Astor et Cody. J'étais un type bien. Aucun danger avec moi. Je me souvenais de leur anniversaire, des jours des bulletins scolaires, des vacances. Je pouvais venir chez eux, je ne leur ferais aucun mal. Ils pouvaient me faire confiance.

Assez ironique, au fond. Mais véridique.

Moi : le seul homme à qui ils accordaient leur confiance. Rita s'imaginait que cela faisait partie d'une stratégie pour lui faire la cour. Destinée à prouver que les enfants m'aimaient bien, et qui sait... ? Mais en fait ils comptaient plus pour moi que Rita elle-même. Peut-être était-il déjà trop tard, mais je ne voulais pas qu'ils deviennent comme moi en grandissant.

Ce vendredi soir, c'est Astor qui m'ouvrit la porte. Elle portait un immense T-shirt sur lequel on lisait RUG RATS, qui descendait au-dessous du genou. Ses cheveux roux étaient divisés en deux nattes, et son petit visage fermé était dénué de toute expression.

« Bonjour, Dexter », dit-elle de son petit air bien sage.

Pour elle, deux mots constituaient déjà une longue conversation.

« Bonsoir, jolie demoiselle, dis-je de ma voix distinguée à la lord Mountbatten. M'est-il permis de faire remarquer que vous êtes absolument ravissante ce soir ?

– Ah bon, répondit-elle en maintenant la porte ouverte. Il est là ! » lança-t-elle par-dessus son épaule en direction du canapé plongé dans l'ombre.

Je m'avançai. Cody se tenait juste derrière elle, à l'intérieur, comme pour l'épauler, au cas où.

« Cody », dis-je.

Je lui tendis un paquet de gaufrettes. Il les prit sans me quitter des yeux et laissa simplement retomber sa main sans même jeter un coup d'œil à la friandise. Il attendrait que je parte pour les ouvrir et les partager avec sa sœur.

« Dexter ? appela Rita depuis la pièce voisine.

– Ici ! criai-je. Dis donc, tu ne pourrais pas apprendre à ces enfants à bien se tenir ?

– Non », souffla Cody.

Une blague ! Je le dévisageai. Quelles autres surprises nous réservait-il ? Allait-il se mettre à chanter un jour ? Faire des claquettes dans la rue ? Haranguer l'assistance à la convention nationale du parti démocrate ?

Rita s'approcha dans un bruissement d'étoffe, tout en finissant d'accrocher une boucle d'oreille. Elle était plutôt provocante, en fin de compte. Elle portait une robe en soie bleu pâle presque immatérielle qui lui arrivait à mi-cuisses, et bien sûr ses plus belles chaussures de sport New Balance. De ma vie, je n'avais jamais rencontré une femme qui osait porter des chaussures confortables lors d'un rendez-vous galant. Quelle charmante créature !

« Voilà le plus beau ! lança Rita à mon adresse. Je dis un mot à la baby-sitter et on file. »

Elle retourna dans la cuisine et je l'entendis donner ses instructions à la petite voisine qui gardait toujours les enfants. L'heure du coucher. Les devoirs. Les programmes autorisés à la télé. Son numéro de portable. Le numéro d'urgence. Que faire en cas d'empoisonnement accidentel ou de décapitation.

Cody et Astor me regardaient toujours fixement.

« Vous allez au cinéma ? » me demanda Astor.

Je hochai la tête.

« Si on trouve un film qui ne nous fasse pas vomir.

– Berk ! » lâcha-t-elle.

Elle fit une très légère grimace et j'en éprouvai un petit élan de triomphe.

« Tu vomis au cinéma ? me demanda Cody.

– Cody ! le reprit Astor.

– Hein ? insista-t-il.

– Non, mais j'en ai souvent envie, répondis-je.

– Allez, on y va, dit Rita, qui revenait d'un pas leste et se penchait pour faire une bise à chaque enfant. Obéissez à Alice. Au lit à neuf heures.

– Tu vas revenir ? demanda Cody.

– Voyons, Cody ! Bien sûr que je vais revenir, répondit Rita.

– Je demandais à Dexter.

– Tu dormiras, dis-je. Mais je te ferai un signe, d'accord ?

– Je ne dormirai pas, dit-il d'un air renfrogné.

– Alors je viendrai te voir et on jouera aux cartes, dis-je.

– C'est vrai ?

– Absolument. Une partie de poker. Et on misera de l'argent. Le gagnant rafle toute la mise.

– Dexter ! fit Rita, souriant néanmoins. Tu dormiras, Cody. Allez ! Bonne nuit, les enfants. Soyez sages. » Elle prit mon bras et m'entraîna vers la porte. « Franchement, murmura-t-elle, tu peux en faire ce que tu veux, de ces deux-là. »

Le film ne présentait pas grand intérêt. Je n'eus pas vraiment envie de vomir, mais j'avais presque tout oublié le temps qu'on s'arrête boire un verre dans un bar de South Beach. Une idée de Rita. Elle avait beau avoir vécu à Miami toute sa vie, pour ainsi dire, elle trouvait toujours South Beach très « glamour ». Peut-être était-ce dû à la présence des nombreux rollers. Ou peut-être s'imaginait-elle qu'un endroit aussi bondé et aussi mal fréquenté devait forcément être « glamour ».

Quoi qu'il en soit, nous attendîmes vingt minutes qu'une petite table se libère puis vingt autres minutes qu'on veuille bien nous servir. Peu m'importait. Cela m'amusait d'observer tous ces beaux imbéciles en train de se regarder. Un spectacle très divertissant.

Nous allâmes ensuite nous promener le long d'Ocean Boulevard en échangeant des propos parfaitement insignifiants : un art dans lequel j'excelle. C'était une nuit délicieuse. Un coin de la pleine lune présente quelques nuits auparavant, lorsque j'avais fait sa fête au père Donovan, avait été grignoté.

Alors que nous regagnions en voiture la maison de Rita dans South Miami, après cette soirée conforme à nos petites habitudes, à une intersection de l'un des secteurs de Coconut Grove les moins recommandables une lumière clignotante rouge attira mon regard, et je jetai un coup d'œil dans la rue transversale. La scène d'un crime. Le ruban jaune était déjà tendu, et plusieurs voitures de police étaient stationnées pêle-mêle en travers de la chaussée.

C'est encore lui, pensai-je. Et avant même de savoir ce que j'entendais vraiment par là je m'étais déjà engagé dans la rue en direction de la scène du crime.

« Où va-t-on ? demanda Rita, avec pertinence.

– Oh, je voudrais juste m'assurer qu'ils n'ont pas besoin de moi.

– Tu n'as pas de beeper ? »

Je lui fis mon plus beau sourire, version vendredi soir.

« Ils ne savent pas toujours qu'ils ont besoin de moi », dis-je.

Je me serais peut-être arrêté de toute façon, ne serait-ce que pour exhiber Rita. À quoi bon porter un déguisement si personne ne le voit ? Mais, en vérité, l'irrésistible petite voix qui glapissait au fond de mon oreille m'aurait obligé à m'arrêter dans tous les cas. *C'est encore lui.* Et il fallait que je voie ce qu'il nous avait mijoté. Je laissai Rita dans la voiture et me précipitai dehors.

Il n'avait rien mijoté de bon, le vaurien. J'aperçus le même tas de morceaux de corps soigneusement emballés. Angel-aucun-rapport était penché au-dessus dans la même position quasiment que lorsque je l'avais quitté la fois précédente.

« *Hijo de puta*, dit-il en me voyant approcher.

– Pas moi, j'espère, répondis-je.

– Nous, on se plaint d'avoir à travailler un vendredi soir, et toi tu rappliques avec ta belle. Et il n'y a toujours rien pour toi par ici.

– Même gars, même schéma ?

– C'est ça, dit-il en écartant le sac plastique de son crayon. Toujours parfaitement sec. Pas de sang du tout. »

Ces mots me causèrent une légère sensation de vertige. Je me penchai pour regarder. Les morceaux de corps étaient encore une fois étonnamment propres et secs. Ils avaient une teinte un peu bleutée et semblaient préservés dans leur petite sphère temporelle parfaite. Une merveille.

« La manière dont il a coupé est légèrement différente, cette fois, commenta Angel. Il l'a fait en quatre endroits. » Il les indiqua du doigt. « De façon très brutale ici, presque émotionnelle. Puis là, pas tant que ça. Enfin, là et là, entre les deux. Hein ?

– Très joli, dis-je.

– Et puis regarde-moi ça », enchaîna-t-il. De son crayon, il poussa sur le côté le gros morceau de chair exsangue du haut.

En dessous, un autre bout blanc luisait. La chair avait été consciencieusement arrachée, sur toute la longueur, pour révéler un os impeccable. « Quel besoin il avait de faire une chose pareille ? » demanda Angel doucement.

J'inspirai profondément.

« Il expérimente, dis-je. Il cherche la meilleure méthode. »

Et je m'abîmai dans la contemplation de ce tronçon d'os net et sec jusqu'à ce que je m'aperçoive qu'Angel m'observait depuis un long moment déjà.

« Comme un enfant qui joue avec sa nourriture, remarquai-je à l'intention de Rita, de retour dans la voiture.

– Mon Dieu, dit-elle. C'est horrible.

– Je crois que le mot approprié est *atroce*, précisai-je.

– Comment peux-tu plaisanter, Dexter ? »

Je lui adressai un sourire rassurant.

« Tu sais, on finit plus ou moins par s'habituer dans le métier, expliquai-je. On fait tous des plaisanteries pour masquer notre douleur.

– Bon sang ! J'espère qu'ils vont vite arrêter ce psychopathe. »

Je pensai aux morceaux de corps soigneusement empilés, aux multiples façons de découper le corps, à la merveilleuse et totale absence de sang.

« Pas si vite, dis-je.

– Qu'est-ce que tu dis ? demanda-t-elle.

– Je dis : je ne pense pas que ce sera de sitôt. Le meurtrier est extrêmement intelligent, et l'inspecteur chargée de l'affaire est beaucoup plus versée dans les magouilles politiques que dans le vrai travail de police. »

Elle me regarda pour voir si je parlais sérieusement. Puis elle resta silencieuse tandis que nous roulions sur la US1 en direction du sud. Elle se tut jusqu'à ce que nous atteignions South Miami.

« Je ne pourrai jamais m'habituer à voir... comment dire ? Le dessous des cartes ? La face cachée des choses ? Ce que toi tu vois », finit-elle par dire.

Elle me prit par surprise. J'avais profité du silence pour

repenser aux morceaux de corps joliment empilés que nous venions de laisser. Mon esprit était occupé à tourner avidement autour des membres tronçonnés si propres et secs, tel un aigle qui chercherait un morceau de viande à happer. La remarque de Rita était si inattendue que j'en bégayai presque pendant une minute.

« Qu'est-ce que tu entends par là ? » réussis-je enfin à articuler.

Elle fronça les sourcils.

« Je... je ne suis pas sûre. C'est juste que... On part du principe que... les choses... sont réellement telles qu'on les imagine. Telles qu'elles devraient être ? Mais ce n'est jamais le cas, tout est toujours plus... Je ne sais pas... Plus... sombre ? Plus... humain. Comme là, par exemple. Pour moi, il n'y a pas de doute que l'inspecteur veut arrêter le tueur ; c'est le boulot d'un inspecteur, non ? Ça ne m'a jamais traversé l'esprit qu'il puisse y avoir une part de politique dans un meurtre.

– Dans tout, pratiquement », dis-je.

Je tournai dans sa rue et ralentis devant sa maison proprette et insignifiante.

« Mais pour toi c'est le point de départ », poursuivit-elle. Elle ne semblait pas avoir remarqué où nous étions et ce que je lui avais dit. « La plupart des gens ne creuseraient même pas jusque-là.

– Je ne suis pas aussi profond, Rita, dis-je en amenant doucement la voiture à l'arrêt.

– En fait, les choses ont toujours deux facettes : celle à laquelle nous faisons semblant de croire et celle qui correspond à la réalité. Toi tu sais déjà tout ça et c'est comme un jeu pour toi. »

Je n'avais aucune idée de ce qu'elle cherchait à me dire. De fait, j'avais renoncé à essayer de comprendre et, tandis qu'elle parlait, je laissai mon esprit vagabonder, repensant au dernier crime : la propreté de la chair, l'impression d'improvisation induite par les différents morceaux tranchés, l'absence totale, immaculée, si parfaite, de sang...

« Dexter... » dit Rita.

Elle posa la main sur mon bras.

Je l'embrassai.

Je ne sais pas lequel de nous deux fut le plus surpris. Ce n'était vraiment pas un acte que j'avais anticipé. Et ce n'était certainement pas son parfum. Mais voilà que j'écrasais mes lèvres contre les siennes et les maintenais là un long moment.

Elle me repoussa.

« Non, fit-elle. Je… Non, Dexter.

– D'accord, dis-je, encore choqué par ce que je venais de faire.

– Je ne crois pas que je veuille… Je ne suis pas prête pour… Merde, Dexter », dit-elle.

Elle détacha sa ceinture, ouvrit la portière et courut jusqu'à sa maison.

Mince alors ! pensai-je. Qu'est-ce que j'ai encore fait ?

Je savais que j'aurais dû m'interroger, et m'inquiéter peut-être d'avoir bousillé mon déguisement après l'avoir si bien entretenu pendant un an et demi.

Mais la seule chose à laquelle je pouvais penser était le joli tas de morceaux de corps.

Pas de sang.

Pas la moindre goutte.

CHAPITRE VII

Ce corps est disposé exactement comme j'aime. Les bras et les jambes sont ligotés et la bouche est bloquée par du ruban adhésif pour empêcher tout bruit et toute régurgitation dans mon espace de travail. Et ma main tient le couteau avec une telle assurance que je suis certain de faire du bon boulot, très satisfaisant...

... Sauf que ce n'est pas un couteau, c'est une sorte de...

... Sauf que ce n'est pas ma main. Bien que ma main bouge avec cette main, ce n'est pas la mienne qui tient la lame. Et la pièce est toute petite, elle est vraiment très étroite, ce qui est logique, parce que c'est... quoi donc ?

Et me voilà à présent en train de flotter au-dessus de cette aire de travail étroite et parfaite et de ce corps terriblement tentant, et pour la première fois je sens le froid souffler autour de moi et même, curieusement, à travers moi. Et si je pouvais sentir mes dents, je suis certain qu'elles claqueraient. Et ma main en harmonie parfaite avec cette autre main se lève et s'arque pour effectuer une incision parfaite...

Et bien sûr je me réveille dans mon appartement. Debout près de la porte d'entrée et complètement nu. Allez savoir pourquoi. Je pouvais m'expliquer le somnambulisme, mais le strip-tease ? Franchement ! Je retourne à tâtons jusqu'à mon lit gigogne. Les couvertures sont roulées en boule sur le sol. L'air conditionné a fait chuter la température à quinze degrés. Cela m'avait paru une bonne idée sur le moment la veille au soir, comme je me sentais un peu déconnecté après ce qui s'était passé avec Rita. C'était si grotesque qu'on avait du mal à le croire. Dexter, le brigand de l'amour, le voleur de baisers ! De retour chez moi, j'avais donc pris une longue douche chaude puis baissé à fond le thermostat avant de grimper dans mon lit. Je ne saurais vous expliquer pourquoi, mais dans mes moments les plus noirs je trouve le froid purifiant. Pas tant rafraîchissant que nécessaire.

Et il faisait indéniablement froid. Beaucoup trop froid même pour prendre le café et commencer la journée, parmi les derniers lambeaux de mon rêve.

En temps normal, je ne me souviens pas de mes rêves, et, si je m'en souviens, je n'y attache aucune importance. C'était donc ridicule que celui-ci me trotte encore dans la tête.

... en train de flotter au-dessus de cette aire de travail étroite et parfaite... Et ma main en harmonie parfaite avec cette autre main se lève et s'arque pour effectuer une incision parfaite...

J'ai lu des livres sur le sujet. Peut-être parce que je n'en serai jamais un, je m'intéresse beaucoup aux humains. Je connais donc tout le symbolisme : flotter est un peu comme voler, et représente le sexe. Quant au couteau...

Ja, Herr Doktor. Der couteau ist eine mère, ja ?

Allons, secoue-toi, Dexter.

Ce n'est qu'un rêve stupide et sans signification.

Le téléphone sonna et je sursautai violemment.

« Ça te dit d'aller prendre le petit déjeuner au Wolfie's ? demanda Deborah. Je t'invite.

– On est samedi matin, répondis-je. Ça va être impossible de trouver une table.

– Je pars tout de suite et j'en réserve une, dit-elle. On se retrouve là-bas. »

Le traiteur Wolfie's à Miami Beach est une institution pour les habitants de la ville. Et comme les Morgan étaient originaires de Miami, nous avions fréquenté ce lieu toute notre vie chaque fois qu'une occasion spéciale se présentait. Je me demandais quelle pouvait bien être l'occasion que Deborah avait jugé spéciale ce jour-là, mais je savais qu'elle m'éclairerait en temps voulu. Je pris donc une douche, enfilai ma tenue décontractée du samedi et m'installai au volant. La circulation était fluide sur le pont MacArthur Causeway rénové, et en un rien de temps je me retrouvai au milieu de la foule grouillante du Wolfie's, en train de me frayer poliment un chemin.

Comme promis, Deborah avait réussi à s'approprier une petite table. Elle faisait un brin de causette avec une serveuse très âgée que je reconnus moi aussi.

« Rose, ma douce », dis-je en me penchant pour embrasser sa joue fripée. Elle tourna vers moi son éternelle mine renfrognée. « Ma belle Rose irlandaise.

– Dexter, dit-elle d'une voix rauque, avec son fort accent d'Europe centrale. Laisse tomber les bises, on dirait un faigelah.

– Faigelah… Ça veut dire "fiancé" en irlandais ? lui demandai-je tout en me glissant dans mon fauteuil.

– Feh », siffla-t-elle.

Puis elle s'éloigna d'un pas traînant vers les cuisines en secouant la tête.

« Je crois qu'elle m'aime bien, confiai-je à Deborah.

– Il en faut bien une, rétorqua-t-elle. Et ton rendez-vous galant, hier soir ?

– Très bien. Tu devrais essayer un jour.

– Feh, dit-elle.

– Tu ne peux pas passer toutes tes nuits à moitié nue sur Tamiami Trail, Deb. Il faut que tu vives un peu.

– J'ai besoin d'être mutée, lança-t-elle d'un ton rageur. À la Crim. On verra après pour le reste.

– Je comprends, dis-je. C'est sûr que ça ferait mieux pour les enfants de dire que leur maman travaille à la Crim.

– Merde, Dexter ! S'il te plaît.

– Quoi ? C'est une pensée très naturelle, Deborah. Des neveux et des nièces. D'autres petits Morgan. Pourquoi pas ? »

Elle exhala tout l'air de ses poumons – sa petite technique de self-control.

« Je croyais que maman était morte, dit-elle.

– Je capte ses pensées, répondis-je. Par l'intermédiaire du feuilleté aux cerises…

– Eh bien, change de chaîne. Que sais-tu sur la cristallisation des cellules ? »

Je battis des paupières.

« Waouh ! m'exclamai-je. Tu viens de battre tous les records dans le tournoi mondial du Changement de Sujet.

– Je suis sérieuse, dit-elle.

– Alors là tu me mets K-O, Deb. Quelle cristallisation des cellules ?

– Par le froid. Des cellules qui se sont cristallisées à cause du froid. »

Un trait de lumière illumina mon esprit.

« Mais bien sûr ! m'écriai-je. Magnifique ! » Et tout au fond de moi des clochettes se mirent à tinter. *Froid… Un froid propre et pur, et le couteau frais grésille presque en s'enfonçant dans la chair tiède. Un froid propre, antiseptique, le sang ralenti et impuissant, absolument essentiel et totalement nécessaire, ce froid.* « Pourquoi n'y ai-je pas… ? » commençai-je à dire.

Je me tus dès que je vis l'expression de Deborah.

« Quoi ? me pressa-t-elle. Pourquoi "bien sûr" ? »

Je secouai la tête.

« Dis-moi d'abord ce que tu veux savoir. »

Elle me fixa d'un regard dur pendant de longues secondes puis vida à nouveau l'air de ses poumons.

« Je crois que tu es au courant, finit-elle par dire. Il y a eu un autre meurtre.

– Je sais. Je suis passé à côté hier soir.

– Tu ne t'es pas contenté de passer, apparemment. » Je haussai les épaules. Tout se sait à Metro-Dade. « Alors, ça voulait dire quoi ce "bien sûr" ?

– Rien, répondis-je, légèrement agacé à présent. La chair du cadavre avait l'air un peu différente cette fois. Si elle a été exposée au froid… dis-je en ouvrant les mains. Voilà, c'est tout. Froid comment ?

– Comme de la viande réfrigérée, dit-elle. Mais pourquoi ferait-il ça ? »

Parce que c'est magnifique, pensai-je.

« Ça ralentit l'écoulement du sang », expliquai-je.

Elle m'observa attentivement.

« Et c'est important ? »

Je pris une longue inspiration, peut-être légèrement saccadée. Non seulement je ne saurais jamais l'expliquer, mais elle serait obligée de me coffrer si j'essayais.

« C'est vital », dis-je.

Sans trop savoir pourquoi, j'éprouvais une grande gêne.

« Pourquoi vital ?

– Ça, euh… Je ne sais pas. Je crois qu'il a une relation spéciale avec le sang, Deb. Juste une impression qui me vient de… Je ne sais pas. J'ai aucune preuve, tu sais. »

Elle me fixait à nouveau de son drôle de regard. Je me creusai la tête pour trouver quelque chose à dire, mais rien ne vint. Dexter le tchatcheur, le beau parleur, se retrouvait la langue engourdie, sans rien à dire.

« Merde ! dit-elle enfin. C'est tout ? Le froid ralentit le sang, et c'est vital ? Allons, Dexter ! Qu'est-ce que ça a de si bien ?

– Le mot "bien" n'entre pas dans mon vocabulaire tant que je n'ai pas bu de café, dis-je, faisant un effort désespéré pour me reprendre.

– Merde ! » répéta-t-elle.

Rose nous apporta notre café. Deborah en avala une petite gorgée.

« Hier soir, j'ai été conviée à la réunion des 72 heures », dit-elle.

Je battis des mains.

« Bravo ! T'y voilà. Tu n'as plus besoin de moi. »

Metro-Dade a pour règle de réunir toute l'équipe de la Criminelle environ soixante-douze heures après un meurtre. Le responsable de l'enquête et son équipe font le point avec le médecin légiste et, parfois, un représentant du ministère public. Cela permet d'informer tout le monde. Si Deborah avait été conviée, c'était qu'elle participait à l'enquête.

Elle fronça les sourcils.

« Je ne sais pas y faire en politique, Dexter. Je sens bien que LaGuerta essaie de m'exclure de l'affaire mais je ne peux pas y changer grand-chose.

– Elle cherche toujours son témoin mystérieux ? » Deborah fit oui de la tête. « Vraiment ? Même après la nouvelle victime d'hier soir ?

– Elle dit que ça ne fait que confirmer. Parce que, cette fois, le tueur a eu le temps de tout découper.

– Mais chaque morceau de corps était différent », protestai-je. Elle haussa les épaules. « Et tu as suggéré quelque chose ? »

Deb détourna le regard.

« Je lui ai dit que selon moi c'était une perte de temps de chercher un témoin, car à l'évidence le tueur n'avait pas été interrompu mais était simplement insatisfait.

– Aïe ! fis-je. C'est vrai que toi et la politique ça fait deux…

– Mais merde ! » cria-t-elle. Deux vieilles dames assises à la table voisine la fusillèrent du regard. Elle ne s'aperçut de rien. « Ce que tu disais se tient tout à fait. C'est l'évidence même. Et elle m'ignore totalement. Pire, même.

– Qu'est-ce qui peut être pire que d'être ignoré ? » demandai-je.

Elle rougit.

« J'ai surpris deux agents en train de ricaner à mon sujet. Il y a une nouvelle blague qui circule et c'est moi qui en fais les frais. » Elle se mordit la lèvre et détourna les yeux. « Einstein, dit-elle.

– Désolé, je ne saisis pas.

– Si j'avais la cervelle aussi grosse que mes nichons, je serais Einstein », dit-elle amèrement. Je me raclai la gorge pour ne pas rire. « C'est elle qui a lancé ça, poursuivit Deb. Ce genre de sobriquet à la con te colle à la peau, et après y a pas moyen d'obtenir une promotion parce que les gens s'imaginent que personne ne va te respecter avec un tel surnom. Merde quoi,

Dex ! répéta-t-elle. Elle est en train de foutre en l'air ma carrière. »

J'éprouvai un petit élan de chaleur protectrice à son égard.

« C'est une imbécile.

– Et je dois le lui dire, Dex ? Ce serait une bonne manœuvre politique, ça ? »

Notre commande arriva. Rose jeta brutalement les assiettes devant nous comme si elle avait été condamnée par un juge corrompu à servir des assassins spécialisés dans les bébés. Je lui adressai un immense sourire et elle s'éloigna de son pas traînant en bougonnant.

Je pris une bouchée, puis me concentrai sur le problème de Deborah. Il fallait que je le voie ainsi, comme le problème de Deborah. Non pas « ces meurtres fascinants ». Ou bien « cette méthode incroyablement attrayante », ou encore « le truc que j'aimerais tant faire aussi un jour ». Il fallait absolument que je reste en dehors. Mais je me sentais tellement titillé. Même le rêve de la nuit précédente, avec son air froid... Une pure coïncidence, mais troublante malgré tout.

Car ce tueur avait touché le cœur de ma propre stratégie de tueur. Dans sa manière de travailler, bien entendu, pas dans le choix de ses victimes. Il fallait le faire cesser, c'était certain, aucun doute là-dessus. Les pauvres prostituées.

Et pourtant... ce besoin de froid... Ce serait passionnant à explorer un jour. Trouver un petit endroit sombre et étroit...

Étroit ? D'où me venait cette idée ?

Mon rêve, naturellement. Mais cela ne signifiait-il pas que mon inconscient voulait que j'y pense ? Et, sans que je puisse me l'expliquer, cette idée d'étroitesse semblait appropriée. Froid et étroit...

« Un camion frigorifique », dis-je.

J'ouvris les yeux. Deborah, la bouche pleine d'œuf, mit un bout de temps à répondre.

« Quoi ?

– Oh, c'est juste une hypothèse. Rien de sûr. Mais ça pourrait être logique, non ?

– Qu'est-ce qui pourrait être logique ? » demanda-t-elle.

Je baissai les yeux et fronçai les sourcils, essayant de me représenter comment tout pouvait s'imbriquer.

« Il recherche un environnement froid. Afin de stopper l'écoulement du sang et parce que c'est… euh… plus propre.

– Si tu le dis.

– Parfaitement. Et il faut que ce soit un espace exigu…

– Pourquoi ? D'où ça te vient, ce foutu espace exigu ? »

Je choisis d'éluder cette question.

« Donc un camion frigo remplirait toutes ces conditions ; en plus c'est mobile, ce qui facilite grandement les choses pour se débarrasser des ordures après. »

Deborah mordit dans un bagel et réfléchit un moment tout en mastiquant.

« Donc, dit-elle enfin avant d'avaler, le tueur pourrait avoir accès à l'un de ces camions ? Ou même en posséder un ?

– Mmm. Peut-être. Sauf que le corps d'hier soir est le seul qui présentait des signes de froid. »

Deborah approuva de la tête.

« Il viendrait donc de s'acheter un camion ?

– Il y a peu de chances. Tout ça est encore expérimental. Il a probablement essayé le froid sur une impulsion. »

Elle hocha la tête.

« Et ce serait trop beau bien sûr qu'il en utilise un pour son boulot ou un truc du style ? »

Je la gratifiai de mon beau sourire de requin.

« Ah, Deb ! Comme tu as l'esprit vif ce matin. Non, j'ai bien peur que notre ami soit bien trop malin pour risquer de se compromettre ainsi. »

Deborah but une petite gorgée de son café, reposa la tasse et se laissa aller dans son fauteuil.

« Donc on cherche un camion volé, finit-elle par dire.

– J'en ai bien peur, répondis-je. Combien peut-il y en avoir eu ces dernières quarante-huit heures ?

– À Miami ? grogna-t-elle. Il suffit qu'une personne en vole un, le bruit se répand que c'est un vol très rentable, et du jour au lendemain n'importe quel rappeur de mes deux, *marielito,* junkie ou petit fortiche des lycées doit en voler un, juste pour être dans le coup.

– Il n'y a plus qu'à espérer que le bruit ne s'est pas encore répandu », dis-je.

Deborah avala le dernier morceau de son bagel.

« Je vérifierai », dit-elle.

CHAPITRE VIII

En théorie, la réunion des 72 heures laisse assez de temps à toute l'équipe pour progresser dans l'enquête, mais a lieu suffisamment tôt pour que les différentes pistes soient encore fraîches. C'est ainsi que dès le lundi matin, dans une salle de conférence du deuxième étage, l'imbattable équipe de la Criminelle de Metro-Dade, dirigée par l'invincible inspecteur LaGuerta, fut de nouveau convoquée pour une réunion des 72 heures. Je me joignis à eux. Je récoltai quelques regards inquisiteurs et une ou deux remarques bon enfant lancées sur un ton jovial par des policiers qui me connaissaient. « Hé, l'expert du sang ! Où est ta serpillière ? » L'élite de la police, rien que ça ; et ma Deborah rallierait bientôt leurs rangs. J'éprouvai une grande fierté et une certaine humilité à me trouver dans la même pièce qu'eux.

Malheureusement, ces sentiments n'étaient pas partagés par tout le monde.

« Qu'est-ce que vous foutez là ? » grommela le brigadier Doakes.

C'était un très gros Noir qui affichait en permanence un air offensé et hostile. Il se dégageait de sa personne une férocité froide qui aurait certainement été des plus utiles à quelqu'un ayant le même hobby que moi. Dommage que nous ne puissions être amis. Mais, bizarrement, il détestait tous les techniciens et, encore plus bizarre, depuis toujours il en avait particulièrement après Dexter. Il détenait aussi le record de

Metro-Dade en haltérophilie. Il méritait donc mon sourire circonspect.

« Je ne fais que passer, brigadier, lui dis-je.

– Vous avez rien à faire là, répondit-il. Foutez-moi le camp.

– Il peut rester, brigadier », intervint LaGuerta.

Doakes lui jeta un regard mauvais.

« Il a rien à foutre ici.

– Je ne veux froisser personne, dis-je en me dirigeant doucement vers la porte, sans grande conviction.

– Cela ne pose aucun problème », dit LaGuerta, qui m'adressa même un sourire. Elle se tourna vers Doakes. « Il peut rester, répéta-t-elle.

– Il me fout les glandes », maugréa-t-il.

Pour la première fois il me fut donné d'apprécier la perspicacité de cet homme. Bien sûr que je lui foutais les glandes. La seule chose qui m'étonnât, finalement, c'était de voir que dans cette salle remplie de flics il était le seul sur qui ma présence produisait cet effet.

« Allez, on commence », dit LaGuerta, faisant légèrement claquer un fouet imaginaire, réaffirmant par là que c'était elle le chef.

Doakes s'avachit sur son siège, non sans me fusiller une dernière fois du regard.

La première partie de la réunion fut une affaire de routine : des rapports, des manigances politiques, toutes ces petites choses qui font de nous des êtres humains. Enfin, pour ceux d'entre nous qui sont humains. LaGuerta donna des instructions aux policiers chargés de la communication sur ce qu'ils avaient le droit de divulguer à la presse. Parmi les éléments qu'ils pouvaient communiquer se trouvait une nouvelle photo sur papier glacé de l'inspecteur qu'elle avait fait faire pour l'occasion. C'était un cliché à la fois sobre et glamoureux, voyant mais raffiné. On pouvait presque la voir en officier de paix sur cette photo. Si seulement Deborah pouvait avoir ce don pour les relations publiques.

Une heure s'était écoulée et l'on n'avait toujours pas abordé le cœur du sujet. Enfin, LaGuerta demanda où en étaient les recherches concernant le témoin mystérieux. Personne n'avait rien à signaler. J'affectai un air surpris.

LaGuerta, les sourcils froncés, adressa au groupe un regard désapprobateur.

« Allons ! dit-elle. Il faut que vous me trouviez quelque chose. »

Mais personne ne réagit et le silence se fit, toutes les personnes présentes se mettant à étudier leurs ongles, le sol, ou la cloison insonorisante du plafond.

Deborah s'éclaircit la voix.

« Je, euh... dit-elle avant de s'éclaircir la voix à nouveau. J'avais, euh... une idée. Une autre idée. Je me disais qu'on pourrait essayer une direction légèrement différente. »

On aurait dit qu'elle récitait son texte – ce qu'elle faisait, d'ailleurs. Mes prudentes leçons ne pouvaient l'amener à paraître naturelle au moment de parler, mais au moins s'en était-elle tenue à ma formule soigneusement choisie et politiquement correcte.

LaGuerta leva un sourcil au dessin parfait.

« Une idée ? Vraiment ? » Elle eut une moue pour montrer à quel point elle était surprise et ravie. « S'il vous plaît, ayez l'amabilité de nous en faire part, agent Ein... je veux dire Morgan. »

Doakes ricana. Quel homme charmant.

Deborah rougit, mais se lança.

« La, euh... cristallisation des cellules. Sur la dernière victime. Je voudrais vérifier si des camions frigorifiques ont été volés au cours de la semaine passée. »

Silence. Un silence insondable. Le silence des bœufs. Ils ne pigeaient pas, les abrutis, et Deborah ne les aidait pas vraiment. Elle laissa le silence s'amplifier, un silence que LaGuerta meubla par un joli froncement de sourcils et un regard interrogateur qui balaya la salle pour voir si quelqu'un saisissait, avant de se tourner poliment vers Deborah.

« Des camions... frigorifiques ? » demanda-t-elle.

Deborah avait l'air extrêmement troublée, la pauvre. Ce n'était pas là quelqu'un qui aimait s'exprimer en public.

« Tout à fait », répondit-elle.

LaGuerta laissa ces mots résonner, paraissant les savourer.

« Mmm mmm », dit-elle.

Le visage de Deborah s'assombrit; pas un bon signe du tout. Je me raclai la gorge, et comme cela ne semblait pas suffire je toussai, suffisamment fort pour la sommer de garder son calme. Elle me regarda. LaGuerta aussi.

« Excusez-moi, dis-je. Je crois que j'ai attrapé froid. »

Peut-il exister meilleur frère que moi ?

« Le, euh… *froid*, lâcha Deborah, se jetant sur cette bouée de sauvetage. Un véhicule frigorifique pourrait probablement endommager les tissus de cette façon. Et c'est mobile, donc le tueur serait plus difficile à attraper. Et il pourrait aussi se débarrasser du corps beaucoup plus facilement. Donc, euh… S'il y en a eu un de volé… Je veux dire, un camion. Frigorifique. Ça pourrait être une piste. »

Ma foi, c'était l'essentiel; et elle avait réussi à le dire. Quelques sourcils perplexes se froncèrent çà et là dans la salle. On pouvait presque entendre grincer les mécanismes des cerveaux.

Mais LaGuerta se contenta de hocher la tête.

« C'est une idée très… intéressante, agent Morgan », dit-elle. Elle accentua très légèrement au passage le mot « agent », afin de nous rappeler que, certes, on vivait dans une démocratie où chacun pouvait s'exprimer librement, mais tout de même… « Mais je continue à croire que la meilleure solution est de trouver notre témoin. On sait qu'il est quelque part dans la nature. » Elle sourit, avec une expression timide toute politique. « Il *ou elle*, ajouta-t-elle, pour nous prouver qu'elle savait se montrer vive. Un témoin a vu quelque chose. Les preuves sont formelles. Concentrons-nous là-dessus et laissons les gars de Broward perdre leur temps avec des chinoiseries, d'accord ? » Elle marqua un temps d'arrêt, tandis qu'un petit gloussement parcourait la salle. « Mais, agent Morgan, je vous serais reconnaissante de continuer à questionner les prostituées. On vous connaît là-bas. »

Mon Dieu, quel talent ! Elle avait dissuadé quiconque d'accorder la moindre réflexion à l'hypothèse de Deb, l'avait remise à sa place et, par la même occasion, avait ressoudé l'équipe grâce à sa blague concernant notre vieille rivalité avec le comté de Broward. Tout ça en quelques mots. J'eus presque envie d'applaudir.

Sauf que bien sûr j'étais dans le camp de la pauvre Deborah, et qu'elle venait de se faire démolir. Sa bouche s'ouvrit quelques secondes, puis se referma, et je vis les muscles de sa mâchoire se nouer comme elle repassait prudemment en mode Flic Neutre. Une belle performance aussi, à sa façon, mais, il faut l'avouer, dans une catégorie bien en dessous de celle de LaGuerta.

La réunion se poursuivit sans incidents. Il n'y avait pas vraiment grand-chose à ajouter. Aussi, très peu de temps après la rebuffade magistrale de LaGuerta, le groupe se dispersa et nous nous retrouvâmes dans le couloir.

« La garce, siffla Deborah entre ses dents. Non mais, quelle garce !

– Très juste », approuvai-je.

Elle me lança un regard noir.

« Merci infiniment. Tu m'as été d'un grand secours. »

Je levai les sourcils.

« On avait convenu que je devais rester en dehors. Pour que tout le mérite te revienne.

– Tu parles de mérite ! Elle m'a fait passer pour une imbécile, dit-elle d'une voix rageuse.

– Sauf votre respect, ma sœur, vous ne vous en êtes pas si mal tirée. »

Deborah me regarda, puis détourna les yeux et agita furieusement ses mains.

« Qu'est-ce que j'étais supposée dire ? Je ne fais même pas partie de l'équipe. Je suis juste là parce que le commissaire leur a demandé de me laisser participer.

– Et il n'a pas précisé qu'ils devaient t'écouter, dis-je.

– Ce qu'ils ne font pas. Et ne feront jamais, renchérit Deborah amèrement. Au lieu de m'ouvrir la porte de la Criminelle, cette affaire va faire capoter ma carrière. Je vais finir contractuelle, Dexter.

– Il y a moyen de s'en sortir, Deb », dis-je.

Mais le regard qu'elle dirigea vers moi ne contenait plus qu'un semblant d'espoir.

« Comment ? » demanda-t-elle.

Je lui souris de mon sourire le plus réconfortant, le plus encourageant, dans le genre je-ne-suis-pas-vraiment-un-requin.

« Trouve le camion », dis-je.

Il se passa trois jours avant que ma chère sœur adoptive me redonne de ses nouvelles – une période relativement longue pour elle. Elle apparut dans mon bureau le jeudi, juste après la pause de midi, l'air maussade.

« Je l'ai trouvé, dit-elle sans que je sache ce dont elle parlait.

– Trouvé quoi, Deb ? demandai-je. La fontaine de la contrariété ?

– Le camion, répondit-elle. Le camion frigorifique.

– Mais c'est une excellente nouvelle, dis-je. Tu en fais une tête ! On dirait que tu cherches qui tu pourrais bien frapper.

– C'est le cas, rétorqua-t-elle en jetant sur mon bureau une liasse de pages agrafées. Juge par toi-même. »

Je les pris et jetai un œil à la première page.

« Ah ! fis-je. Combien en tout ?

– Vingt-trois. En un mois, on a signalé vingt-trois camions frigo volés. Les gars de la Circulation disent que la plupart finissent au fond d'un canal, carbonisés par leurs propriétaires qui veulent récupérer l'argent de l'assurance. Personne ne se fatigue jamais à les retrouver. Ça va être exactement la même chose pour ceux-là.

– Bienvenue à Miami », conclus-je.

Deborah soupira et me reprit la liste des mains avant de se laisser tomber sur le siège en face de moi, comme si elle n'avait plus d'os pour la soutenir.

« Je ne vois vraiment pas comment je pourrais vérifier tout ça. Ça me prendrait des mois. Merde, Dexter ! Qu'est-ce qu'on fait maintenant ? »

Je secouai la tête.

« Désolé, Deb. Mais maintenant on n'a plus qu'à attendre.

– C'est tout ? Attendre bêtement ?

– C'est tout », dis-je.

Et ce fut tout. Pendant plus de deux semaines, c'est ce qu'on fit. On attendit.

Et puis…

CHAPITRE IX

Je me réveillai en sueur, sans trop savoir où j'étais et absolument certain qu'un autre meurtre était sur le point de se produire. Quelque part à proximité, IL était à la recherche de sa prochaine victime, se glissant à travers la ville tel un requin autour des récifs. J'en étais si sûr que je distinguais presque le doux bruit du ruban adhésif qu'on déroule. Il était là quelque part, occupé à assouvir son Passager Noir, et celui-ci dialoguait avec le mien. Et dans mon sommeil je l'avais serré de près, comme un rémora fantôme qui l'aurait escorté dans sa lente ronde.

Je me redressai sur mon petit lit bien à moi et repoussai les couvertures entortillées. Le réveil sur la table de nuit indiquait 3:14. Cela faisait quatre heures que j'étais couché et j'avais l'impression d'avoir passé tout ce temps à crapahuter dans la jungle, un piano accroché sur le dos. J'étais en nage, je me sentais raide et bête, incapable de former la moindre pensée au-delà de la certitude qu'en ce moment même cela se produisait quelque part – sans moi.

Le sommeil m'avait abandonné pour la nuit, pas de doute. J'allumai la lampe. Mes mains étaient moites et tremblaient légèrement. Je les essuyai sur le drap mais ce fut sans effet. Les draps étaient tout aussi mouillés. Je me rendis d'un pas trébuchant à la salle de bains. Je tins mes mains sous l'eau un moment. Le robinet laissait couler un filet tiède, à température ambiante, et un court instant je me lavai les mains dans du sang, l'eau devint rouge ; l'espace d'une seconde, dans la pénombre de la salle de bains, le lavabo fut rouge sang.

Je fermai les yeux.

Le monde bascula.

J'avais voulu effacer cette illusion d'optique causée par mon cerveau embrumé : fermer les yeux, les rouvrir, la vision aurait disparu et ce serait à nouveau de l'eau propre toute simple qui coulerait dans la vasque. Au lieu de quoi, c'était comme si en fermant mes yeux j'en avais ouvert une deuxième paire sur un autre monde.

J'étais de nouveau dans mon rêve, en train de flotter comme une lame de couteau au-dessus des lumières de Biscayne Boulevard, en train de voler, froid et bien affilé, et prêt à fondre sur ma proie et…

Je rouvris les yeux. L'eau n'était que de l'eau.

Mais qu'étais-je, moi ?

Je secouai la tête violemment. Du calme, mon vieux. Pas de Dexter qui perd la boule, OK ? Je pris une profonde inspiration et jetai un coup d'œil à mon reflet. Dans le miroir j'avais la tête de toujours. Une expression soigneusement maîtrisée. Des yeux bleus calmes et moqueurs, une imitation parfaite de la vie humaine. Mis à part le fait que mes cheveux rebiquaient comme ceux de Stan Laurel, je ne voyais aucun signe de ce qui avait court-circuité mon cerveau endormi et m'avait tiré du sommeil.

Je refermai prudemment les yeux.

L'obscurité.

L'obscurité toute simple. Pas de sang, pas de survol, pas de lumières de la ville. Juste ce bon vieux Dexter debout, les yeux fermés devant son miroir.

Je les rouvris. Salut, l'ami, ravi de te retrouver. Mais où étais-tu fourré ?

C'était une très bonne question. J'ai vécu l'essentiel de ma vie sans être jamais troublé par des rêves, et encore moins des hallucinations. Aucune vision de l'Apocalypse pour moi, merci ; aucun symbole jungien dérangeant qui remonterait de mon subconscient ; aucune image mystérieuse récurrente qui ponctuerait l'histoire de mon inconscient. Rien ne vient jamais ébranler la nuit de Dexter. Quand je dors, tout en moi dort.

Alors, qu'est-ce qui venait de se passer? Pourquoi ces images m'étaient-elles apparues?

Je m'aspergeai le visage et m'aplatis les cheveux. Je n'en fus pas plus avancé, mais cela me fit me sentir un peu mieux. Les choses pouvaient-elles aller vraiment mal si mes cheveux restaient disciplinés?

À vrai dire, je n'en savais rien. Elles pouvaient aller très mal. J'étais peut-être en train de disjoncter complètement. Peut-être glissais-je peu à peu dans la démence depuis longtemps, et ce nouveau tueur n'avait fait que précipiter la chute finale dans l'insanité la plus totale. Comment pouvais-je espérer mesurer la relative santé mentale de quelqu'un comme moi?

Les images m'avaient paru si réelles. Mais elles ne pouvaient l'être: je n'avais pas bougé de mon lit. Et pourtant j'avais presque cru sentir le relent de la mer, des pots d'échappement et du mauvais parfum qui flottait sur Biscayne Boulevard – on ne peut plus réels. Mais n'était-ce pas là un des signes de la folie, que de ne pas pouvoir distinguer les fantasmes de la réalité? Je n'avais pas de réponse et aucun moyen d'en trouver. Il était exclu d'aller voir un psy, bien sûr: je terroriserais le pauvre bonhomme et il mettrait sûrement un point d'honneur à me faire enfermer quelque part. Certes, je ne contestais nullement la sagesse d'une telle décision. Mais si j'étais en train de lâcher prise par rapport à l'équilibre que je m'étais construit, ça ne regardait que moi, et la première difficulté était que je n'avais aucun moyen de m'en assurer.

Quoique, à bien y réfléchir, il en existait peut-être un.

Dix minutes plus tard, je longeais Bayfront Park au volant de ma voiture. Je conduisais lentement car, de fait, je ne savais pas exactement ce que je cherchais. Cette partie de la ville dormait – pour autant qu'elle dorme jamais. Quelques personnes isolées tourbillonnaient certes encore sur la scène de Miami: des touristes qui avaient bu trop de café cubain et ne pouvaient dormir; des gens de l'Iowa à la recherche d'une station-service;

des étrangers qui cherchaient South Beach. Sans oublier les prédateurs : les voyous, les voleurs, les junkies, les vampires, les goules et les monstres en tout genre comme moi. Mais dans ce quartier, à cette heure, leur nombre était restreint. Miami était déserte, aussi déserte qu'elle peut l'être ; une ville rendue solitaire par le fantôme de la foule qui la peuplait le jour. Une ville qui, débarrassée de son masque de soleil et de ses T-shirts voyants, se réduisait à un simple terrain de chasse.

Moi aussi, donc, je chassais. Les autres présences de la nuit me suivaient des yeux puis se détournaient tandis que je passais sans ralentir. Je poursuivis vers le nord, franchis le vieux pont mobile, traversai le centre de Miami, toujours sans savoir ce que je cherchais et sans le voir… et pourtant, de façon très troublante, absolument certain que je le trouverais, que j'allais dans la bonne direction, que quelque chose m'attendait quelque part.

Juste après l'hôtel Omni, la vie nocturne s'amplifia. Plus d'activité, plus de choses à voir. Des cris joyeux sur les trottoirs, une musique métallique qui se déversait par les vitres des voitures. Les filles de la nuit étaient sorties, par bandes entières, et se tenaient aux coins des rues ; elles pouffaient de rire entre elles ou fixaient d'un regard vide les voitures qui passaient. Et les occupants des voitures ralentissaient pour les fixer à leur tour, lorgnant les accoutrements et la chair dénudée. À environ deux cents mètres devant moi, une Corniche neuve s'arrêta et une nuée de filles sortit immédiatement de l'ombre, quitta le trottoir et s'attroupa autour du véhicule. La circulation fut brutalement interrompue ; les klaxons retentirent. La plupart des conducteurs restèrent à l'arrêt, pas si mécontents du spectacle, mais un camion impatient déboîta de la file de voitures et prit la voie de gauche.

Un camion frigorifique.

Rien d'important, me dis-je. Une livraison nocturne de yaourts ; des saucisses de porc pour le petit déjeuner, fraîcheur garantie. Une cargaison de mérous à destination du Nord ou de l'aéroport. À Miami, les camions frigo circulent vingt-quatre heures sur vingt-quatre, même à cette heure-ci, même en pleine nuit. Voilà ce que c'était, rien de plus.

J'appuyai malgré tout sur l'accélérateur. Je me faufilai entre les voitures. Je n'étais plus qu'à trois voitures de la Corniche et de son conducteur. La circulation fut de nouveau au point mort. Je jetai un coup d'œil au camion. Il filait le long de Biscayne Boulevard, approchant d'une série de feux. J'allais le perdre si je restais trop en arrière. Et soudain je voulus à tout prix le rattraper.

J'attendis qu'il y ait une trouée entre les voitures pour m'engager rapidement sur la voie de gauche. Je dépassai la Corniche puis pris de la vitesse, me rapprochant du camion. J'essayais de ne pas rouler trop vite pour ne pas me faire repérer, tout en réduisant peu à peu l'espace qui nous séparait. Il fut à trois feux devant moi, puis à deux.

Puis son feu passa au rouge et, avant que je puisse me réjouir et tenter de le rattraper, le mien aussi. Je m'arrêtai. Je m'aperçus avec stupeur que j'étais en train de me mordre la lèvre. J'étais tendu. Moi, Dexter, le bloc de glace, voilà que je ressentais une anxiété et un désespoir humains, un réel désarroi émotionnel. Je voulais rattraper ce camion et en avoir le cœur net, oui, je mourais d'envie de m'approcher, d'ouvrir la porte de la cabine et de regarder à l'intérieur…

Et ensuite ? L'arrêter sans l'aide de personne ? Le prendre par la main et l'amener à cette chère LaGuerta ? Regardez ce que j'ai trouvé ! Je peux le garder ? Il était tout aussi probable que ce soit lui qui me garde. Il était réglé à fond sur le mode Chasseur, et je ne faisais que le suivre docilement comme un petit frère importun. Et pourquoi avais-je décidé de le suivre ? Était-ce simplement pour me prouver que c'était vraiment LUI, qu'il était bien ici en train de rôder et donc que je n'étais pas fou ? Mais, si je n'étais pas fou, comment avais-je pu savoir ? Que se passait-il dans mon cerveau ? Il valait peut-être mieux être cinglé, en fin de compte.

Un vieil homme passa devant ma voiture en traînant péniblement les pieds et entreprit de traverser la rue avec une incroyable lenteur. Je l'observai un moment, fasciné, me demandant ce que pouvait bien être la vie lorsqu'on se déplaçait aussi lentement, puis je reportai mon attention sur le camion frigo au loin.

Son feu était passé au vert. Le mien non.

Il accéléra aussitôt pour poursuivre sa route vers le nord, déjà à la limite de la vitesse autorisée, et je vis ses feux arrière s'amenuiser de plus en plus tandis que j'attendais d'avoir la voie libre.

Ce qui tardait à se produire. Et donc, les mâchoires crispées – calme-toi, Dexter –, je grillai le feu, évitant de peu le vieil homme. Il ne leva pas les yeux, pas plus qu'il ne rompit le pas.

La vitesse était limitée à 50 sur cette section de Biscayne Boulevard. À Miami, cela signifie que si l'on roule à moins de 75 on a toutes les chances de se faire éjecter de la route. J'accélérai jusqu'à 100, me frayant un chemin au milieu de la circulation fluide, prêt à tout pour réduire enfin la distance. Les lumières du camion disparurent comme il prenait un virage – mais peut-être avait-il tourné. Je poussai une pointe à 115 et, le moteur vrombissant, dépassai l'intersection de la voie surélevée de la 79e Rue, suivis la courbe qui longeait l'hypermarché Publix et poursuivis ma route sur la ligne droite, cherchant désespérément le camion des yeux.

Quand tout à coup je le vis. Là, devant moi…

… qui arrivait dans la direction *opposée*.

Le salaud avait fait demi-tour. M'avait-il senti dans son sillage ? L'odeur de mon pot d'échappement était-elle arrivée jusqu'à lui ? Peu importe ; c'était bien lui, le même camion, pas de doute possible, et dès que je l'eus croisé il tourna et emprunta la voie surélevée.

Je déboulai dans le parking d'un centre commercial et ralentis brusquement, faisant crisser les pneus, puis braquai et repris Biscayne Boulevard en sens inverse, vers le sud cette fois. Moins d'une centaine de mètres après, j'empruntai à mon tour la voie surélevée. Loin, très loin devant, presque au niveau du premier pont, j'aperçus les petites lumières rouges du camion, qui clignotaient, semblant me narguer. Mon pied enfonça la pédale de l'accélérateur et la voiture fila de plus belle.

Il amorçait la traversée du pont à présent, accélérait sur la pente, maintenant la distance entre nous. Ce qui signifiait qu'il devait savoir, devait s'être aperçu que quelqu'un le suivait. Je forçai encore un peu le moteur ; je me rapprochais, petit à petit, insensiblement.

Puis il disparut, dépassa le sommet et se retrouva sur l'autre versant du pont, poursuivant sa course bien trop rapide en direction de North Bay Village. C'était une zone où la police patrouillait très souvent. S'il roulait trop vite il serait repéré et on l'arrêterait. Et là...

Je franchissais le pont maintenant, arrivais au sommet et, de l'autre côté...

Rien.

La route était déserte.

Je ralentis, regardai dans toutes les directions depuis le point de vue qu'offrait le haut du pont. Une voiture roulait vers moi... pas le camion, juste une Mercury Marquis qui avait une aile défoncée. J'entamai la descente de l'autre côté du pont.

En bas, North Bay Village se scindait en deux zones résidentielles. Derrière une station-service à gauche, une rangée d'immeubles formait un large cercle. À droite se dressaient des maisons : petites mais luxueuses. Rien ne bougeait à gauche comme à droite. On n'apercevait aucune lumière, aucun signe ; pas le moindre mouvement, pas une trace de vie.

Lentement, je parcourus le village. Vide. Il avait disparu. Sur une île qui ne comportait qu'une route principale, il avait réussi à me semer. Mais comment ?

Je me rangeai sur le bas-côté et fermai les yeux. Je ne sais pas pourquoi ; peut-être espérais-je *voir* quelque chose à nouveau. Mais je ne vis rien. Juste l'obscurité, et des petites lumières vives qui dansaient sur l'envers de mes paupières. J'étais fatigué. Je me sentais bête. Oui, moi : Dexter le déluré, qui se prenait pour le grand Devin et utilisait ses formidables pouvoirs de médium pour traquer le mauvais génie. Et le poursuivait à bord de son engin de combat ultra-puissant. Quand, selon toute vraisemblance, il ne s'agissait que d'un petit livreur défoncé qui s'adonnait à des jeux de macho avec le seul automobiliste présent sur la route cette nuit-là. Une spécialité de Miami dont tous les conducteurs faisaient l'expérience absolument chaque jour de la semaine. Essaie un peu de m'attraper... Et à la fin le majeur levé, le fusil brandi, ha ha ha, et on retourne au boulot.

Un simple camion frigo, rien de plus, qui devait à présent rouler plein pot vers Miami Beach, l'autoradio réglé à fond sur la station de heavy metal. Pas mon tueur. Et aucun lien mystérieux ne m'avait tiré de mon lit pour me faire traverser la ville en plein milieu de la nuit. C'était vraiment trop stupide. Bien trop stupide pour la tête froide, le cœur dur de Dexter.

J'appuyai un moment mon front contre le volant. Comme c'était merveilleux d'avoir enfin une authentique expérience humaine ! Maintenant je savais ce que c'était que de se sentir complètement idiot. J'entendis la sonnerie du pont mobile retentir non loin de là pour avertir qu'il n'allait pas tarder à se lever. *Ding ding ding.* La sonnette d'alarme de mon esprit abruti. Je bâillai. Allez, c'est l'heure de rentrer, l'heure de retourner au lit.

Derrière moi, un moteur vrombit. Je tournai la tête.

Il surgit de derrière la station-service en bas du pont, en exécutant un demi-tour sur lui-même. Il se déporta brusquement vers moi au moment de me doubler tout en continuant à accélérer et, dans le flou du mouvement, je vis au niveau de la vitre du conducteur les contours d'un objet qu'il lançait dans ma direction, avec violence. Je me baissai vivement. Quelque chose vint s'abattre sur la carrosserie de ma voiture, qui, à en juger par le bruit, devait l'avoir sérieusement endommagée. J'attendis quelques instants, pour être sûr. Puis je relevai la tête et jetai un coup d'œil. Le camion fonçait toujours. Il emboutit la barrière en bois et passa à travers sans décélérer, se propulsa sur le pont alors qu'il commençait son ascension et parvint aisément de l'autre côté, tandis que le gardien du pont se penchait par la fenêtre de sa cahute en vociférant. Puis le camion disparut sur l'autre versant du pont, avant de se retrouver là-bas dans Miami, de l'autre côté de l'espace qui augmentait au fur et à mesure que le pont s'élevait. Disparu, sans espoir cette fois, disparu comme s'il n'avait jamais existé. Et je ne saurais jamais si c'était mon tueur ou encore un de ces innombrables crétins de Miami.

Je sortis de la voiture afin de vérifier l'état de la carrosserie. Bien cabossée, en effet. Je jetai un coup d'œil circulaire pour voir ce qu'il avait lancé.

Ça avait roulé jusqu'au milieu de la route, trois ou quatre mètres plus loin. Même à cette distance il n'y avait pas moyen de se méprendre, mais, comme pour lever toute ambiguïté, les phares d'une voiture qui arrivait en sens inverse vinrent éclairer la chaussée. L'auto fit une embardée et alla s'encastrer dans une haie ; par-dessus le bruit du klaxon ininterrompu, j'entendais les hurlements du conducteur. Je m'approchai pour en avoir vraiment le cœur net.

Oui, pas de doute. C'était bien ça.

La tête d'une femme.

Je me penchai. C'était très proprement coupé, du joli travail. Il n'y avait quasiment pas de sang sur le pourtour de la plaie.

« Dieu merci », dis-je.

Et je m'aperçus que je souriais. Et pourquoi pas ?

Plutôt une bonne nouvelle, non ? Je n'étais pas cinglé, en fin de compte.

Chapitre X

Peu après 8 heures du matin, LaGuerta vint me rejoindre alors que j'étais assis sur le coffre de ma voiture. Elle appuya son derrière bien moulé sur la carrosserie et se laissa glisser jusqu'à ce que nos cuisses se touchent. J'attendis qu'elle parle, mais elle n'avait pas l'air de trouver les mots appropriés pour l'occasion. Moi non plus, d'ailleurs. Je restai donc là quelques minutes à observer le pont, tout en sentant la chaleur de sa jambe contre la mienne et en me demandant où mon copain timide avait pu disparaître avec son camion. Je fus arraché de ma rêverie tranquille par une pression sur ma cuisse.

Je baissai les yeux vers mon pantalon. LaGuerta me pétrissait la cuisse comme elle l'aurait fait avec de la pâte à pain. Je levai les yeux vers elle. Elle soutint mon regard.

« Ils ont trouvé le corps, dit-elle. Vous savez... Celui qui va avec la tête. »

Je me levai d'un bond.

« Où ça ? »

Le regard qu'elle me lança était celui qu'un flic adresse à un homme qui trouve des têtes décapitées dans la rue. Mais elle finit par me répondre.

« Au palais des Sports de Sunrise.

– Là où jouent les Panthers ? » demandai-je. Et une petite décharge glaciale me parcourut. « Sur la glace ? »

LaGuerta fit oui de la tête, les yeux toujours rivés aux miens.

« L'équipe de hockey ? dit-elle. C'est eux les Panthers ?

– Je crois bien que c'est leur nom », répondis-je.

Elle pinça les lèvres.

« Ils l'ont trouvé dans le filet du goal.

– Dans quel camp ? »

Elle cligna des yeux.

« C'est important ? »

Je secouai la tête.

« Juste une blague, inspecteur.

– Parce que je ne sais pas les différencier. Il faudrait que je fasse venir quelqu'un qui s'y connaît en hockey, dit-elle, son regard m'abandonnant enfin pour aller balayer la foule, à la recherche hypothétique de quelqu'un qui serait muni d'un palet. Je suis contente que vous puissiez en plaisanter, ajouta-t-elle. Qu'est-ce qu'une… » elle fronça les sourcils, faisant un effort de mémoire « … une samboli ?

– Une quoi ? »

Elle haussa les épaules.

« Une espèce de machine. C'est pour la glace.

– Une Zamboni ?

– Si vous le dites… Le gars qui l'utilise, il l'a sortie ce matin pour préparer la glace avant l'entraînement. Il y a quelques joueurs qui aiment arriver tôt, et ils aiment la glace bien fraîche, donc ce gars, le… » elle hésita légèrement « … l'opérateur de la zamboli, il commence tôt les jours d'entraînement. Et le voilà qui sort ce truc sur la patinoire. Et il aperçoit des paquets empilés. Au fond dans le filet du goal. Alors il s'approche pour y jeter un œil. » Elle haussa encore les épaules. « Doakes est sur place. Il dit que personne n'arrive à calmer suffisamment le type pour lui en faire dire un peu plus.

– Je m'y connais un peu en hockey », lançai-je.

Elle m'adressa à nouveau un regard quelque peu appuyé.

« Encore une chose que vous m'aviez cachée, Dexter. Vous jouez au hockey ?

– Non, je n'y ai jamais joué, dis-je avec modestie. J'ai assisté à quelques matchs. »

Elle ne répondit rien et il fallut que je me morde la lèvre afin de ne pas parler à tort et à travers. En réalité, Rita avait un abonnement pour tous les matchs des Panthers de Floride, et je m'étais aperçu à mon plus grand étonnement que j'aimais beaucoup le hockey. Ce n'était pas seulement le côté homicide de cette joyeuse boucherie organisée. Je trouvais cela très reposant d'être assis dans cet immense hall frais, et je n'aurais vu aucun inconvénient à m'y rendre aussi pour des tournois de golf. Mais, à vrai dire, j'aurais inventé n'importe quoi pour que LaGuerta me laisse l'accompagner à la patinoire. Je voulais à tout prix y aller. J'aurais tout donné pour voir ce corps empilé sur la glace, pour défaire l'emballage soigné et admirer la chair propre et sèche. Je voulais tellement y aller que j'avais l'impression d'être comme ces chiens figés à l'arrêt dans les vignettes de BD ; je voulais tellement y être que je me sentais possessif à l'égard du corps, me sentais presque des droits sur lui.

« D'accord », finit par dire LaGuerta, alors que j'étais sur le point d'exploser. Elle ébaucha un petit sourire étrange qui relevait à la fois du cadre professionnel et de… quoi donc ? D'une sphère très différente, humaine, malheureusement, ce qui me la rendait incompréhensible. « Ce sera l'occasion de parler un peu.

– Avec grand plaisir », répondis-je, exsudant le charme par tous mes pores.

LaGuerta n'eut aucune réaction. Peut-être n'avait-elle pas entendu ; ça ne changeait rien, d'ailleurs. Elle était absolument hermétique à toute forme de sarcasme en ce qui concernait son image de soi. On pouvait lui lancer à la figure la flatterie la plus horrible, elle l'accueillait comme la chose la plus naturelle au monde. Je ne prenais pas particulièrement plaisir à la flatter. Il n'y a pas de piquant sans un peu de difficulté. Mais rien d'autre ne me vint à l'esprit. De quoi voulait-elle donc qu'on parle ? Elle m'avait déjà très longuement cuisiné dès son arrivée sur les lieux.

Nous étions restés debout près de ma pauvre voiture cabossée tandis que le soleil se levait. Elle s'était tournée vers la voie surélevée et m'avait demandé sept fois si j'avais vu le conducteur du camion, chaque fois avec une inflexion légèrement différente, et en fronçant les sourcils entre chaque question. Elle m'avait demandé seulement cinq fois si j'étais bien certain qu'il s'agissait d'un camion frigorifique, mais je suis sûr qu'elle faisait preuve par là d'une grande subtilité : elle aurait voulu poser cette question maintes et maintes fois encore, mais elle se retenait pour ne pas trop montrer son jeu. Elle avait même eu un moment d'absence et m'avait posé la question en espagnol. Je lui avais dit que j'étais *seguro*, et elle m'avait regardé puis avait touché mon bras, mais n'avait plus réitéré sa question.

Par trois fois elle avait levé les yeux vers le pont mobile, avait secoué la tête puis lâché « *¡Puta!* » entre ses dents. De toute évidence, c'était une allusion à l'agent Puta, ma chère sœur Deborah. L'existence avérée d'un camion frigorifique, conformément à la prédiction de Deborah, allait requérir un certain nombre de manœuvres savantes, et je voyais bien à la façon qu'avait LaGuerta de se mordiller les lèvres qu'elle se penchait déjà sur la question. J'étais à peu près certain qu'elle saurait trouver le moyen de rabaisser ma sœur – elle excellait à ce jeu-là –, mais en attendant j'osais espérer que la cote de Deborah aurait légèrement remonté. Pas auprès de LaGuerta, bien sûr, mais on pouvait penser que d'autres auraient là l'occasion de reconnaître son excellente initiative dans le travail de l'enquête.

Aussi curieux que cela puisse paraître, LaGuerta ne m'avait pas demandé ce que je faisais à errer ainsi au volant de ma voiture en pleine nuit. Certes, je ne suis pas inspecteur, mais cette question m'avait paru aller de soi. Peut-être est-ce pure méchanceté de ma part, mais il me semble que cette omission était typique du personnage. En tout cas, voilà : elle n'avait pas demandé.

Et pourtant, apparemment, on avait encore plein de choses à se dire. Je la suivis donc jusqu'à sa voiture, une grosse Chevrolet bleu clair vieille de deux ans qu'elle conduisait pendant le service. En dehors du travail, elle avait aussi une petite BMW dont personne n'était censé connaître l'existence.

« Montez », dit-elle.

Je pris place sur le joli siège bleu du passager.

LaGuerta conduisait vite, se faufilant entre les voitures, et à peine quelques minutes plus tard nous étions déjà de l'autre côté du pont, dans Miami, nous avions traversé Biscayne Boulevard et nous nous trouvions à moins d'un kilomètre de l'I-95. Elle s'engagea sur l'autoroute et prit la direction du nord, progressant dans la circulation à une allure qui, même selon les critères de Miami, me sembla un peu excessive. Mais très vite elle obliqua vers la sortie qui rejoignait Sunrise. Elle me regarda du coin de l'œil, par trois fois, avant de se décider à parler.

« Vous avez une jolie chemise », dit-elle.

Je jetai un coup d'œil à la chemise en question. Je l'avais enfilée à la hâte avant de quitter mon appartement et la voyais à présent pour la première fois : une chemisette en polyester qui avait pour motifs des dragons rouge vif. Je l'avais portée toute la journée au travail, la veille, et elle n'était plus très fraîche, mais, cela dit, elle avait encore l'air à peu près propre. Plutôt jolie comme chemise, c'est vrai, mais enfin…

LaGuerta faisait-elle juste la conversation pour que je me laisse aller à des confidences compromettantes ? Soupçonnait-elle que j'en savais plus que je ne laissais paraître et cherchait-elle à me faire baisser la garde ?

« Vous êtes toujours si élégant, Dexter… » poursuivit-elle.

Elle tourna la tête vers moi et m'adressa un grand sourire niais, sans s'apercevoir que la voiture fonçait droit sur un camion-citerne. Elle se retourna à temps et fit glisser le volant d'un doigt ; nous contournâmes en douceur le camion et poursuivîmes vers l'ouest jusqu'à l'I-75.

Je réfléchis au contenu de ma garde-robe. Effectivement, j'étais toujours élégant. Je mettais un point d'honneur à être le monstre le mieux habillé de tout le comté de Dade. Oui, c'est vrai, il a découpé en morceaux ce gentil Mr Duarte, mais qu'est-ce qu'il était bien habillé ! Une tenue appropriée à chaque circonstance. Au fait, que fallait-il porter pour assister à une décapitation de bon matin ? Une chemisette colorée un peu cracra et un pantalon, bien sûr ! J'étais dans le vent. Mis à part, donc, le choix hâtif du jour, j'étais toujours méticuleux. C'était une des leçons de Harry : être soigné, bien s'habiller, rester discret.

Mais pourquoi un inspecteur de la police criminelle obsédée de politique y prêterait-elle une quelconque attention ? Ce n'était pas comme si…

À moins que… J'y vis clair soudain. Une légère expression dans le drôle de sourire qu'elle esquissait me donna la réponse. C'était ridicule, mais quelle autre explication pouvait-il y avoir ? LaGuerta ne cherchait pas à me faire baisser la garde et à me poser des questions plus insistantes sur ce que j'avais vu. Mes compétences en hockey ne lui faisaient absolument ni chaud ni froid.

LaGuerta cherchait à être aimable.

Je lui *plaisais.*

J'en étais encore à essayer de me remettre du choc horrible qu'avait été mon offensive grotesque et baveuse sur la pauvre Rita, et voilà que maintenant… je plaisais à LaGuerta ! ? Des terroristes avaient-ils largué des substances douteuses dans les réservoirs d'eau de Miami ? M'étais-je mis à sécréter un type de phéromone spécial ? La population féminine de Miami s'était-elle soudain aperçue que les hommes étaient des incapables et se tournait-elle alors vers moi par défaut ? Qu'est-ce qui pouvait bien se passer, très sérieusement ?

Bien sûr, je me trompais peut-être. Je me raccrochai à cette idée comme un barracuda à la queue d'un poisson. Après tout, quel narcissisme démesuré que de s'imaginer qu'une femme aussi raffinée, aussi sophistiquée et ambitieuse que LaGuerta puisse éprouver le moindre intérêt pour moi ! N'était-il pas bien plus probable que… ?

Quoi donc ? C'était très fâcheux, mais il fallait reconnaître que ce n'était pas une idée si saugrenue. Nous travaillions dans le même domaine et, par conséquent, comme il se disait traditionnellement parmi les flics, il y avait plus de chances qu'on se comprenne et se pardonne l'un l'autre. Notre relation pourrait résister aux horaires impossibles et au style de vie stressant de

LaGuerta. En toute modestie, je suis plutôt présentable : je prends soin de moi, comme on dit. Et depuis des années maintenant je lui faisais mon numéro de charme. C'était de la lèche à visée purement politique, mais elle n'était pas obligée de le savoir. J'avais développé un vrai talent, l'un de mes seuls sujets de vanité. J'avais fait une étude très poussée et m'étais longuement entraîné, et lorsque je mettais la théorie en pratique personne ne pouvait s'apercevoir que je simulais. J'étais vraiment très doué pour disséminer des petites graines de charme. Peut-être était-il naturel que les graines finissent un jour par germer.

Mais germer de cette façon-là ? Et après ? Allait-elle suggérer un dîner tranquille un de ces soirs ? Ou quelques heures de bonheur visqueux au motel El Cacique ?

Fort heureusement, nous atteignîmes le palais des Sports juste avant que la panique ne s'empare totalement de moi. LaGuerta fit le tour du bâtiment à la recherche de la bonne entrée. Ce n'était pas difficile à trouver. Plusieurs voitures de police étaient dispersées sur le parking devant une série de portes à deux battants. Sa grosse voiture alla prudemment se ranger au milieu des autres véhicules. Je bondis dehors avant qu'elle puisse poser sa main sur mon genou. Elle sortit et me regarda quelques instants. Sa bouche fit une grimace.

« Je vais jeter un œil », lançai-je.

C'est à peine si je me retins de courir jusqu'à l'intérieur. Je fuyais LaGuerta, certes... mais je brûlais d'impatience aussi de me trouver sur les lieux, de voir ce que mon espiègle ami m'avait réservé, d'être près de son travail, de respirer l'odeur du prodige, d'apprendre.

À l'intérieur s'élevait le brouhaha savamment orchestré habituel à toute scène de crime ; et pourtant il me sembla déceler une certaine électricité dans l'air, un sentiment d'excitation et de tension légèrement étouffé qu'on ne rencontre pas sur n'importe quelle scène, l'impression d'avoir affaire à un crime résolument différent et d'être sur le point d'assister à des choses nouvelles et superbes, là, au premier rang. Mais peut-être n'était-ce que moi. Plusieurs personnes s'étaient attroupées autour du filet le plus proche. La plupart d'entre elles portaient l'uniforme de Broward ; elles se tenaient bras croisés et observaient tandis que le commissaire Matthews débattait d'un point de la juridiction avec un autre homme au costume strict. Comme je m'approchais, je vis Angel-aucun-rapport dans une position inhabituelle, debout, dominant un homme au front dégarni qui avait un genou à terre et inspectait un tas de paquets soigneusement emballés.

Je m'arrêtai au niveau de la balustrade et regardai à travers la vitre. C'était là, à trois mètres de moi seulement. Ça avait l'air si parfait sur la pureté froide de la glace récemment polie par la Zamboni... N'importe quel joaillier vous dira que le choix de la monture est absolument essentiel, et là... c'était époustouflant. Tout simplement parfait. Je fus légèrement pris de vertige et me demandai si la balustrade allait supporter mon poids, comme si j'avais pu passer directement à travers le bois dur, telle une nappe de brume.

Même à cette distance je pouvais en juger. Il avait pris le temps, il avait tout fait comme il fallait, malgré ce qui avait dû s'apparenter à un coup de chance sur la voie surélevée, seulement quelques minutes plus tôt. À moins qu'il n'ait su d'une façon ou d'une autre que je ne lui voulais aucun mal.

Mais, puisque j'abordais ce point, était-ce si sûr que je ne lui voulais aucun mal ? Avais-je réellement l'intention de le traquer jusqu'à sa tanière puis de tomber à l'arrêt, tout frémissant, dans le seul but de faire avancer la carrière de Deborah ? Naturellement, j'en étais convaincu, mais aurais-je la force de jouer ce rôle jusqu'au bout si les événements continuaient à prendre une tournure aussi intéressante ? Nous nous trouvions dans cette patinoire, où j'avais passé de nombreuses heures agréables à méditer ; n'était-ce pas une preuve supplémentaire que cet artiste – pardon, je veux dire tueur, bien sûr – empruntait un chemin parallèle au mien ? Et voyez le travail merveilleux qu'il avait effectué en ce lieu.

Et la tête : voilà la clé. C'était un élément trop important dans ce qu'il réalisait pour qu'il la jette ainsi négligemment derrière lui. L'avait-il lancée pour m'effrayer, pour me pousser dans un paroxysme de terreur, d'horreur et d'effroi ? Ou savait-il à sa façon que je réagissais comme lui ? Ressentait-il, lui aussi, ce lien entre nous et cherchait-il juste à s'amuser un peu ? Me taquinait-il ? Il devait avoir une raison vraiment sérieuse pour m'offrir un tel trophée. J'éprouvais des sensations tellement fortes – à en être pris de vertige... Comment aurait-il pu, lui, ne rien éprouver ?

LaGuerta se glissa à mes côtés.

« Vous êtes bien pressé, dit-elle, sur un léger ton de reproche. Vous avez peur qu'elle s'échappe ? »

D'un geste de la tête, elle montra les morceaux de corps.

Je savais que quelque part dans mon cerveau devait exister une réponse intelligente, une phrase qui la ferait sourire, la charmerait un peu plus, excuserait mon empressement gênant à me tirer de ses griffes. Mais, debout, là, contre la balustrade, absorbé par le spectacle du corps sur la glace, dans le filet du goal – en présence de la grandeur, pourrait-on dire –, pas le moindre trait d'esprit ne me vint. Je réussis toutefois à ne pas hurler et lui dire de la fermer, mais il s'en fallut de peu.

« Je voulais voir », dis-je avec sincérité. Puis je me repris et j'ajoutai : « C'est dans le camp des Panthers. »

Elle me donna une légère tape sur le bras, l'air taquin.

« Vous êtes affreux ! » dit-elle.

Heureusement, le brigadier Doakes choisit ce moment-là pour approcher et l'inspecteur n'eut pas le temps de finir par un petit rire enjôleur, ce qui m'aurait véritablement jeté hors de mes gonds. Comme toujours, Doakes avait l'air de chercher par quel moyen il allait bien pouvoir me défoncer les côtes et m'éventrer, et il m'adressa un regard de bienvenue si chaleureux et pénétrant que je tentai promptement de m'éclipser pour le laisser en compagnie de LaGuerta. Il continua à me fixer, avec une expression qui sous-entendait que j'étais forcément coupable de quelque chose et qu'il se ferait un plaisir d'examiner mes entrailles pour élucider la question. Je suis sûr qu'il aurait été bien plus heureux dans un service où la police était autorisée, de temps à autre, à briser un tibia ou deux. Je m'éloignai avec prudence et fis lentement le tour de la patinoire à la recherche de l'accès le plus proche. Je venais de le trouver quand un poing m'atteignit par-derrière, assez fort, dans les côtes.

Je me redressai pour faire face à mon assaillant avec une douleur non feinte et un sourire forcé.

« Bonjour, ma sœur adorée, dis-je. Ça fait du bien de voir un visage ami.

– Salaud ! siffla-t-elle.

– T'as sans doute raison, mais pourquoi maintenant en particulier ?

– Espèce de fils de pute ! T'avais une piste et tu ne m'as pas appelée !

– Une piste ? dis-je en bégayant presque. Qu'est-ce qui te fait croire…

– Arrête tes conneries, Dexter, coupa Deborah d'un ton hargneux. T'étais pas en train de chercher des prostituées, à 4 heures du matin. Tu savais où il était, enfoiré ! »

Tout à coup je saisis. J'avais été tellement absorbé par mes propres problèmes, à commencer par le rêve – et le fait que manifestement il s'agissait d'autre chose qu'un rêve –, pour finir par ma rencontre cauchemardesque avec LaGuerta, que je n'avais pas eu une seule pensée pour Deborah. Je ne lui avais fait part de rien. Bien sûr, qu'elle était en colère.

« Pas une piste, Deb, répliquai-je, essayant de l'apaiser un peu. Rien d'aussi sérieux. Juste… une impression. Une pensée, c'est tout. Ce n'était vraiment rien. »

Elle me donna un autre coup.

« Sauf que ce n'était pas *rien*, dit-elle d'une voix rageuse. Tu L'as trouvé.

– Oui, enfin, je n'en suis pas si sûr. Je crois que c'est lui qui m'a trouvé.

– Arrête avec tes petits traits d'esprit », dit-elle. J'écartai les mains pour lui signifier à quel point ce serait difficile. « Tu m'avais promis, bon sang ! »

Je ne me rappelais pas avoir fait la moindre promesse qui aurait impliqué de l'appeler en pleine nuit pour lui raconter mes rêves, mais ce n'était sans doute pas la réponse la plus appropriée à lui faire.

« Désolé, Deb, dis-je plutôt. Je ne me doutais vraiment pas que ça donnerait quelque chose. C'était juste... une intuition, c'est tout. » Je n'allais certainement pas tenter d'expliquer l'aspect parapsychologique de l'affaire, même à Deb. Peut-être surtout à elle, d'ailleurs. Mais une autre pensée me traversa l'esprit. Je baissai la voix. « Tu pourrais peut-être m'aider, au fait. Qu'est-ce que je suis censé leur dire si, par hasard, ils décident de me demander ce que je faisais à errer dans ce quartier-là à 4 heures du matin ?

– LaGuerta t'a déjà interrogé ?

– Très longuement », dis-je en réprimant un frisson.

Deb eut une moue de dégoût.

« Et elle ne t'a pas demandé... »

Ce n'était même pas une question.

« Je suis sûr que l'inspecteur a bien d'autres préoccupations », dis-je. Je ne précisai pas qu'apparemment je figurais en bonne place sur la liste. « Mais tôt ou tard quelqu'un va poser la question. » Je jetai un coup d'œil vers l'endroit d'où LaGuerta dirigeait les Opérations. « Certainement le brigadier Doakes », ajoutai-je avec une crainte réelle.

Elle hocha la tête.

« C'est un bon flic. Dommage qu'il soit si agressif.

– Bon flic, faut voir, mais agressif, pas de doute, dis-je. Je ne sais pas pourquoi mais il ne m'aime pas. Il posera n'importe quelle question, juste pour m'indisposer.

– Eh bien, tu lui dis la vérité, lâcha Deborah, l'air impénétrable. Mais avant tu me la dis à moi. »

Et elle m'enfonça à nouveau son poing dans les côtes.

« S'il te plaît, Deb. Tu sais bien que j'ai tout de suite des bleus.

– Non, je ne savais pas, répondit-elle. Mais je ne vais pas tarder à le découvrir.

– Ça ne se reproduira plus, promis-je. C'était juste une de ces inspirations qu'on peut avoir à 3 heures du matin, Deborah. Qu'est-ce que tu aurais dit si je t'avais appelée et si ça s'était avéré n'être rien du tout ?

– Mais ce n'est pas le cas. Ça s'est avéré être sérieux, répéta-t-elle en me cognant à nouveau.

– Je ne m'en doutais vraiment pas. Et je me serais senti ridicule de t'avoir traînée là.

– Imagine comment je me serais sentie s'il t'avait tué », dit-elle.

Je fus pris par surprise. J'étais absolument incapable d'imaginer quels sentiments elle aurait pu avoir. Du regret ? De la déception ? De la colère ? Ce genre de réaction me dépasse complètement, j'en ai bien peur. Je me contentai donc de répéter :

« Je suis désolé, Deb. » Puis, comme je ressemble un peu à la joyeuse Pollyanna qui voit toujours le bon côté des choses, j'ajoutai : « Mais au moins le camion frigorifique était là. »

Elle plissa les yeux.

« Le camion était où ?

– Oh, Deb ! Ils ne t'ont pas dit ? »

Elle me cogna encore plus fort.

« Bon sang, Dexter ! siffla-t-elle. Quoi, le camion ?

– Il était là, Deb, dis-je, un peu gêné par sa réaction aussi démonstrative et par le fait, bien sûr, qu'une jolie femme était en train de me rouer de coups en public. Il était au volant d'un camion frigo. Quand il m'a lancé la tête. »

Elle agrippa mon bras et me regarda fixement.

« Tu te fous de moi, finit-elle par dire.

– Pas du tout.

– Merde ! » lâcha-t-elle.

Et son regard alla se perdre dans le vague, sans doute pour contempler sa promotion qui devait flotter quelque part près de ma tête. Elle aurait sûrement poursuivi, mais juste à ce moment-là Angel-aucun-rapport éleva la voix par-dessus le vacarme qui remplissait le hall.

« Inspecteur ? » lança-t-il en se tournant vers LaGuerta.

Le son qu'il émit fut étrange, comme instinctif – le cri à demi étranglé d'un homme qui ne se fait jamais remarquer en public –, et le silence se fit immédiatement dans la salle. Son ton trahissait à la fois le choc et le triomphe : J'ai trouvé quelque chose, mais oh mon Dieu ! Tous les regards se portèrent sur Angel. Il fit un mouvement de la tête vers l'homme dégarni qui était accroupi par terre et, lentement, prudemment, retirait quelque chose du paquet du dessus.

L'homme réussit à extraire l'objet, s'en saisit du bout des doigts puis le laissa tomber sur la glace, où il rebondit plusieurs fois. Il se baissa pour le ramasser mais dérapa et se mit à patiner derrière l'objet aux reflets brillants jusqu'à ce qu'ils aillent tous les deux buter contre les planches. La main tremblante, Angel se pencha pour l'attraper puis le brandit en l'air pour le montrer à tout le monde. Le calme qui envahit soudain le bâtiment fut stupéfiant, grandiose, magnifique, telle l'explosion des applaudissements lors de la présentation d'œuvres de génie.

C'était un miroir : le rétroviseur du camion.

Chapitre XI

La grosse chape de silence ne dura qu'un instant. Puis le brouhaha des voix reprit, avec une tonalité différente, alors que les gens s'efforçaient de voir, d'expliquer, de spéculer.

Un miroir. Qu'est-ce que ça pouvait bien vouloir dire ?

Très bonne question. Tout en me sentant infiniment troublé par ce nouvel élément, je n'avais pas de théorie immédiate sur sa signification. C'est ce qui arrive parfois avec le grand art. On se sent ému sans savoir pourquoi. Avait-on affaire à un symbolisme profond ? Un message sibyllin ? Un appel suppliant à l'aide et à la compréhension ? Impossible à dire et, pour moi, ce n'était pas si pressant. J'avais besoin d'un moment pour enregistrer. Les autres pouvaient bien se creuser la tête... En fin de compte, le rétroviseur était peut-être tombé tout seul et le tueur avait décidé de le jeter dans le premier sac-poubelle venu.

Ce n'était pas possible, bien sûr. Et maintenant je ne pouvais m'empêcher d'y penser. Le miroir était là pour une raison très sérieuse. Il ne s'agissait pas de simples sacs-poubelle, à ses yeux. Comme il venait de le prouver si élégamment par cette mise en scène, la présentation jouait un rôle important dans son travail. Il n'aurait laissé aucun détail au hasard. De ce fait, je me mis à réfléchir à la signification que pouvait avoir le miroir. Il me fallait admettre que, tout improvisée qu'elle puisse être, sa présence au milieu des morceaux de corps était extrêmement délibérée. Et j'avais même le sentiment, logé quelque part dans ma poitrine, qu'il s'agissait là d'un message très précis et strictement personnel.

Pour moi ?

Si ce n'était pas pour moi, pour qui alors ? Le reste du numéro s'adressait au monde dans son ensemble : Voyez ce que je suis. Voyez ce que nous sommes tous. Voilà ce que j'en fais. Le rétroviseur d'un camion ne faisait pas partie de ce discours. Découper le corps en morceaux, le vider de son sang, c'étaient des actes nécessaires et élégants. Mais le miroir – surtout s'il s'avérait provenir du camion que j'avais poursuivi –, c'était différent. Élégant, oui, mais cet ajout nous renseignait-il sur la nature profonde des choses ? Pas du tout. Il était là dans un autre but et devait correspondre à un nouveau type de discours. Je sentais une tension électrique envahir mon corps. S'il provenait réellement du camion, il ne pouvait avoir été placé qu'à mon intention.

Mais qu'est-ce que cela pouvait signifier ?

« Merde ! Qu'est-ce que ça veut dire ? dit Deb à côté de moi. Un miroir. Pourquoi ?

– Je ne sais pas, répondis-je, alors que je me sentais encore vibrer sous le choc de cette découverte. Mais je te parie un dîner chez Joe's Stone Crabs que c'est celui du camion frigo.

– Je préfère ne pas parier. En tout cas, ça règle une question importante. »

Je la regardai, sidéré. Pouvait-elle vraiment avoir saisi intuitivement quelque chose qui m'aurait échappé ?

« Quelle question, frangine ? »

Elle indiqua de la tête le groupe des grosses huiles de la police qui continuaient à se disputer sur le bord de la patinoire.

« Le problème de la juridiction. C'est pour nous. Évidemment ! »

À première vue, l'inspecteur LaGuerta n'avait pas l'air impressionnée par cet élément de preuve supplémentaire. Peut-être cachait-elle un intérêt profond pour le symbolisme du miroir et tout ce qu'il impliquait sous un masque d'indifférence soigneusement étudié. Sinon, c'est qu'elle était aussi bête que ses pieds. Elle était toujours en compagnie de Doakes. Celui-ci, par contre – et c'est tout à son honneur –, avait l'air préoccupé, mais peut-être son visage s'était-il simplement fatigué de l'éternel regard furax, et il essayait une nouvelle expression, pour changer.

« Morgan, dit LaGuerta à Deb en s'approchant. Je ne vous avais pas reconnue, tout habillée.

– Oui, ça arrive, parfois on passe à côté des choses les plus évidentes, inspecteur, rétorqua Deb avant que je puisse l'arrêter.

– Effectivement, renchérit LaGuerta. Voilà pourquoi certaines personnes ne deviennent jamais inspecteur. » C'était une victoire totale et facile, et LaGuerta n'attendit même pas pour en voir l'effet. Elle tourna le dos à Deb et s'adressa à Doakes. « Renseignez-vous pour savoir qui a les clés d'ici. Quelqu'un qui pourrait venir quand il en a envie.

– Mouais, fit Doakes. Je fais vérifier toutes les serrures au cas où elles auraient été forcées ?

– Pas la peine, lui répondit LaGuerta avec un joli froncement de sourcils. On l'a, notre lien avec la glace, maintenant. » Elle lança un regard à Deborah. « Le camion frigorifique n'est là que pour nous embrouiller. » De nouveau à Doakes. « La transformation des tissus devait être due à la glace d'ici. Le tueur est lié à cet endroit. » Un dernier coup d'œil à Deborah. « Pas au camion.

– Mouais », fit à nouveau Doakes.

Il n'avait pas l'air très convaincu, mais ce n'était pas lui le chef.

LaGuerta se tourna vers moi.

« Je pense que vous pouvez rentrer chez vous, Dexter, dit-elle. Je sais où vous habitez si j'ai besoin de vous. »

Elle n'alla pas jusqu'à me faire un clin d'œil.

Deborah m'accompagna jusqu'à l'imposante porte à deux battants.

« Si ça continue comme ça, dans un an je suis agent de la circulation préposée aux écoles, bougonna-t-elle.

– Ne dis pas de bêtises, Deb. Dans deux mois grand maximum.

– Merci.

– Non mais vraiment ! Tu ne peux pas la provoquer comme ça, aussi ouvertement. Tu n'as pas vu comment le brigadier Doakes s'y est pris ? Sois un peu subtile, bon sang !

– Subtile ! » Elle s'arrêta net et m'empoigna par la chemise. « Écoute, Dexter, il ne s'agit pas d'un jeu.

– Justement si, Deb. Un jeu politique. Et tu ne joues pas comme il faut.

– Je ne joue à rien du tout, lança-t-elle d'un ton rageur. Des vies humaines sont en danger. Il y a un boucher en liberté, et il le restera tant que cette décérébrée de LaGuerta mènera l'enquête. »

Je dus réprimer un élan d'espoir.

« C'est possible...

– C'est *sûr*, insista Deb.

– Mais, Deborah, tu ne pourras rien y changer si tu te fais expédier à Coconut Grove comme agent de la circulation.

– Non, dit-elle. Mais je pourrai y changer quelque chose si je trouve le tueur. »

Et voilà. Certaines personnes ne savent tout simplement pas comment fonctionne le monde. Deborah, sinon, était quelqu'un de très intelligent, vraiment... Elle avait hérité de la franchise positive de Harry, de sa manière directe de gérer les choses, mais, malheureusement, sans la sagesse qui les accompagnait. Chez Harry, la brusquerie était une façon de repousser la matière fécale. Chez Deborah, c'était une façon de nier qu'elle existe.

Je me fis ramener à ma voiture par l'un des véhicules de patrouille stationnés devant la patinoire. Je repris le volant, m'imaginant que j'avais gardé la tête, l'avais enveloppée soigneusement dans du papier de soie puis posée sur le siège arrière afin de la rapporter à la maison. Horrible et ridicule, je sais. Pour la première fois je compris ces hommes pitoyables, souvent des Shriners[1], qui caressent en secret des chaussures de femmes ou se déplacent toujours avec des dessous sales dans la

1. Membres d'une organisation secrète d'ordre maçonnique fondée en 1872. Ils sont surtout connus en Amérique du Nord pour leurs réseaux d'hôpitaux gratuits réservés aux enfants et pour leur cirque itinérant (*NdT*).

poche. Un sentiment affreux qui me donna envie de prendre une douche presque autant que de caresser la tête.

Mais je ne l'avais pas. Il ne me restait plus qu'à rentrer chez moi. Je roulais doucement, juste en dessous de la vitesse autorisée, ce qui à Miami équivaut à avoir un panneau « Bottez-moi les fesses » accroché dans le dos. Personne n'alla jusque-là, bien sûr : il aurait fallu ralentir, pour ça. Mais je me fis klaxonner sept fois, rabattre sur le bas-côté huit fois, et cinq voitures me doublèrent à fond la gomme en passant sur le trottoir ou en empruntant la voie d'en face.

Mais, ce jour-là, même l'énergie débordante des autres conducteurs ne parvenait pas à me dérider. J'étais éreinté et abasourdi, et j'avais besoin de réfléchir, loin du vacarme du palais des Sports et du blabla imbécile de LaGuerta. Le fait de conduire lentement me permettait de penser, de chercher à comprendre la signification de tout ce qui s'était passé. Et je m'aperçus que j'avais une phrase stupide qui me résonnait dans la tête et ricochait sur toutes les bosses et les fentes de mon cerveau exténué. Elle possédait une vie bien à elle. Plus elle s'imposait dans mes pensées et plus elle avait de sens. Mais, au-delà du sens, cela devint comme une sorte de mantra attrayant, cela devint la clé pour réfléchir au tueur, à la tête qui avait roulé en plein milieu de la rue, au miroir disposé entre les morceaux de corps magnifiquement secs.

Si c'était moi…

Comme dans : Si c'était moi, que chercherais-je à exprimer à travers le miroir ? ou : Si c'était moi, qu'aurais-je fait du camion ?

Bien sûr, ce n'était pas moi, et un tel sentiment de jalousie est terriblement néfaste pour l'âme, mais, étant donné que je n'avais pas conscience d'en avoir une, peu m'importait. *Si c'était moi*, j'aurais abandonné le camion dans un fossé quelque part, non loin du palais des Sports. Puis j'aurais quitté les lieux le plus vite possible – dans une voiture planquée ? volée ? Ça dépendrait. Mais, si c'était moi, aurais-je prévu dès le début de laisser le corps à la patinoire, ou aurait-ce été une conséquence de la course-poursuite sur Biscayne Boulevard ?

Ça ne tenait pas debout. Il ne pouvait pas avoir su à l'avance que quelqu'un le poursuivrait jusqu'à North Bay Village, n'est-ce pas ? Pourquoi cependant avoir la tête à portée de main, prête à être lancée ? Et pourquoi aller déposer le reste du corps à la patinoire ? C'était un choix un peu singulier. Certes, il y avait énormément de glace et le froid était un élément essentiel. Mais ce vaste espace sonore ne convenait en aucun cas à mes petits moments intimes – si c'était moi, bien sûr. Il y avait là un aspect terrible et désolé, ouvert à tous les vents, qui n'encourageait pas la vraie créativité. Amusant à visiter, mais pas le studio d'un véritable artiste. Une surface d'exposition, pas un espace de travail. Ça ne collait pas vraiment.

Enfin, si c'était moi…

La patinoire était donc une incursion audacieuse dans un territoire inconnu. Cette nouveauté déstabiliserait complètement les flics et les conduirait à coup sûr dans la mauvaise direction. S'ils en venaient jamais à comprendre qu'il y avait une direction à suivre, ce qui paraissait de plus en plus improbable.

Et pour couronner le tout, le miroir. Si j'avais raison quant au choix de la patinoire, alors l'ajout du miroir viendrait bien sûr refléter cette décision. Ce serait une sorte de commentaire sur ce qui venait de se passer, en relation avec la tête. Ce serait une déclaration qui résumerait tous les autres bouts de phrase, les envelopperait soigneusement comme les morceaux de corps : l'élégante touche finale d'une grande œuvre. Mais quelle serait cette déclaration, si c'était moi ?

Je te vois.

Oui. C'était forcément ça, malgré le côté un peu trop évident. Je te vois. Je sais que tu es derrière moi, et je te regarde. Mais j'ai une belle avance sur toi, je trace ta route, fixe ta vitesse et te regarde me suivre. Je te vois. Je sais qui tu es et où tu es, et tout ce que tu sais de moi, c'est que je te regarde. Je te vois.

Ça semblait coller. Mais pourquoi n'en ressentais-je pas un certain soulagement ?

Et surtout, quels éléments de cette interprétation devais-je partager avec ma pauvre Deborah ? Cette affaire prenait un tour si intimement personnel qu'il me fallait me faire violence pour me rappeler qu'il y avait aussi un angle officiel, qui était de la première importance pour ma sœur et sa carrière. Je ne pouvais tout de même pas lui expliquer – ni à elle ni à personne – que selon moi le tueur essayait de me signifier quelque chose... si j'avais suffisamment d'esprit pour l'entendre et lui répondre. Quant au reste, y avait-il des éléments que je me devais de transmettre à Deborah, et en avais-je vraiment envie ?

Trop de questions à la fois. Il fallait que je dorme avant de pouvoir réfléchir à quoi que ce soit.

C'est à peine si je poussai un petit gémissement au moment de grimper dans mon lit. Je laissai aussitôt le sommeil m'envahir, m'abandonnant totalement dans l'obscurité. Et je pus enchaîner quasiment deux heures et demie de sommeil avant que le téléphone sonne.

« C'est moi, dit la voix à l'autre extrémité.

– Bien sûr que c'est toi, dis-je. Deborah, n'est-ce pas ? »

Et c'était elle, évidemment.

« J'ai trouvé le camion.

– Eh bien, félicitations, Deb. C'est une très bonne nouvelle. »

Il y eut un silence un peu long.

« Deb ? finis-je par dire. C'est pas une bonne nouvelle ?

– Non, répondit-elle.

– Ah ! » Je sentais le manque de sommeil me marteler la tête comme si on était en train de battre un tapis sous mon crâne, mais je fis des efforts pour me concentrer. « Euh, Deb... Qu'est-ce que tu... ? Qu'est-ce qui s'est passé ?

– J'ai fait le rapprochement. J'ai tout vérifié. Les photos, les numéros des pièces, tout. Et puis je suis allée voir LaGuerta comme un bon petit scout.

– Et elle ne t'a pas crue ? demandai-je, incrédule.

– Si, sans doute. »

J'essayai de cligner des yeux, mais mes paupières restaient désespérément collées ; je laissai tomber.

« Désolé, Deb. Il y en a un de nous deux qui n'est pas très clair. C'est moi ou c'est toi ?

– J'ai tenté de lui expliquer, poursuivit Deb d'une petite voix très fatiguée qui me donna l'impression terrible que je coulais à pic sans pouvoir remonter à la surface. Je lui ai donné tous les renseignements. J'ai même été polie.

– C'est très bien, dis-je. Qu'est-ce qu'elle a dit ?

– Rien.

– Rien du tout ?

– Absolument rien, répéta Deb. Sauf qu'elle m'a dit merci comme on remercierait l'employé de service du garage d'un hôtel. Puis la voilà qui me fait un petit sourire à la con et me tourne le dos.

– Oui, bon, dis-je. Tu ne peux pas vraiment t'attendre à ce que…

– Et puis j'ai compris pourquoi elle m'avait souri comme ça. Comme si j'étais une espèce de demeurée et qu'elle avait enfin trouvé où elle allait pouvoir m'enfermer.

– Oh non ! fis-je. Tu veux dire que tu es virée de l'enquête ?

– On est tous virés, Dexter, dit Deb, d'une voix aussi fatiguée que mes neurones. LaGuerta a procédé à une arrestation. »

Il y eut soudain un silence assourdissant sur la ligne. Je ne parvenais plus du tout à réfléchir, mais au moins j'étais complètement réveillé.

« Quoi ? dis-je.

– LaGuerta a arrêté quelqu'un. Un homme qui travaille à la patinoire. Elle l'a mis en garde à vue et elle est sûre que c'est le tueur.

– Mais c'est impossible, dis-je, tout en sachant que c'était fort possible, avec une garce incompétente comme elle (LaGuerta, pas Deb).

– Je le sais, Dexter. Mais ne t'avise pas de le dire à LaGuerta. Elle est sûre d'avoir le bon type.

– Sûre comment ? » demandai-je.

J'avais la tête qui tournait et une légère envie de vomir. Je n'aurais pas su dire pourquoi.

« Elle tient une conférence de presse dans une heure, grogna Deb. Elle n'a aucun doute. »

Le martèlement dans ma tête devint trop fort pour que je puisse entendre ce que Deb aurait ajouté. LaGuerta avait arrêté quelqu'un ? Mais qui ? Sur qui avait-elle bien pu rejeter la responsabilité ? Pouvait-elle vraiment ne tenir aucun compte des indices, de l'odeur, du goût de tous ces meurtres, et arrêter quelqu'un ? Car aucun homme capable de faire ce que ce tueur avait fait – faisait ! – ne se laisserait jamais prendre par une truffe comme LaGuerta. Jamais. J'étais prêt à parier n'importe quoi.

« Non, Deborah, dis-je. Non. C'est impossible. Elle n'a pas le bon. »

Deborah eut un petit rire fatigué, un vrai rire vicieux de flic.

« Ouais, répondit-elle. Je le sais. Tu le sais. Mais elle ne le sait pas. Et tu sais ce qui est le plus drôle ? Lui non plus il ne le sait pas. »

Ça ne tenait pas debout.

« Qu'est-ce que tu racontes, Deb ? De qui tu parles ? »

Elle eut le même petit rire affreux.

« Le type qu'elle a arrêté. Il doit être aussi paumé que LaGuerta, Dex, parce qu'il a avoué.

– Quoi ?

– Il a avoué, l'enfoiré. »

Chapitre XII

Il s'appelait Daryll Earl McHale et c'était un repris de justice. Sur les vingt dernières années, il avait passé douze ans en pension dans les prisons de Floride. Ce cher brigadier Doakes était allé dénicher son nom dans les dossiers du personnel de la patinoire. Alors qu'il effectuait des vérifications sur l'ordinateur au cas où certains des employés auraient été fichés pour des actes de violence ou des délits, le nom de McHale était apparu deux fois.

Daryll Earl était alcoolique et battait sa femme. Apparemment, il braquait aussi les stations d'essence de temps à autre, juste pour s'amuser un peu. En général, il arrivait à tenir un mois ou deux dans un boulot qui lui rapportait le salaire minimum. Et puis un beau jour, un vendredi soir de préférence, il s'enfilait plusieurs packs de bière et se sentait soudain envahi par une colère divine. Alors il prenait sa voiture et roulait jusqu'à ce qu'il trouve une station-service qui l'emmerdait. Il faisait irruption, une arme à la main, prenait l'argent et décampait. Puis il utilisait son butin faramineux de quatre-vingts ou quatre-vingt-dix dollars pour racheter quelques packs, et là il se sentait dans une telle forme qu'il fallait absolument qu'il cogne sur quelqu'un. Daryll Earl n'était pas imposant: 1,68 mètre et maigrelet. Alors, pour ne pas courir de risques, la personne qui habituellement essuyait ses coups n'était autre que sa femme.

Les choses étant ce qu'elles sont, il s'en était tiré pendant un temps. Mais un soir il alla un peu trop loin et sa femme fut hospitalisée un mois. Elle engagea des poursuites contre lui et, étant donné que Daryll avait déjà un casier judiciaire, il écopa d'une lourde peine.

Il buvait toujours, mais il avait eu suffisamment peur à Raiford pour se tenir un peu plus à carreau désormais. Il avait obtenu un poste de gardien à la patinoire et il s'efforçait de le conserver. Autant que l'on puisse en juger, il n'avait pas battu sa femme depuis longtemps.

Notre homme avait même eu son heure de gloire l'année où les Panthers avaient été en lice pour la Stanley Cup. Une partie de son travail consistait à courir sur la glace pour ramasser les objets que les fans y lançaient parfois. Cette année-là, ç'avait été un sacré boulot, car à chaque but que marquaient les Panthers les fans lançaient deux à trois mille rats en plastique sur la glace. Daryll Earl devait se bouger les fesses pour les ramasser tous – un boulot passionnant, c'est certain. Et donc, un soir, après quelques lampées d'une très mauvaise vodka, il prit l'un des rats en plastique et improvisa une petite danse de rat. Le public adora et en redemanda. Les gens commencèrent à héler Daryll Earl dès qu'il apparaissait sur la glace. Il fit son numéro dansant tout le reste de la saison.

Les rats en plastique étaient maintenant interdits. Cependant, même s'ils avaient été autorisés par la loi, personne ne les aurait lancés de toute façon. Les Panthers n'avaient pas marqué de but depuis l'époque où Miami avait un maire honnête, ce qui remontait au siècle dernier. Mais McHale continuait à se montrer aux matchs dans l'espoir d'un dernier pas de deux filmé.

LaGuerta joua cette carte à fond à la conférence de presse. Elle avait l'air de sous-entendre que le souvenir de cette courte gloire avait poussé Daryll Earl au crime. Et, naturellement, sa propension à boire et son passé violent envers les femmes faisaient de lui le suspect idéal pour cette série de meurtres stupides et sauvages. Mais les prostituées de Miami pouvaient dormir tranquilles : le massacre était terminé. Sous la pression accablante d'une enquête intense et implacable, Daryll Earl avait avoué. Affaire classée. Vous pouvez retourner au travail, les filles.

Les journalistes n'y virent que du feu. On ne pouvait pas vraiment leur en vouloir, d'ailleurs. LaGuerta avait accompli un travail de pro en leur donnant juste ce qu'il fallait de faits, agrémentés d'une bonne dose d'éléments factices très chatoyants : elle aurait presque pu convaincre n'importe qui. Bien sûr, pour travailler dans la presse, il n'est pas nécessaire d'avoir un QI exceptionnel. Mais tout de même, je guette toujours une petite lueur d'intelligence, si infime soit-elle. Et je suis toujours déçu. Peut-être ai-je vu trop de films en noir et blanc étant petit. Je m'attends toujours à ce que le vieil alcoolo cynique revenu de tout qui bosse pour le plus grand quotidien de la ville pose une question embarrassante et oblige les enquêteurs à reconsidérer soigneusement toutes les preuves.

Malheureusement, la vie n'est pas toujours à l'image de l'art. Et ici le rôle de Spencer Tracy était tenu par un panel de mannequins, hommes et femmes, à la coupe de cheveux parfaite et au costume tropical. Leurs questions pénétrantes se résumaient à « Est-ce que ça a été un choc de trouver la tête ? » et « Pouvons-nous avoir des photos ? ».

Un seul reporter, Nick Machinchose de l'antenne locale de NBC-TV, demanda à LaGuerta si elle était sûre que McHale fût réellement le tueur. Mais quand elle déclara que le nombre accablant de preuves allait dans ce sens et que par ailleurs l'aveu était concluant en soi, il laissa tomber. Ou bien il était satisfait, ou bien les mots de l'inspecteur en imposaient trop.

Et voilà. Affaire classée, justice rendue. Les rouages de l'extraordinaire machine anticriminelle de Metro-Dade avaient encore triomphé des forces obscures qui assiègent notre belle ville. C'était un spectacle remarquable. LaGuerta distribua des photos d'identité judiciaires extrêmement sinistres de Daryll Earl, auxquelles étaient agrafés les nouveaux clichés sur papier glacé de l'inspecteur, qui devaient aller chercher dans les deux cent cinquante dollars la séance chez un photographe glamour de South Beach.

L'association des deux était superbement ironique : l'apparence du danger et la réalité mortelle, si différentes. Car, si grossier et violent que semblât être Daryll Earl, la vraie menace pour la société, c'était LaGuerta. Elle avait rappelé les chiens, fait taire la clameur, renvoyé les gens se coucher alors que leur immeuble était en feu.

Étais-je le seul à voir que Daryll Earl McHale ne pouvait tout simplement pas être le tueur ? Il y avait là un style et un esprit qu'un abruti comme McHale ne pouvait même pas comprendre.

Je ne m'étais jamais senti aussi seul dans mon admiration du travail de ce tueur. Les morceaux de corps semblaient me fredonner une chanson : la rhapsodie de ce miracle exsangue qui transportait mon cœur et remplissait mes veines d'un sentiment d'effroi grisant. Mais je ne laisserais rien contrecarrer ma détermination à capturer le vrai tueur, un bourreau froid et cruel qui exécutait les innocents et qui devait à tout prix comparaître en justice. N'est-ce pas, Dexter ? Hein, Dexter ? Ohé !

J'étais dans mon appartement et, tout en frottant mes yeux encore collés de sommeil, je repensais au show que je venais de voir. Cela avait été aussi parfait que peut l'être une conférence de presse sans buffet à volonté et sans un gramme de nudité. LaGuerta avait tiré toutes les ficelles possibles et imaginables afin d'en faire la conférence de presse la plus spectaculaire et la plus marquante qui soit, et elle avait réussi. Et, pour la première fois peut-être dans toute sa carrière de lécheuse professionnelle 100 % Gucci, LaGuerta pensait très sincèrement qu'elle avait le bon type. Il fallait bien qu'elle y croie. Un peu triste, quand on y pense. Elle s'imaginait avoir fait tout comme il faut, cette fois. Il ne s'agissait pas seulement d'une manœuvre politique ; à ses yeux, elle avait réellement accompli du bon boulot et ce coup de projecteur serait tout à son avantage. Elle avait résolu le crime, selon ses propres méthodes, avait arrêté le méchant, enrayé le massacre. Elle méritait bien les applaudissements. Et quelle belle surprise ce serait quand on découvrirait le prochain corps...

Car je savais sans l'ombre d'un doute que le tueur était toujours dans la nature. Il venait probablement de regarder lui aussi la conférence de presse sur Channel 7, la chaîne de prédilection des assoiffés de sang. En ce moment, il devait rire à s'en faire éclater la rate, mais ça lui passerait. Et alors son sens de l'humour le pousserait, c'est sûr, à livrer ses commentaires sur la situation.

Étrangement, à cette pensée, je ne fus pas submergé par un sentiment de peur, de répugnance et par une volonté inflexible d'arrêter ce dément avant qu'il ne soit trop tard. Je fus pris plutôt d'un petit frémissement d'impatience. Je savais que c'était très mal, mais c'était peut-être d'autant plus agréable. Certes, je voulais que ce tueur soit arrêté et traduit en justice, certes, certes... mais fallait-il que ce soit tout de suite ?

Je souhaitais trouver une sorte de compromis. Si effectivement je m'impliquais dans l'arrestation du vrai tueur, alors il fallait au moins que quelque chose de positif en ressorte. C'est la conclusion à laquelle je venais d'aboutir quand le téléphone sonna.

« Oui, j'ai regardé, dis-je dans le combiné.

– Nom de Dieu ! dit Deborah à l'autre bout du fil. Je crois que je vais vomir.

– Eh bien, ne compte pas sur moi pour essuyer ton front fébrile, frangine. On a du boulot.

– Nom de Dieu ! répéta-t-elle avant de demander : Quel boulot ?

– Dis-moi, lui demandai-je, es-tu en odeur de sainteté dans la brigade ?

– Je suis fatiguée, Dexter. Et je n'ai jamais été aussi dégoûtée de toute ma vie. Ça veut dire quoi en bon français ?

– Je te demande si tu es tombée en disgrâce, comme aurait dit papa. Est-ce qu'on te couvre de boue dans le département ? Est-ce qu'on a sali, souillé, terni, remis en question, porté atteinte à ta réputation professionnelle ?

– Entre les coups bas de LaGuerta et la blague d'Einstein, ma réputation est foutue, dit-elle avec plus d'amertume que je n'aurais cru possible chez quelqu'un de son âge.

– Bien. C'est important que tu n'aies rien à perdre.

– Ravie de te faire plaisir, grommela-t-elle. Je déconne pas, Dexter. Si je tombe encore plus bas dans le département, c'est moi qui serai chargée de faire le café pour tout le monde. Où tu veux en venir, Dex ? »

Je fermai les yeux et me renversai dans mon fauteuil.

« Tu vas déclarer officiellement – au commissaire et à toute la brigade – que selon toi Daryll Earl n'est pas le tueur et qu'un autre meurtre va se produire. Tu vas leur donner quelques arguments probants issus de ton enquête, et pendant quelque temps tu seras la risée de tout Metro-Dade.

– Je le suis déjà, dit-elle. C'est pas la mort. Mais dans quel but, tout ça ? »

Je secouai la tête. J'avais parfois du mal à comprendre qu'elle puisse être aussi naïve.

« Ma sœur adorée, dis-je, tu ne crois tout de même pas que Daryll Earl est coupable, si ? »

Elle ne répondit pas. Je l'entendais respirer à l'autre bout, et je me rendis compte qu'elle devait être fatiguée elle aussi, absolument aussi épuisée que moi, mais sans le coup de fouet que me donnait la certitude d'avoir raison.

« Deb ?

– Il a avoué, Dexter, finit-elle par dire, sa voix trahissant une lassitude extrême. Je ne… Je me suis déjà trompée, même quand… Enfin bref, il a *avoué*. Est-ce que ça ne… ne… Merde ! On devrait peut-être laisser tomber, Dex.

– Ah, femme de peu de foi… protestai-je. C'est pas la bonne personne, Deborah. Et c'est toi qui vas changer la donne.

– Sûr.

– Daryll Earl McHale n'est pas le tueur, dis-je. Il n'y a aucun doute.

– Même si tu avais raison, quelle différence ça ferait ? »

Ce fut à mon tour de cligner des yeux et de m'étonner.

« Pardon ?

– Ben oui, c'est vrai. Si j'étais le tueur, je saurais que je suis tiré d'affaire, maintenant : avec ce type sous les verrous, les flics vont me fiche la paix. Alors pourquoi j'en profiterais pas pour m'arrêter là ? Ou même m'en aller pour recommencer ailleurs ?

– Impossible, répondis-je. Tu ne comprends pas comment fonctionne ce type.

– Ouais, je sais. Comment ça se fait que toi tu comprennes ? »

Je choisis d'éluder la question.

« Il ne va pas bouger d'ici et il va continuer à tuer. Il va vouloir nous montrer ce qu'il pense de nous.

– C'est-à-dire ?

– Rien de bon. On s'est montrés extrêmement stupides en arrêtant cette lavette de Daryll Earl. C'est plutôt amusant.

– Ha ha ha, fit Deb sans la moindre gaieté.

– Mais on l'a aussi insulté. On a attribué tout le mérite de son travail à ce beauf sans cervelle, ce qui reviendrait à dire à Jackson Pollock qu'un enfant de six ans aurait pu peindre ses œuvres.

– Jackson Pollock ? Le peintre ? Dexter, ce type est un boucher.

– À sa façon, Deborah, c'est un artiste. Et c'est comme ça qu'il se voit.

– Quoi ? C'est la plus grosse connerie…

– Crois-moi, Deb.

– Sûr, je te crois. Pourquoi je ne te croirais pas ? Alors on se retrouve avec un artiste à la fois vexé et amusé qui ne s'en va nulle part, c'est ça ?

– Tout à fait, répondis-je. Il est obligé de recommencer, et il va le faire sous notre nez, et ça va être sans doute encore plus grand.

– Tu veux dire que cette fois il va tuer une prostituée plus grande ?

– Plus grand dans l'esprit, Deborah. Dans le concept. Plus tape-à-l'œil.

– Ah, tape-à-l'œil ! Bien sûr. Il va utiliser une herse ?

– L'enjeu est plus important, Deb. On l'a bousculé et insulté ; le prochain meurtre va refléter sa réaction.

– Mmm mmm, fit-elle. Et comment, par exemple ?

– Je ne sais pas vraiment, admis-je.

– Mais tu en es certain.

– Absolument, dis-je.

– Génial ! conclut-elle. Maintenant je sais dans quelle direction chercher. »

Chapitre XIII

Dès l'instant où je pénétrai chez moi, le lendemain après le travail, je sus que quelque chose clochait. Quelqu'un était entré dans mon appartement.

La porte n'était pas défoncée, les fenêtres n'avaient pas été forcées, et il n'y avait aucun signe de vandalisme, mais je savais. Mettez ça sur le compte du sixième sens ou de ce que vous voulez. Quelqu'un était venu. Peut-être sentais-je les phéromones que l'intrus avait laissées dans les molécules de l'air. Ou peut-être que l'aura de mon fauteuil relax avait été perturbée. Peu importe comment je savais : je savais. Quelqu'un était entré chez moi pendant que j'étais au travail.

Pas de quoi fouetter un chat, me direz-vous. Je vis à Miami, après tout. Chaque jour des gens rentrent chez eux et constatent que leur télé a disparu, que leur matériel électronique et leurs bijoux se sont volatilisés ; leur espace a été violé, leurs possessions raflées et leur chienne engrossée. Mais là, c'était différent. Alors même que je passais rapidement en revue l'appartement, je savais que rien ne manquerait.

Et j'avais raison. Rien ne manquait.

Mais il y avait quelque chose en plus.

Il me fallut quelques minutes pour le trouver. Je suppose qu'un réflexe professionnel me fit vérifier en premier les objets les plus évidents. Lorsqu'un intrus vous a rendu une petite visite, en temps normal, vos Choses disparaissent : les jouets, les objets de valeur, vos petites reliques personnelles, vos derniers biscuits au chocolat préférés. Je procédai donc à une vérification.

Mais aucune de mes Choses n'avait bougé : l'ordinateur, la chaîne hi-fi, la télé et le magnétoscope, ils étaient tous là où je les avais laissés. Même ma précieuse collection de plaquettes de verre se trouvait à sa place dans la bibliothèque, chacune avec son unique goutte de sang séché. Chaque objet était rangé exactement là où il devait être.

Je vérifiai ensuite les endroits plus personnels, juste au cas où : la chambre, la salle de bains, l'armoire à pharmacie. Là aussi, tout était normal ; apparemment rien n'avait été dérangé, et pourtant il flottait au-dessus de chaque objet comme l'impression qu'il avait été examiné, touché, puis replacé, avec un soin si scrupuleux que même les grains de poussière se retrouvaient à leur place.

Je retournai dans le salon, m'affalai dans mon fauteuil et regardai autour de moi, soudain pris de doutes. J'étais absolument certain que quelqu'un était venu, mais pourquoi ? Et qui pouvait bien s'intéresser à ma petite personne au point d'entrer et de laisser ma modeste demeure exactement comme elle était ? Car rien ne manquait, rien n'avait été dérangé. La pile de journaux dans la boîte de recyclage penchait peut-être légèrement vers la gauche, mais n'était-ce pas mon imagination ? Peut-être était-ce dû à un souffle d'air venant de la climatisation. Rien n'avait réellement changé, rien ne manquait, absolument rien.

Pourquoi de toute façon vouloir offrir une petite visite à mon appartement ? Il n'avait rien de spécial, j'y avais bien veillé. Cela faisait partie de mon personnage à la Harry. Se fondre dans la masse. Avoir l'air normal, ennuyeux même. Ne rien faire ou ne rien posséder qui puisse susciter l'attention. Je m'y étais appliqué. Je ne possédais aucun objet de valeur hormis une chaîne hi-fi et un ordinateur. Il y avait des cibles bien plus attrayantes dans le voisinage.

Et puis pourquoi viendrait-on chez moi pour ne rien prendre, ne rien faire, ne laisser aucune trace ? Je me renversai dans le fauteuil et fermai les yeux. Tout ça devait être le fruit de mon imagination. J'avais sans doute les nerfs à vif. Un symptôme de mon manque de sommeil et du sang d'encre que je me faisais pour la carrière de Deborah. Un signe de plus que ce cher vieux Dexter perdait complètement la boule. Avait insensiblement franchi le pas qui faisait de lui non plus un sociopathe mais un psychopathe. Il n'est pas absolument insensé à Miami de se croire encerclé par des ennemis anonymes, mais se comporter comme si c'était vrai est socialement inacceptable. On allait bel et bien finir par m'interner, un de ces quatre.

Et pourtant l'impression était très forte. J'essayai de m'en débarrasser : ce n'était qu'une lubie, une espèce de tic, une indigestion passagère. Je me levai, m'étirai, pris une profonde inspiration et m'efforçai d'avoir des pensées agréables. Aucune ne vint. Je secouai la tête et me dirigeai vers la cuisine pour boire un verre d'eau, et là je tombai dessus.

C'était donc là.

Je restai planté debout devant le réfrigérateur je ne sais combien de temps à la regarder bêtement.

Sur le frigo, retenue par les cheveux au moyen d'un de mes petits aimants en forme de fruit tropical, se trouvait une tête de poupée Barbie. Je ne me rappelais pas l'avoir mise là. Je ne me rappelais pas en avoir possédé une, du reste. Il me semblait que je me serais souvenu de ce genre de chose.

Je tendis la main vers la petite tête en plastique. Elle oscilla doucement et alla heurter la porte du congélateur avec un léger *toc*. Elle décrivit un quart de cercle et les yeux de Barbie vinrent se poser sur moi – un regard vif de colley. Je soutins son regard.

Sans trop savoir ce que je faisais, j'ouvris la porte du congélateur. À l'intérieur, posé délicatement sur le bac à glace, se trouvait le corps de Barbie. Les bras et les jambes avaient été détachés et le corps démantelé au niveau de la taille. Les morceaux étaient soigneusement empilés et réunis par un ruban rose. Une des minuscules mains de Barbie tenait un petit accessoire, un joli miroir miniature.

Au bout d'un long moment, je refermai la porte du congélateur. J'avais envie de m'allonger par terre et de poser la joue contre le linoléum frais. Au lieu de quoi, je tendis mon petit doigt et donnai une pichenette à la tête de Barbie. Elle fit *toc toc* sur la porte. Je répétai mon geste. *Toc toc.* Chic ! J'avais un nouveau hobby !

Je laissai la poupée à sa place et retournai m'asseoir, me calant bien au fond des coussins, puis je fermai les yeux. Je savais que j'aurais dû me sentir contrarié, énervé, effrayé, violé dans mon intimité, rempli d'une paranoïa hostile et d'une fureur légitime. Mais ce n'était pas le cas. Je me sentais en fait… comment dire ? Plutôt grisé. Fébrile, peut-être ? Était-ce de l'euphorie ?

Je n'avais aucun doute, bien entendu, sur l'identité de mon visiteur. À moins d'accepter l'idée saugrenue qu'un étranger, pour d'obscures raisons, aurait décidé que mon appartement était l'endroit idéal pour exposer sa poupée Barbie décapitée.

Non. J'avais reçu une petite visite de mon artiste préféré. Peu importait comment il m'avait trouvé. Il ne lui était pas bien difficile de noter mon numéro d'immatriculation à North Bay Village l'autre nuit. Il avait pu m'observer à loisir depuis sa cachette derrière la station d'essence. Avec ça, il ne fallait pas être un crack en informatique pour découvrir mon adresse. Ça avait dû être un jeu d'enfant de se faufiler à l'intérieur, de jeter un coup d'œil partout et de laisser un petit message.

Et voilà quel était le message : la tête pendait seule d'un côté, les morceaux de corps étaient empilés sur la glace, et à nouveau ce foutu miroir. Si on ajoutait à cela le manque d'intérêt total pour le reste de mon appartement, il ne pouvait y avoir qu'une seule signification.

Mais laquelle ?

Que me disait-il ?

Il aurait pu laisser tout et n'importe quoi. Il aurait pu planter dans mon linoléum un couteau de boucher sanglant fiché dans le cœur d'une vache. Je lui savais gré de ne pas être allé jusque-là – quelle saleté ! –, mais pourquoi une Barbie ? Certes, la poupée renvoyait au corps de sa dernière victime, mais pourquoi m'en reparler? Était-ce moins sinistre finalement qu'un autre message qui aurait été plus visqueux, ou l'était-ce davantage? Me disait-il: Je te regarde et je t'aurai? Ou bien plutôt: Salut! Tu veux jouer?

Oui, je voulais jouer. Bien sûr que oui.

Mais que venait faire le miroir? Sa présence ce jour-là lui donnait un sens qui allait bien au-delà du camion et de la course-poursuite sur la voie surélevée. Il acquérait à présent une importance accrue. Tout ce qui me venait à l'esprit était: Regarde-toi. Mais qu'est-ce que ça pouvait bien vouloir dire? Pourquoi fallait-il que je me regarde? Je ne suis pas narcissique à ce point, du moins en ce qui concerne mon apparence physique. Et pourquoi d'ailleurs aurais-je voulu me regarder quand tout ce qui m'importait était de voir le tueur? Il devait donc y avoir un autre sens qui m'échappait.

Mais même là je pouvais me tromper. Il était fort possible qu'il n'y ait aucune signification véritable. C'était difficile à croire de la part d'un artiste aussi raffiné, mais c'était possible. Et le message pouvait très bien être une allusion personnelle, délirante et sordide. Je n'avais absolument aucun moyen de savoir. Et je n'avais aucun moyen de savoir non plus ce qu'il fallait que j'en fasse. Si tant est que je doive en faire quelque chose.

Je fis le choix humain. Plutôt drôle quand on y pense: moi, faire un choix humain! Harry aurait été fier. Comme un parfait humain, je décidai de ne rien faire. De voir venir. Je ne signalerais pas ce qui s'était passé. Après tout, qu'y avait-il à signaler? Rien n'avait disparu. Il n'y avait rien à déclarer à titre officiel, si ce n'est: Ah, commissaire Matthews, je voulais vous informer qu'apparemment quelqu'un a pénétré dans mon appartement et a laissé une poupée Barbie dans mon congélateur.

Ça sonnait bien. J'étais sûr que ça remporterait un franc succès auprès de mes collègues. Peut-être que le brigadier Doakes mènerait sa propre enquête et qu'on le laisserait enfin révéler ses talents cachés pour les interrogatoires musclés. Ou peut-être se contenterait-on d'ajouter mon nom à la liste des employés mentalement retardés, où figurait déjà Deb, étant donné que le dossier était clos, officiellement du moins, et que, même lorsqu'il avait été ouvert, il n'avait jamais été question de poupées Barbie.

Non, il n'y avait vraiment rien à dire, rien que je puisse clairement expliquer. Alors, au risque de me faire à nouveau massacrer, je n'en parlerais pas non plus à Deborah. Pour des raisons difficiles à exprimer, j'étais sûr que cette histoire était strictement personnelle. Et, en la gardant pour moi, il y avait plus de chances que je me rapproche de mon visiteur. Afin de le livrer à la justice, bien sûr. Naturellement.

Ma décision prise, je me sentis beaucoup plus léger. J'en avais presque la tête qui tournait. Je n'avais aucune idée de ce qui en résulterait, mais j'étais prêt à prendre les choses comme elles viendraient. Ce sentiment perdura toute la nuit, et toute la journée du lendemain au travail, tandis que j'élaborais un rapport pour le labo, consolais Deb, volais un doughnut à Vince Masuoka… Il perdura jusqu'au soir alors que je rentrais chez moi en bravant la circulation joyeusement homicide des fins de journée. J'étais parfaitement zen, prêt à n'importe quelle surprise.

Enfin, c'est ce que je pensais.

Je venais tout juste de rentrer et de m'installer dans mon fauteuil pour me détendre lorsque le téléphone sonna. Je le laissai sonner. J'avais envie de souffler cinq minutes, et je ne voyais rien qui ne pût attendre. D'ailleurs, j'avais un répondeur qui m'avait coûté plus de cinquante dollars. Autant l'amortir.

Deux sonneries. Je fermai les yeux. Inspire. Détends-toi, mon vieux. Trois sonneries. Expire. Le répondeur se mit en marche et ma voix infiniment courtoise se fit entendre. « Bonjour. Je suis absent pour le moment, mais si vous voulez bien me laisser un message je vous rappellerai dès mon retour. Merci. »

Quel ton de voix fabuleux ! Quel esprit mordant ! C'était un message véritablement superbe. J'avais l'air presque humain. J'étais très fier de moi. J'inspirai à nouveau, tout en écoutant le *biiiip* mélodieux qui suivait.

« Salut, c'est moi. »

Une voix de femme. Mais pas Deborah. Je sentis une de mes paupières se contracter, d'agacement. Pourquoi y a-t-il tant de gens qui commencent leur message par « c'est moi » ? Bien sûr que c'est toi. On a compris. Mais tu es *qui* au juste ? Dans mon cas, le choix était plutôt restreint. Je savais que ce n'était pas Deborah. Ça n'avait pas l'air d'être LaGuerta, encore que tout était possible. Il restait donc...

... *Rita* ?

« Euh, excuse-moi, je... » Un long soupir. « Écoute, Dexter, je m'excuse. Je pensais que tu m'appellerais et puis, comme tu ne l'as pas fait, je... » Un autre long soupir. « ... Enfin, voilà. J'aimerais qu'on parle. Parce que je me suis rendu compte... C'est-à-dire... Oh, et puis zut ! Est-ce que tu pourrais, euh, m'appeler ? Si... tu sais... » Non, je ne savais pas. Absolument pas. Je n'étais même pas sûr de savoir qui parlait. Pouvait-il vraiment s'agir de Rita ? Un autre long soupir. « Excuse-moi si... » Puis un très long silence. Deux respirations complètes. Elle inspira à fond, expira. Inspira à nouveau, puis souffla brusquement. « S'il te plaît, Dexter, appelle-moi. Mais... » Un long silence. Un autre soupir. Puis elle raccrocha.

Très souvent dans ma vie j'ai eu l'impression que quelque chose m'échappait, un élément essentiel du puzzle que tous les autres trimballent partout avec eux sans y prêter la moindre attention. Je m'en soucie peu en général car la plupart du temps ça s'avère être juste une coutume humaine des plus stupides, comme, par exemple, comprendre toutes les subtilités du base-ball ou ne pas aller jusqu'au bout dès le premier rendez-vous.

Mais parfois j'ai l'impression de passer à côté d'un grand réservoir de sagesse, d'un puits de traditions qui me sont étrangères mais que les humains ressentent très vivement, au point de ne pas avoir besoin d'en parler et de ne même pas savoir les traduire en paroles.

C'était exactement ce qui se passait à cet instant.

J'étais censé comprendre que Rita venait de me signifier

quelque chose de très précis ; ses silences et ses bafouillages devaient correspondre à un état extraordinaire que tout mâle humain aurait saisi de manière intuitive. Mais je n'avais pas la moindre idée de ce dont il s'agissait et je ne savais pas non plus comment le découvrir. Devais-je compter les respirations ? Mesurer les silences et convertir les chiffres en versets bibliques pour tomber sur le code secret ? Que cherchait-elle à me dire ? Et pourquoi, du reste, cherchait-elle à me dire quelque chose ?

Selon moi, lorsque j'avais embrassé Rita, mû par une étrange et stupide impulsion, j'avais franchi une ligne que nous avions tacitement convenu de ne pas franchir. Une fois cet acte commis, pas moyen de l'effacer, de revenir en arrière. À sa façon, ce baiser avait été un crime. En tout cas, c'était rassurant de le voir ainsi. J'avais tué notre relation prudente en lui assenant un coup de langue en plein cœur, en la poussant du haut d'une falaise. Boum ! Morte. Depuis, je n'avais pas pensé une seule seconde à Rita. Elle avait disparu, avait quitté ma vie à la suite de cette impulsion incompréhensible.

Et la voilà maintenant qui m'appelait et enregistrait sa respiration pour mon bon plaisir.

Pourquoi ? Voulait-elle me sermonner ? Me traiter de tous les noms, me montrer l'étendue de ma bêtise, me forcer à comprendre l'immensité de mon offense ?

Cette histoire commençait à m'énerver au plus haut point. Je me mis à faire les cent pas dans mon appartement. Quel besoin avais-je de penser ainsi à Rita ? J'avais des préoccupations autrement plus importantes. Rita était juste un postiche pour moi, un pauvre déguisement du week-end, destiné à masquer le fait que j'étais un type qui aimait faire les choses que ce gars fascinant faisait actuellement – lui et pas moi.

Oh, mais n'était-ce pas de la jalousie ? Bien sûr qu'à ce moment-là je ne faisais rien. Je venais juste de finir. Et il me faudrait sans doute attendre un bon moment. Trop risqué. Je n'avais rien préparé.

Et pourtant...

Je retournai dans la cuisine et donnai une pichenette à la

tête de Barbie. *Toc. Toc, toc.* Il me sembla soudain ressentir quelque chose. Une envie de jouer? Une inquiétude profonde et durable? Une espèce de jalousie professionnelle? Je n'aurais pu dire, et Barbie, elle, se gardait bien de parler.

C'en était trop. L'aveu, de toute évidence faux, la violation de mon sanctuaire, et maintenant Rita... Il y a des limites à ce qu'un homme peut endurer. Même un pantin comme moi. Je commençais à me sentir perturbé, désorienté, pris de vertiges, hyperactif et léthargique en même temps. Je me dirigeai vers la fenêtre et jetai un coup d'œil dehors. Il faisait nuit à présent, et loin au-dessus de l'eau une lumière s'élevait dans le ciel; à sa vue, une petite voix malveillante s'éleva également quelque part tout au fond de moi.

La lune.

Un murmure à mon oreille. À peine un son; plutôt la sensation ténue qu'on prononçait mon nom, presque audible, quelque part pas si loin. Juste à côté, peut-être de plus en plus près. Aucun mot distinct, un simple bruissement de semblant de voix, un ton hors ton, une pensée faite souffle. Je sentis mon visage devenir brûlant et j'entendis soudain le bruit de ma respiration. Puis à nouveau la voix, un son doux déposé sur le bord de mon oreille. Je me tournai, tout en sachant qu'il n'y avait personne et que ce n'était pas mon oreille mais mon cher compagnon à l'intérieur, ramené à la conscience par Dieu sait quoi et par la lune.

Et quelle grosse lune hilare et bavarde. Oh, tout ce qu'elle avait à me dire... Je m'efforçai de lui expliquer que ce n'était pas le moment, que c'était beaucoup trop tôt, que j'avais d'autres priorités en ce moment, mais la lune ne voulait rien entendre. J'eus beau insister et argumenter pendant un quart d'heure, c'était perdu d'avance.

Désespéré, je déployai toutes les parades que je connaissais et, quand tout eut échoué, je fis quelque chose qui me choqua profondément. J'appelai Rita.

« Oh, Dexter, dit-elle. Je voulais... J'avais peur... Merci de me rappeler. Je voulais juste...

– Je sais, répondis-je, même si, bien sûr, je ne savais pas.

– Est-ce qu'on pourrait… ? Je ne sais pas ce que tu… Est-ce que je pourrais te voir plus tard et juste… ? J'aimerais vraiment te parler.

– Bien sûr », dis-je.

Et tandis que nous convenions de nous retrouver chez elle un peu plus tard, je me demandais ce qu'elle pouvait bien avoir en tête. Une scène de violence ? Des larmes de récrimination ? Un flot d'injures ? Je me retrouvais en territoire inconnu ; j'ignorais complètement dans quoi je m'embarquais.

Cet épisode vint miraculeusement me distraire pendant près d'une demi-heure après avoir raccroché, jusqu'à ce que la petite voix intérieure s'insinue à nouveau dans mon cerveau pour me seriner doucement que cette nuit devait à tout prix être spéciale.

Je me sentis de nouveau attiré vers la fenêtre et la vis qui m'attendait, l'énorme face réjouie dans le ciel, la lune hilare. Je tirai le rideau et m'éloignai, arpentai mon appartement dans un sens puis dans l'autre, touchai à tout, me disant que je vérifiais une fois de plus s'il manquait quelque chose, sachant pertinemment qu'il ne manquait rien, et sachant bien pourquoi. Et, à chaque passage dans le salon, je me rapprochais un peu plus du petit bureau où était posé mon ordinateur, et je savais très bien ce que je voulais faire mais ne devais pas faire, quand enfin, au bout de trois quarts d'heure, je n'y tins plus. J'étais trop fébrile pour rester debout et j'eus l'idée de me laisser tomber dans le fauteuil puisqu'il était juste à côté et, tant qu'à faire, puisque j'étais là, je n'avais qu'à allumer l'ordinateur, et une fois celui-ci allumé…

Ce n'est pas possible, pensai-je. Je ne suis pas prêt.

Mais, bien sûr, peu importait. Que je sois prêt ou non ne faisait aucune différence. LUI était prêt.

Chapitre XIV

J'étais presque sûr que c'était lui, mais seulement *presque*, et jusque-là je n'avais jamais été seulement presque sûr. Je me sentais faible, hébété, comme indisposé sous l'effet de l'excitation, de l'incertitude et d'un profond sentiment de faute réunis, mais bien sûr le Passager Noir avait pris les commandes depuis le siège arrière, à présent, et mes sentiments n'avaient plus aucune espèce d'importance puisque LUI se sentait fort et froid, pressé et prêt. Et le voilà qui grossissait à l'intérieur de moi, qui gonflait et émergeait des sombres recoins de mon cerveau reptilien, et cette poussée, ce gonflement ne pouvant se terminer que d'une seule façon, il valait encore mieux que ce soit avec celui-là.

Je l'avais trouvé quelques mois auparavant, mais, après l'avoir observé un temps, j'avais décidé que le prêtre était plus sûr et que celui-ci pouvait attendre encore, jusqu'à ce que je n'aie plus le moindre doute.

Comme je m'étais trompé ! Je voyais bien maintenant qu'il ne pouvait pas attendre du tout.

Il vivait dans une petite rue de Coconut Grove. Sa bicoque miteuse se trouvait à quelques pâtés de maisons d'un quartier composé de logements pour une population noire défavorisée, de nombreux bouis-bouis et d'églises complètement décrépites. À moins d'un kilomètre dans l'autre direction, les millionnaires construisaient des murs de corail afin de se protéger des personnes comme lui et vivaient dans des maisons modernes surdimensionnées. Mais Jamie Jaworski habitait juste au milieu, dans une moitié de maison qu'il partageait avec un demi-million de bestioles et le chien le plus laid qu'il m'avait jamais été donné de voir.

C'était néanmoins une maison qui aurait dû être trop chère pour lui. Jaworski occupait un poste de gardien à mi-temps au collège Ponce de Leon et, selon toutes les apparences, c'était sa seule source de revenus. Il travaillait trois jours par semaine, ce qui devait être suffisant pour le faire manger à sa faim, mais pas beaucoup plus. Bien sûr, je n'avais cure de ses finances. En revanche, j'étais très intéressé par le fait que, depuis que Jaworski travaillait dans ce collège, le nombre de fugues et de disparitions parmi les élèves avait sensiblement augmenté. Il s'agissait toujours de filles de douze ou treize ans, et toutes étaient blondes.

Blondes. Très important. Bizarrement, c'était le style de détail que la police avait tendance à négliger mais qui sautait aux yeux de quelqu'un comme moi. Peut-être n'estimait-on pas ça politiquement correct: il fallait que les brunes en tout genre aient les mêmes chances de se faire kidnapper, violer puis découper devant une caméra, vous ne croyez pas?

Jaworski s'était un peu trop souvent révélé être la dernière personne à avoir vu l'enfant disparue. Les policiers l'avaient interrogé, l'avaient placé en garde à vue, mais n'avaient pas réussi à l'inculper de quoi que ce soit. Bien sûr, ils sont tenus par des contraintes légales un peu mesquines. La torture, par exemple, n'est pas vue d'un très bon œil depuis quelque temps. Or, à moins d'employer des moyens de persuasion un peu énergiques, Jamie Jaworski n'avouerait jamais son hobby. Je parle en connaissance de cause.

Mais je savais que c'était lui. Il aidait ces filles à disparaître dans des carrières cinématographiques fulgurantes. J'en étais presque certain. Je n'avais pas trouvé de fragments de corps et je ne l'avais pas vu à l'œuvre, mais tout concordait. Et sur Internet j'avais tout de même déniché des photos particulièrement inventives où figuraient trois des filles disparues. Elles n'avaient pas l'air très heureuses sur ces images, bien que certaines des choses qu'elles faisaient soient censées apporter de la joie.

Je n'avais pas réussi à relier formellement Jaworski aux photos. Mais l'adresse de la boîte aux lettres se trouvait à South Miami, à quelques minutes de l'école. Et il vivait au-dessus de ses moyens. De toute façon je manquais de temps, comme me le rappelait avec de plus en plus d'insistance le siège arrière sombre, et dans le cas présent la certitude n'était finalement pas si importante.

Mais l'affreux chien m'inquiétait. Les chiens posent toujours problème. Ils ne m'aiment pas, et la plupart du temps ce que je fais à leur maître leur déplaît, surtout parce que je ne leur cède pas les bons morceaux. Il fallait que je dégotte une solution pour approcher Jaworski sans son chien. Peut-être sortirait-il de chez lui... Sinon, je devrais trouver un moyen d'entrer.

Je passai trois fois devant sa maison au volant de ma voiture et aucune idée ne me vint. J'allais avoir besoin de chance, et vite, avant que le Passager Noir ne me pousse inconsidérément à l'action. Or, juste au moment où mon cher Ami commençait à me murmurer des propositions imprudentes, j'eus ma petite part de chance. Jaworski sortit de chez lui et grimpa dans son vieux pick-up rouge délabré alors que je repassais devant. Je ralentis autant que je pus. Quelques secondes plus tard il avait fait marche arrière et lançait sa camionnette vers Douglas Road. Je fis demi-tour et le suivis.

Je ne savais absolument pas comment j'allais m'y prendre. Je n'étais pas préparé. Je n'avais pas de planque, pas de combinaison propre, rien, si ce n'est mon rouleau de ruban adhésif extra-fort et un couteau à viande sous mon siège. Et pourtant je devais à tout prix éviter qu'on me voie ou qu'on me remarque, et tout devait être parfait. Je détestais improviser, mais à vrai dire je n'avais pas franchement le choix.

J'eus de la chance, une fois de plus. La circulation était très fluide tandis que Jaworski se dirigeait vers le sud pour gagner Old Cutler Road ; au bout d'un ou deux kilomètres, il tourna à gauche en direction de l'eau. Un immense complexe immobilier était en construction, afin d'améliorer notre vie à tous en transformant les arbres et les animaux en ciment et en retraités du New Jersey. Jaworski traversa lentement le site, passa devant la moitié d'un terrain de golf, sans herbe mais déjà garni de ses drapeaux, jusqu'à se retrouver tout près de l'eau. Le squelette d'un bloc d'immeubles inachevés dissimulait la lune. Je restai loin derrière, éteignis mes phares tout en continuant à avancer doucement pour voir ce que mon petit ami trafiquait.

Jaworski s'était garé devant le bloc d'immeubles. Il sortit et se tint immobile entre sa camionnette et un immense tas de sable. Il resta là quelques instants à regarder autour de lui et j'en profitai pour me ranger sur le bas-côté et couper le moteur. Jaworski scrutait les tours et la route qui conduisait au rivage. Il eut l'air satisfait et pénétra dans l'un des immeubles. J'étais presque sûr qu'il cherchait un vigile. Moi aussi, du reste. J'espérais qu'il avait bien fait son boulot. Très souvent dans ces grands ensembles, un seul vigile circule d'une construction à l'autre à bord d'une voiturette de golf. C'est moins cher, et puis il ne faut pas oublier qu'on est à Miami. Un certain pourcentage des frais généraux prévus pour n'importe quel projet est destiné à couvrir le coût du matériel qu'on s'attend à voir disparaître rapidement. J'avais la nette impression que Jaworski avait décidé d'aider le constructeur à remplir son quota.

Je sortis de ma voiture et glissai le ruban adhésif et le couteau dans un sac fourre-tout que j'avais apporté. J'y avais déjà mis une paire de gants de jardinage en caoutchouc et quelques photos – pas grand-chose : des broutilles que j'avais téléchargées sur Internet. J'accrochai le sac à mon épaule et me dirigeai discrètement dans l'obscurité vers la camionnette minable de Jaworski. Le plateau était vide, tout comme la cabine. Des monceaux de gobelets et d'emballages Burger King, des paquets de Camel écrasés jonchaient le sol. Rien que de sale et de mesquin, comme Jaworski lui-même.

Je levai les yeux. Par-dessus le bord de l'immeuble en construction, j'aperçus la lueur de la lune. Une brise nocturne souffla sur mon visage, chargée de tous les parfums exquis de notre paradis tropical : le gasoil, la végétation pourrissante, le ciment. Je l'inhalai profondément et dirigeai à nouveau mes pensées vers Jaworski.

Il se trouvait quelque part à l'intérieur du bâtiment. Je ne savais pas de combien de temps je disposais, et une petite voix familière me sommait de me dépêcher. Je m'éloignai du pick-up et pénétrai dans l'immeuble. Comme je passai la porte, je l'entendis. Ou plutôt, j'entendis un étrange bruissement métallique qui devait être lui, à moins que…

Je m'immobilisai. La source du bruit se situait à quelques mètres de moi sur le côté ; je m'en approchai à pas feutrés. Un tuyau suivait toute la longueur du mur : une conduite d'électricité. Je posai la main sur le tuyau et le sentis vibrer, comme si quelque chose bougeait à l'intérieur.

Une lumière s'alluma dans mon cerveau. Jaworski était en train d'extraire le fil électrique. Le cuivre coûtait très cher, et il y avait un marché noir florissant pour ce métal, sous toutes ses formes. C'était sans doute un moyen supplémentaire de gonfler son maigre salaire de gardien et d'assurer les longues périodes de misère entre deux fugueuses. Il pouvait se faire plusieurs centaines de dollars avec une livraison de cuivre.

Maintenant que je savais ce qu'il trafiquait, une vague idée commença à prendre forme dans ma tête. D'après le bruit que j'entendais, il était quelque part au-dessus de moi. Je pouvais facilement le localiser, le guetter jusqu'au moment propice, puis attaquer. Mais j'étais nu, pour ainsi dire, complètement exposé, et absolument pas préparé. J'avais l'habitude de faire ces choses-là d'une façon bien particulière. M'aventurer hors du cadre prudent que je m'étais créé me mettait extrêmement mal à l'aise.

Un petit frisson parcourut mes vertèbres. Pourquoi m'étais-je lancé là-dedans ?

La réponse qui me vint d'emblée, bien sûr, c'était que je n'y étais pour rien. Mon cher Ami installé sur la banquette arrière était le seul vrai responsable. Je l'accompagnais simplement parce que c'était moi qui avais le permis. Mais nous avions passé un accord, lui et moi. Nous nous étions construit une existence prudente, mesurée, avions trouvé une façon de cohabiter, grâce à notre méthode Harry. Et le voilà qui se déchaînait en dehors des prudents et admirables garde-fous de Harry. Pourquoi ? Était-ce par colère ? L'invasion de mon domicile constituait-elle une telle offense qu'elle le poussait à la vengeance ?

Je ne le sentais pas en colère, cependant ; comme toujours il semblait décontracté, doucement amusé, impatient de tenir sa proie. Et je ne me sentais pas en colère non plus. J'avais l'impression d'être à moitié soûl, de planer complètement ; je frisais l'euphorie, frémissant sous l'effet d'ondulations intérieures qui, curieusement, s'apparentaient à l'idée que je m'étais toujours faite des émotions. Et cet état de griserie m'avait conduit dans ce lieu dangereux, imprévu et sale, pour faire au pied levé un acte que, auparavant, j'avais toujours planifié méticuleusement. Et, malgré tout, je mourais d'envie de le faire. J'étais *obligé* de le faire.

Très bien. Mais je n'étais pas obligé de le faire sans protection. Je jetai un coup d'œil autour de moi. À l'autre bout de la pièce se trouvait une grosse pile de placoplâtre, enveloppée de film plastique. En quelques secondes je m'étais taillé dans l'emballage un tablier et un étrange masque transparent : plusieurs fentes pour le nez, la bouche et les yeux afin de pouvoir voir et respirer. Je le plaquai sur moi et sentis ma figure s'écraser et devenir méconnaissable. J'entortillai les deux bouts derrière ma tête puis les nouai maladroitement. L'anonymat parfait. Ça peut sembler idiot, mais je suis habitué à chasser avec un masque. C'est peut-être une compulsion névrotique à suivre les règles à la lettre, mais c'est surtout un souci de moins pour la suite. Cette précaution me tranquillisa un peu ; c'était donc une bonne idée. Je sortis les gants de mon sac et les enfilai. J'étais prêt maintenant.

Je trouvai Jaworski au troisième niveau. Des dizaines de mètres de fils électriques enroulés à ses pieds. Debout dans l'ombre de la cage d'escalier, je le regardai extraire son butin.

Puis je reculai et ouvris mon sac fourre-tout. À l'aide du ruban adhésif, j'accrochai les photos que j'avais apportées. Des photos adorables des petites fugueuses, dans une variété de poses fort engageantes et explicites. Je les scotchai sur le mur en béton afin que Jaworski les voie lorsqu'il passerait la porte et emprunterait les escaliers.

Je jetai un coup d'œil à Jaworski. Il avait encore extrait une vingtaine de mètres de câble. L'extrémité se coinça quelque part et le câble resta bloqué. Jaworski tira d'un coup sec par deux fois, puis sortit une grosse pince de sa poche arrière et le sectionna. Il ramassa tous les fils à ses pieds et les enroula autour de son avant-bras en un cylindre compact. Puis il se dirigea vers la cage d'escalier : vers moi.

Je me tapis dans l'ombre et attendis.

Jaworski n'essayait pas particulièrement d'être discret. Il ne s'attendait pas à être interrompu, et il ne s'attendait certainement pas à me trouver. J'écoutai le bruit de ses pas et le léger cliquetis des fils métalliques qui traînaient derrière lui. Un peu plus près...

Il apparut à la porte et fit un pas sans me voir. Puis il vit les photos.

« Hummpf », fit-il, comme s'il venait de recevoir un coup dans l'estomac.

Il resta la bouche ouverte, les yeux rivés au mur, incapable de bouger, et aussitôt je fus derrière lui, mon couteau pointé sur sa gorge.

« Pas un geste, pas un bruit.

– Hé, écoutez... » dit-il.

D'un léger mouvement du poignet, j'enfonçai la pointe du couteau dans sa peau, sous le menton. Il émit un bref sifflement tandis qu'un horrible petit jet de sang se mettait à gicler. C'était tellement inutile ; pourquoi les gens ne peuvent-ils écouter ce qu'on leur dit ?

« Pas un bruit », nous répétâmes.

Et il se tint tranquille.

Les seuls bruits qu'il y eut alors furent le crissement du

ruban adhésif, la respiration de Jaworski, et le rire silencieux du Passager Noir. Je recouvris de scotch la bouche du gardien, entortillai un segment du précieux fil de cuivre autour de ses poignets, et le traînai jusqu'à une autre pile de placoplâtre enveloppée de film plastique. En quelques secondes je l'avais ligoté et arrimé à cette table improvisée.

« On va parler un peu, maintenant », nous dîmes de la voix douce et froide du Passager Noir. Il ne savait pas s'il avait le droit de parler, et le gros scotch lui aurait posé problème de toute manière, donc il préféra garder le silence. « On va parler des petites fugueuses, nous poursuivîmes en arrachant le scotch de sa bouche.

– Aouhhh ! Quelles... ? Qu'est-ce que vous voulez dire ? » dit-il.

Mais il n'était pas très convaincant.

« Je crois que vous savez très bien ce que je veux dire.

– Nooon, fit-il.

– Siiii. »

Je me montrais peut-être un peu trop vif d'esprit. Ce n'était ni le moment ni la soirée appropriés. Il s'enhardit. Il posa le regard sur mon masque brillant.

« Vous êtes quoi ? Une espèce de flic ? demanda-t-il.

– Non », nous répondîmes avant de trancher son oreille gauche.

C'était ce qu'il y avait de plus près. Le couteau était très aiguisé et, l'espace d'un instant, il ne parut pas croire ce qui lui arrivait. Plus d'oreille gauche, plus jamais jamais. Je la posai sur sa poitrine afin qu'il puisse y croire. Ses yeux s'agrandirent démesurément et il remplit ses poumons d'air, prêt à hurler, mais je lui fourrai une boule de film plastique dans la bouche juste à temps.

« Pas de ça. Il peut t'arriver bien pire. » Et le pire arriverait, aucun doute là-dessus, mais il n'avait pas besoin de le savoir tout de suite. « Les petites fugueuses... » nous demandâmes à nouveau de notre voix douce-froide.

Et nous attendîmes quelques secondes, surveillant ses yeux,

pour être sûrs qu'il n'allait pas crier, puis nous retirâmes le bâillon.

« Bon Dieu ! dit-il d'une voix rauque. Mon oreille...

– Il t'en reste une, tout aussi jolie. Parle-nous des filles sur les photos.

– "Nous" ? Comment ça, "nous" ? Bon Dieu, j'ai mal... » gémit-il.

Il y en a qui sont vraiment obtus. Je replaçai le bâillon dans sa bouche et me mis au travail.

J'eus un peu de mal à garder mon sang-froid ; plutôt normal, étant donné les circonstances. Mon cœur battait la chamade et je devais lutter pour empêcher ma main de trembler. Mais je m'attelai à mon travail, me mis à explorer, à chercher quelque chose qui se dérobait sans cesse. Excitant, mais aussi terriblement frustrant. La pression augmentait peu à peu à l'intérieur, montait jusque dans mes oreilles et sifflait afin d'être libérée, mais aucune libération ne venait. Seulement cette pression croissante, et la sensation diffuse qu'un état merveilleux existait juste au-delà de mes sens et que je n'avais qu'à le trouver pour y plonger sans retenue. Mais je ne le trouvais pas, et aucune de mes vieilles pratiques ne venait me combler. Que faire ? Dans ma confusion, j'ouvris une veine ; une horrible flaque de sang se forma sur le film plastique à côté du gardien. Je m'interrompis un instant, cherchant une réponse, mais en vain. Je détournai les yeux et regardai par le trou béant de la fenêtre. Je demeurai figé ; j'en oubliai presque de respirer.

La lune était là, au-dessus de l'eau. Sans que je puisse me l'expliquer, cette vision me paraissait si juste, si *nécessaire* : pendant un moment je restai là à contempler l'eau, à la regarder miroiter, si parfaite. Je vacillai et butai contre la table de fortune, et repris mes esprits. Mais la lune... Ou était-ce l'eau ?

Si près... J'étais si près de ce quelque chose qui m'échappait ; je pouvais presque le sentir. Mais c'était quoi ? Je fus secoué d'un frisson, qui me parut très *juste* aussi, si juste qu'il fut le premier d'une longue série, jusqu'à ce que je me mette à claquer des dents. Mais pourquoi ? Qu'est-ce que cela voulait dire ? J'avais touché quelque chose d'important, une pureté et une clarté prodigieuses qui auréolaient la lune et l'eau, hors de la portée de mon couteau, toujours hors d'atteinte.

Je tournai à nouveau les yeux vers le gardien. Il m'exaspérait, allongé ainsi, couvert de marques improvisées et de sang inutile. Mais je ne pouvais rester longtemps énervé avec cette magnifique lune de Floride qui cognait dehors, la brise tropicale qui soufflait et les autres merveilleux bruits de la nuit : le ruban adhésif qui vibrait, la respiration paniquée. J'en aurais presque ri. Il y a des gens qui choisissent de mourir pour des choses très inhabituelles ; mais cette affreuse vermine, lui, c'était pour des fils de cuivre ! Et il fallait voir sa tête : il avait l'air mortifié, absolument perdu et désespéré. J'aurais trouvé ça drôle si je ne m'étais senti aussi frustré.

Et il méritait quand même un peu plus d'efforts de ma part ; après tout, il n'y était pour rien si je n'étais pas au meilleur de ma forme. Il n'était même pas assez abject pour figurer sur ma liste prioritaire. C'était juste une petite crapule qui tuait des gosses pour se faire de l'argent et prendre un peu son pied – et encore, seulement quatre ou cinq, à ma connaissance. J'avais presque pitié de lui. Ce n'était pas exactement un champion.

Allez, au travail ! Je revins me placer aux côtés de Jaworski. Il ne se débattait plus autant, mais il était encore beaucoup trop alerte pour mes méthodes ordinaires. Naturellement, je n'avais pas apporté mes joujoux ultra-professionnels et ce dut être une expérience un peu rude pour Jaworski. Mais, comme un bon petit soldat, il ne protesta pas. J'éprouvai un élan d'affection pour lui et je ralentis mon rythme, prenant particulièrement soin de ses mains. Il répondit avec un véritable enthousiasme et je me laissai complètement aller, pris par ma joyeuse exploration.

Ce furent ses cris étouffés et ses mouvements frénétiques qui finirent par me ramener à moi. Et je me rappelai soudain que je ne m'étais même pas assuré de sa culpabilité. J'attendis qu'il se calme, puis j'enlevai la boule de plastique de sa bouche.

« Les petites fugueuses... nous demandâmes.

– Bon Dieu. Bon Dieu. Seigneur... dit-il d'une voix faible.

– Je ne crois pas qu'il t'entende. Je crois qu'on l'a laissé à la maison.

– S'il vous plaît, implora-t-il. Oh, s'il vous plaît...

– Parle-moi des fugueuses.

– D'accord, souffla-t-il.

– C'est toi qui les as enlevées.

– Oui...

– Combien ? »

Pendant un moment, il n'y eut que le bruit de sa respiration. Il avait les yeux fermés et je crus l'avoir perdu quelques secondes trop tôt. Enfin il rouvrit les yeux et me regarda.

« Cinq, finit-il par dire. Cinq petites beautés. J'ai aucun regret.

– Bien sûr que non. » Je posai une main sur son bras. C'était un moment sublime. « À présent c'est à moi de n'en avoir aucun. »

Je fourrai à nouveau la boule de plastique dans sa bouche et me remis au travail. Mais je venais à peine de trouver mon rythme lorsque j'entendis le vigile en bas.

Chapitre XV

C'est le grésillement de sa radio qui m'alerta. J'étais complètement absorbé par quelque chose que je n'avais encore jamais essayé lorsque je l'entendis. Je travaillais sur le torse avec la pointe du couteau et commençais à sentir les premiers vrais picotements de plaisir parcourir mes vertèbres et mes jambes; je n'avais aucune envie d'arrêter. Mais une radio… C'était bien pire qu'un simple vigile. S'il appelait des renforts ou faisait bloquer la route, il me serait difficile d'expliquer certains de mes agissements.

Je considérai Jaworski. Il était presque fini maintenant, et pourtant je n'étais pas satisfait de la tournure qu'avaient prise les événements. Beaucoup trop de gâchis, et je n'avais pas vraiment trouvé ce que je recherchais. Plusieurs fois j'avais eu l'impression fugace que j'étais sur le point de découvrir quelque chose de fabuleux, d'avoir une révélation stupéfiante en rapport avec… quoi donc ? L'eau qui coulait de l'autre côté de la fenêtre ? Mais il ne s'était rien produit finalement. Et je me retrouvais avec un violeur d'enfants inachevé, indécent, incommodant, insatisfaisant, et un agent de sécurité qui s'apprêtait à nous rejoindre.

Je déteste bâcler la fin. C'est un moment si important, et un tel soulagement pour tous les deux, le Passager Noir et moi-même. Mais que pouvais-je faire d'autre ? Pendant un certain temps – qui fut un peu long, je l'avoue, à ma grande honte –, j'envisageai même de tuer le vigile afin de pouvoir continuer.

Ce serait facile, et je pourrais poursuivre mon exploration en repartant de zéro…

Mais non. Bien sûr que non. C'était hors de question. Le vigile était innocent, aussi innocent qu'on peut l'être quand on vit à Miami. Sa faute la plus grave devait consister à tirer de temps en temps sur de pauvres conducteurs le long de Palmetto Expressway. Blanc comme neige, pour ainsi dire. Non, il fallait que je décampe au plus vite, il n'y avait pas d'autre solution. Et si j'étais obligé de laisser Jaworski inachevé et de rester moi-même insatisfait, eh bien, j'aurais plus de chance la fois suivante.

Je baissai les yeux sur cette saleté d'insecte et je me sentis envahi par le dégoût. Il crachait sang et morve en même temps, et cette soupe immonde se répandait sur son visage. Un affreux filet rouge sortit de sa bouche. Dans un accès de dépit, je lui tranchai net la gorge. Je regrettai immédiatement ce geste impulsif. Une horrible fontaine de sang jaillit, et ce spectacle rendit toute l'affaire d'autant plus regrettable : un énorme gâchis. Me sentant sale et frustré, je me ruai vers la cage d'escalier. Mon Passager Noir se manifesta par un grognement d'irritation.

Parvenu au deuxième étage, je me glissai furtivement vers la fenêtre sans vitres. Juste au-dessous était garée la voiturette du vigile, l'avant tourné vers Old Cutler Road, ce qui, j'espérais, signifiait qu'il venait de l'autre direction et n'avait donc pas vu ma voiture. Debout contre le véhicule se tenait un jeune homme corpulent au teint olivâtre, aux cheveux noirs et à la fine moustache, qui, les yeux levés, était en train d'examiner le bâtiment ; par chance, il regardait de l'autre côté à ce moment précis.

Qu'avait-il entendu ? S'agissait-il d'un simple arrêt de routine dans sa tournée d'inspection ? C'était souhaitable. S'il avait effectivement entendu un bruit… s'il restait posté dehors et appelait des renforts, je me ferais probablement prendre. Et, aussi malin et beau parleur que j'étais, je ne croyais pas que mes talents d'orateur suffiraient à me sortir de ce mauvais pas.

Le jeune vigile porta la main à son visage et se caressa la

moustache, comme pour l'encourager à pousser davantage. Il fronça les sourcils, balaya du regard la façade de l'immeuble. Je me baissai vivement. Lorsque je jetai un coup d'œil discret quelques secondes plus tard, je ne vis que le sommet de son crâne. Il pénétrait à l'intérieur.

J'attendis jusqu'à ce que j'entende son pas dans l'escalier. Puis je passai par la fenêtre et me retrouvai suspendu entre le premier et le deuxième étage, me raccrochant au rebord en ciment rêche de la fenêtre, avant de me laisser tomber. La chute fut douloureuse ; je me tordis une cheville sur une pierre et m'écorchai un doigt. Mais je me carapatai dans l'obscurité aussi vite que possible tout en boitant et filai jusqu'à ma voiture.

Mon cœur battait fort lorsque je me glissai enfin sur le siège avant. Je tournai la tête mais ne vis aucun signe du vigile. Je démarrai et, les phares encore éteints, roulai aussi rapidement et aussi silencieusement que je pus, gagnai Old Cutler Road, puis bifurquai vers South Miami avant d'emprunter Dixie Highway pour rentrer chez moi par le chemin le plus long. Mon pouls battait encore dans mes oreilles. Quel risque stupide j'avais pris ! Je n'avais jamais rien fait d'aussi irréfléchi ; jamais je n'avais fait quoi que ce soit sans l'avoir soigneusement planifié. C'était la méthode Harry : être prudent, protégé et préparé.

Et voilà le résultat. J'aurais pu me faire prendre. J'aurais pu être vu. Que j'avais été stupide. Si je n'avais entendu l'agent de sécurité à temps, j'aurais peut-être été obligé de le tuer. Tuer un homme innocent en recourant à la violence ; j'étais à peu près certain que Harry aurait désapprouvé. C'était si sale et déplaisant, en outre.

Bien sûr, je n'étais pas encore tiré d'affaire ; le vigile pouvait parfaitement avoir noté mon numéro d'immatriculation s'il était passé devant ma voiture. J'avais pris des risques insensés et terribles, avais dérogé à toutes mes procédures habituelles, avais mis en jeu ma petite existence soigneusement construite... et pour quoi ? Un meurtre un peu palpitant ? Honte à moi. Et des sombres recoins de mon esprit me parvint en écho *Oh oui ! Honte à toi*, puis le gloussement familier.

J'inspirai profondément et regardai ma main sur le volant. Cela avait été palpitant, toutefois, je ne pouvais le nier. Ç'avait même été follement excitant, plein de vie et de nouvelles sensations, suivies d'une intense frustration. Une expérience entièrement nouvelle et passionnante. Et j'avais la drôle d'impression que tout cela menait quelque part : un lieu important, à la fois nouveau et familier. Ce serait vraiment à explorer davantage la prochaine fois.

Quoiqu'il n'y aurait pas de prochaine fois, bien entendu. Jamais je ne referais quelque chose d'aussi bête et impulsif. Jamais. Mais l'avoir fait une fois, c'était plutôt amusant...

Tant pis. J'allais rentrer chez moi et prendre une douche exceptionnellement longue, et le temps que j'aie fini...

Temps. Quelle heure était-il ? La pensée fusa dans mon esprit contre mon gré. J'avais convenu de retrouver Rita à... à cette heure-ci, plus ou moins, si l'heure indiquée sur le tableau de bord était exacte. Et pour quel sombre dessein ? J'ignorais ce qu'il pouvait se passer dans l'esprit d'un être humain du sexe féminin. Pourquoi fallait-il d'ailleurs que j'y accorde une seule pensée à un moment comme celui-ci, alors que toutes mes terminaisons nerveuses étaient à vif et grinçaient de frustration ? Rita pouvait me hurler dessus, je m'en moquais bien. Je me fichais pas mal des observations cinglantes qu'elle ne manquerait pas de faire sur les travers de ma personnalité, mais c'était agaçant de devoir passer du temps à l'écouter quand j'avais des préoccupations ô combien plus importantes. J'avais très envie en particulier de songer à ce que j'aurais dû faire et n'avais pas fait avec ce cher feu Jaworski. Avant que fût cruellement interrompu un plaisir qui était sur le point d'atteindre son paroxysme, tant de sensations nouvelles s'étaient manifestées qui requéraient à présent ma disponibilité d'esprit ; j'avais besoin de penser, de réfléchir et de comprendre où tout cela m'aurait mené. De plus, était-ce lié d'une façon ou d'une autre à cet artiste qui me suivait dans l'ombre et me défiait par son travail ?

Avec toutes ces interrogations, quel besoin avais-je de Rita maintenant ?

Mais, bien sûr, j'irais la retrouver. Ma visite pourrait même s'avérer utile si par hasard j'avais besoin d'un alibi pour ma petite aventure avec le gardien. Voyons, inspecteur, comment pouvez-vous imaginer une seconde que... ? Et puis de toute manière, à ce moment-là, j'étais en train de me disputer avec ma petite amie. Enfin, ex-petite amie. Car je n'avais pas l'ombre d'un doute que Rita cherchait seulement à... quel était le mot que tout le monde utilisait ces derniers temps ? « Se décharger » ? Oui, c'est ça. Rita voulait que je passe chez elle pour se décharger sur moi. J'avais de gros défauts qu'elle voulait à tout prix me signaler avec le coup de gueule de rigueur, et ma présence était nécessaire.

Je pris quelques minutes supplémentaires pour me nettoyer. Je rebroussai chemin jusqu'à Coconut Grove et me garai tout au bout du pont qui surplombe la voie navigable. Un canal profond coule en dessous. Je trouvai deux gros cailloux sous les arbres au bord de l'eau, les fourrai dans mon sac qui contenait le plastique, les gants et le couteau, et lançai le tout au milieu du canal.

Je fis un autre arrêt, dans un petit parc sombre situé à proximité de la maison de Rita, et me lavai soigneusement. Je me devais d'être net et présentable ; se faire hurler dessus par une femme furieuse exige de respecter un certain protocole.

Mais quelle ne fut pas ma surprise lorsque je sonnai chez elle quelques minutes plus tard ! Elle n'ouvrit pas la porte à la volée en me bombardant d'injures et d'objets divers. En fait, elle l'ouvrit très lentement et très prudemment, en se cachant à moitié derrière, comme effrayée par ce qui aurait pu se trouver de l'autre côté. Étant donné que c'était moi, elle faisait preuve ainsi d'une extrême sagesse.

« Dexter ?... demanda-t-elle d'une voix douce, timide, ne sachant peut-être pas elle-même si elle préférait que je réponde oui ou non. Je... je ne pensais pas que tu viendrais.

– Eh si, me voilà ! » dis-je avec obligeance.

Elle mit un long moment à répondre, bien plus long qu'il ne semblait raisonnable. Puis elle finit par entrouvrir un peu plus la porte et me dit :

« Tu n'as qu'à... entrer... S'il te plaît... »

Si déjà son ton de voix faible, hésitant, qu'elle n'avait jamais pris avec moi auparavant, était quelque peu surprenant, imaginez ma stupeur lorsque je vis sa tenue. Je crois bien qu'il s'agissait d'un peignoir, ou plus exactement d'un négligé, étant donné la quantité négligeable de tissu qui le composait. Quel que soit le nom correct, c'était tout ce qu'elle portait ! Et, si bizarre que cela puisse paraître, je crois bien qu'elle s'était vêtue ainsi en mon honneur.

« S'il te plaît... » répéta-t-elle.

C'en était trop pour moi. Enfin quoi ! Qu'est-ce que j'étais censé faire maintenant ? J'étais encore tout bouillonnant de mon expérience interrompue avec le gardien ; des murmures de mécontentement me parvenaient toujours du siège arrière. Et un rapide tour de la situation dans son ensemble indiquait clairement que je ne cessais d'osciller entre ma chère Deb et mon Artiste préféré. Et voilà qu'à présent j'étais supposé faire un truc humain, comme... eh bien, quoi, au juste ? Elle ne pouvait tout de même pas avoir en tête de... Enfin, n'était-elle pas furax ? Qu'est-ce que c'était que ce binz ? Pourquoi moi ?

« J'ai expédié les enfants chez la voisine », dit Rita.

Elle referma la porte d'un petit coup de hanche.

J'entrai.

Je pourrais décrire ce qui se passa ensuite d'innombrables façons, mais aucune ne me paraît appropriée. Elle se dirigea vers le canapé. Je la suivis. Elle s'assit. Je l'imitai. Elle avait l'air gênée et tordait sa main gauche dans la droite. Elle avait l'air d'attendre quelque chose et, comme je ne savais pas trop quoi, je me surpris à repenser à mon travail inachevé sur Jaworski. Si seulement j'avais eu un peu plus de temps ! Tout ce que j'aurais pu faire !

Alors qu'il me venait quelques idées intéressantes, je pris soudain conscience que Rita s'était mise à pleurer doucement. Je la dévisageai un instant, m'efforçant de refouler les images du gardien écorché et exsangue. Je ne comprenais absolument pas pourquoi elle pleurait, mais, m'étant longtemps entraîné à imiter les êtres humains, je savais que mon rôle était de la consoler. Je me penchai vers elle et passai un bras autour de ses épaules.

« Rita, dis-je. Allons, allons. »

Ce n'étaient pas des mots qui cadraient exactement avec mon personnage, mais ils avaient été approuvés par de nombreux experts. Ils furent efficaces, en tout cas. Rita plongea en avant et vint enfouir son visage dans ma chemise. Je serrai un peu plus mon bras autour de ses épaules, ramenant ainsi ma main dans mon champ visuel. Il y avait moins d'une heure, cette même main tenait un couteau à viande au-dessus du gentil gardien. J'en fus presque pris de vertiges.

Et vraiment je ne sais pas comment tout s'enchaîna, mais voilà. Un instant, je lui tapotais le dos en répétant « Allons, allons », les yeux rivés sur les tendons de ma main, sentant la mémoire sensorielle palpiter dans mes doigts, l'onde de puissance et de brillance se propager tandis que le couteau explorait l'abdomen de Jaworski. Et l'instant d'après...

Je crois bien que Rita leva les yeux vers moi. Je suis à peu près sûr que je la regardai également. Et pourtant, curieusement, ce n'était pas Rita que je voyais mais un joli tas froid de membres exsangues. Et ce n'étaient pas les mains de Rita que je sentais sur la boucle de ma ceinture, mais le chœur d'insatisfaction de plus en plus fort qui s'élevait du siège arrière. Et un moment plus tard...

Eh bien, c'est tout simplement inconcevable. Juste là, sur le canapé...

Mais comment cela a-t-il pu se produire ?

Lorsque je grimpai enfin dans mon lit, j'étais absolument éreinté. En temps normal, je n'ai pas besoin de beaucoup de sommeil, mais ce soir-là j'avais l'impression que j'aurais pu aisément dormir trente-six heures d'affilée. Les nombreux rebondissements de la soirée, la fatigue nerveuse liée à tant de nouvelles expériences : cela m'avait vidé. Pas autant que Jaworski, certes, cette vilaine bestiole dégoulinante, mais cette soirée trépidante avait épuisé ma réserve d'adrénaline pour le restant du mois. J'étais incapable de comprendre ce que tous ces événements pouvaient bien signifier, à commencer par mon étrange impulsion à foncer dans la nuit de façon aussi incontrôlée et irraisonnée, pour finir par les trucs inconcevables qui s'étaient passés avec Rita. Lorsque je l'avais quittée, elle était assoupie et avait l'air beaucoup plus heureuse qu'avant. Mais ce pauvre Dexter, défait, détraqué, était de nouveau complètement largué. J'eus à peine le temps de poser la tête sur l'oreiller que déjà je dormais.

... et voilà que je me retrouvais au-dessus de la ville comme un oiseau sans os, souple et leste, et l'air froid se déplaçait autour de moi et m'entraînait, m'attirait là où le clair de lune ondulait sur l'eau, puis je fais irruption dans l'étroite et froide pièce des meurtres et là le gentil gardien lève les yeux vers moi et rit, il est étendu, les jambes et les bras écartés au-dessous du couteau, et il rit et sous l'effort son visage se tort, se transforme et maintenant ce n'est plus Jaworski mais une femme, et l'homme qui tient le couteau lève les yeux vers l'endroit où je flotte au-dessus des viscères rouges qui tournoient mais au moment où le visage se lève j'entends Harry derrière la porte et je me retourne juste avant de pouvoir voir qui est sur la table et...

Je me réveillai. J'avais un mal de tête atroce, à croire que mon crâne allait éclater. J'avais l'impression que je venais à peine de fermer les yeux, et pourtant mon réveil indiquait 5:14.

Un autre rêve. Un nouvel appel longue distance sur ma ligne aux abonnés absents. Pas étonnant que j'aie catégoriquement refusé de rêver pendant une bonne partie de ma vie. C'était si stupide, truffé de symboles tellement flagrants et stériles. Une mélasse d'angoisses totalement incontrôlable, un ramassis d'inepties exécrables.

Et maintenant je n'arrivais pas à me rendormir; les visions infantiles me revenaient. S'il fallait absolument que je rêve, n'était-il pas possible que ce soit un peu plus à mon image: intéressant et original?

Je me redressai et frottai mes tempes endolories. La terrible et assommante vague d'inconscience se retira goutte à goutte comme un sinus qui se vide, et je m'assis au bord de mon lit dans un état d'hébétement profond. Qu'est-ce qu'il m'arrivait ? Pourquoi fallait-il que cela tombe sur moi ?

Ce rêve m'avait paru différent, mais j'étais incapable d'expliquer quelle était cette différence et ce qu'elle signifiait. La fois d'avant, j'avais été absolument certain qu'un nouveau meurtre était sur le point de se produire, et je savais même où. Mais cette fois...

Je me levai en soupirant et me rendis à pas feutrés dans la cuisine pour boire un verre d'eau. La tête de Barbie fit *toc toc* comme j'ouvrais le frigidaire. Je restai là à la regarder tout en avalant à petites gorgées un grand verre d'eau froide. Les yeux bleus brillants soutenaient mon regard, sans ciller.

Pourquoi avais-je rêvé ? Était-ce la tension nerveuse des aventures de la veille qui refluait de mon inconscient maltraité ? Je n'avais jamais senti de tension auparavant ; au contraire, il s'était toujours agi pour moi de libérer toutes les tensions. Bien sûr, je n'avais jamais été aussi proche de la catastrophe. Mais pourquoi en rêver ? Certaines des images étaient terriblement évidentes : Jaworski, Harry et le visage invisible de l'homme au couteau. Non mais vraiment ! Pourquoi venir me déranger avec cette psychologie à deux balles ?

Pourquoi m'embêter avec un rêve, tout court ? Je n'en avais pas besoin. J'avais besoin de sommeil, et au lieu de dormir j'étais planté dans la cuisine en train de jouer avec une poupée Barbie. Je donnai encore une fois une pichenette à la tête : *toc toc.* Et puis d'ailleurs, à quoi rimait cette Barbie ? Allais-je parvenir à élucider toute cette affaire à temps pour sauver la carrière de Deb ? Comment allais-je me dépêtrer de LaGuerta alors que la pauvre faisait une fixation sur moi ? Et au nom de tout ce qu'il y a de sacré au monde, si tant est que ces mots aient un sens, quel besoin avait eu Rita de m'infliger ÇA ?

J'avais soudain l'impression d'être dans un mauvais feuilleton télévisé ; c'en était vraiment trop pour moi. Je trouvai de l'aspirine et m'appuyai contre le meuble de la cuisine afin de prendre trois comprimés d'un coup. Le goût me déplaisait fortement. Je n'ai jamais aimé les médicaments, quels qu'ils soient, si ce n'est d'un strict point de vue pratique.

Surtout depuis que Harry est mort.

CHAPITRE XVI

Harry ne mourut pas rapidement, ni facilement non plus. Il prit son temps, un temps long et terrible : le premier et dernier acte d'égoïsme de son existence. Il mit un an et demi à mourir, par petites étapes. Il déclinait pendant plusieurs semaines, puis luttait jusqu'à retrouver presque toute sa vigueur, nous laissant comme étourdis à force de chercher à deviner. Allait-il partir maintenant, pour de bon, ou avait-il réussi à triompher de la maladie ? Nous n'en savions rien, mais, parce qu'il s'agissait de Harry, il nous semblait idiot de baisser les bras. Harry faisait toujours ce qui était le plus juste, quel que soit l'effort à fournir, mais cela avait-il encore un sens quand il s'agissait de mourir ? Était-il juste de lutter, de résister et de faire subir aux autres une mort interminable, quand la mort viendrait de toute façon, quoi que Harry fasse ? Ou valait-il mieux s'éclipser avec grâce, sans faire d'histoires ?

À dix-neuf ans, je n'avais pas la réponse, même si j'en savais déjà beaucoup plus sur la mort que la plupart des gros lards boutonneux qui étaient avec moi en deuxième année à l'université de Miami.

Un bel après-midi d'automne, alors que je traversais le campus après un cours de chimie pour me rendre au club des étudiants, Deborah surgit à mes côtés.

« Deborah, lui lançai-je, prenant mon ton d'étudiant, tu viens boire un Coca avec moi ? »

Harry m'avait conseillé d'aller souvent traîner au club et d'y consommer des Coca. Il disait que c'était un bon truc pour avoir l'air normal et étudier le comportement des êtres humains. Comme toujours, il avait raison. Ce n'était pas génial pour mes dents, mais j'en apprenais tous les jours un peu plus sur cette race déplaisante.

Deborah, déjà bien trop sérieuse pour ses dix-sept ans, secoua la tête.

« C'est papa… » dit-elle.

Quelques minutes plus tard, nous étions dans la voiture et roulions vers l'hôpital pour malades en phase terminale où Harry avait été transféré. Le lieu en soi était mauvais signe. De toute évidence, les docteurs estimaient que Harry était prêt à mourir et qu'à présent il devait coopérer.

Harry n'avait pas bonne mine lorsque nous entrâmes. Il semblait si figé, son teint était si vert par contraste avec le blanc des draps que je crus qu'on arrivait trop tard. Sa longue lutte l'avait laissé émacié, décharné ; on aurait juré qu'une bestiole le mangeait de l'intérieur. Le respirateur à côté de lui sifflait, un souffle à la Darth Vader qui s'échappait d'une tombe vivante. Harry vivait encore, biologiquement parlant.

« Papa, lui dit Deborah en prenant sa main. J'ai ramené Dexter. »

Harry ouvrit les yeux et sa tête roula vers nous, comme si une main invisible l'avait poussée depuis l'autre côté du lit. Mais ce n'étaient pas les yeux de Harry. C'étaient des cavités d'un bleu trouble, ternes et vides, inhabitées. Le corps de Harry était peut-être vivant, mais ce n'était plus qu'une enveloppe creuse.

« Son état empire, nous dit l'infirmière. On cherche seulement à ce qu'il souffre le moins possible, maintenant. »

Et elle s'affaira avec une grosse seringue hypodermique sur un plateau, la remplit et la leva devant elle afin d'en expulser la bulle d'air.

« Attendez… » Ce fut un son si ténu que je crus d'abord que c'était le respirateur. Je regardai tout autour de la pièce et mes yeux finirent par tomber sur la forme inerte de Harry. Au fond du trou éteint de ses yeux luisait une petite étincelle. « Attendez… » répéta-t-il avec un léger signe de tête vers l'infirmière.

Elle ne l'entendit pas ou fit semblant de ne pas l'entendre. Elle s'approcha de lui et souleva délicatement son bras filiforme, qu'elle tamponna avec un morceau de coton.

« Non… » souffla Harry, de façon presque inaudible. Je jetai un coup d'œil à Deborah. Elle avait l'air d'être au garde-à-vous, figée dans une attitude d'incertitude totale. Je regardai à nouveau Harry. Ses yeux me fixaient intensément. « Non… » répéta-t-il, et je vis dans son regard une expression très proche de l'horreur à présent. « Pas de… piqûre… »

Je m'avançai et retins la main de l'infirmière, juste avant qu'elle n'enfonce l'aiguille dans le bras de Harry.

« Attendez », dis-je.

Elle leva les yeux vers moi et pendant une fraction de seconde il y eut une drôle de lueur au fond de son regard. Je fus si surpris que j'en tombai presque à la renverse. C'était une rage froide, une pulsion irrépressible et inhumaine, la conviction que le monde entier était sa chasse gardée. Ce ne fut qu'un éclair, mais je n'eus aucun doute. Elle aurait voulu me ficher l'aiguille dans l'œil pour l'avoir ainsi interrompue. Me la planter dans la poitrine et la tourner jusqu'à ce que mes côtes éclatent et que mon cœur lui saute entre les mains, et elle aurait pu alors serrer, tordre, arracher le peu de vie qui me restait. J'avais en face de moi un monstre, une chasseuse, une tueuse. C'était une prédatrice, une créature insensible et malfaisante.

Comme moi.

Mais son sourire mielleux revint presque aussitôt.

« Qu'est-ce qu'il y a, mon joli ? » me demanda-t-elle, jouant à la perfection son rôle de Dernière Infirmière si gentille.

J'avais l'impression que ma langue était bien trop grosse pour ma bouche et il me sembla mettre plusieurs minutes à répondre, mais je finis par réussir à dire :

« Il ne veut pas de piqûre. »

Elle sourit de nouveau : une expression magnifique qui se

déposa sur son visage telle la bénédiction d'un dieu bienveillant.

« Ton papa est très malade, m'expliqua-t-elle. Il souffre beaucoup. » Elle leva la seringue et, comme au théâtre, un rayon de lumière vint l'éclairer depuis la fenêtre. L'aiguille étincela comme s'il s'était agi de son saint Graal personnel. « Il a besoin d'une piqûre, dit-elle.

– Il n'en veut pas, insistai-je.

– Il souffre », répéta-t-elle.

Harry dit quelque chose que je ne saisis pas. J'avais les yeux rivés sur l'infirmière, et elle sur moi : deux monstres qui se disputaient le même quartier de viande. Tout en continuant à la fixer, je me penchai vers lui.

« Je... VEUX... souffrir... » dit Harry.

Je tournai brusquement mon regard vers lui. En dessous du squelette apparent, niché sous la brosse des cheveux devenue soudain trop grande pour sa tête, Harry était de retour et luttait afin de sortir du brouillard. Il hocha la tête, attrapa très lentement ma main et la serra.

J'observai à nouveau l'infirmière.

« Il veut souffrir », lui dis-je.

Et dans son petit froncement de sourcils, son mouvement de tête irrité, je perçus le rugissement du fauve qui voit sa proie se sauver au fond d'un trou.

« Je vais devoir aller le dire au docteur, dit-elle.

– Très bien, répondis-je. On vous attend ici. »

Je la vis s'élancer dans le couloir comme un grand oiseau de malheur. Je sentis une pression sur ma main. Harry me regardait suivre des yeux la Dernière Infirmière.

« Tu... as... deviné... dit Harry.

– Pour l'infirmière ? » demandai-je.

Il ferma les yeux et hocha légèrement la tête, juste une fois.

« Oui, répondis-je. J'ai deviné.

– Comme... toi... dit Harry.

– Quoi ? demanda Deborah. De quoi vous parlez ? Papa, comment tu te sens ? Qu'est-ce que ça veut dire, “comme toi” ?

– Je la trouve pas mal, dis-je. Et je crois que je lui ai tapé dans l'œil aussi, expliquai-je à Deb avant de me tourner à nouveau vers Harry.

– Ah bon », marmonna Deb.

Mais je me concentrais déjà sur Harry.

« Qu'est-ce qu'elle a fait ? » lui demandai-je.

Il essaya de secouer la tête, mais celle-ci ne fit que dodeliner légèrement. Il tressaillit. Manifestement la douleur revenait, comme il l'avait souhaité.

« Trop, dit-il. Elle... en donne trop... » souffla-t-il en fermant les yeux.

Je devais être très lent ce jour-là parce que je ne saisis pas tout de suite.

« Trop de quoi ? » demandai-je.

Harry ouvrit un œil voilé par la douleur.

« Morphine... » murmura-t-il.

Ce fut comme si un grand rai de lumière frappait mon esprit.

« Une overdose, dis-je. Elle tue par overdose. Et dans un tel lieu, où c'est quasiment son métier, personne ne songerait à la mettre en cause... Ça alors, c'est... »

Harry me serra la main à nouveau et je cessai de jacasser.

« Ne la laisse pas, dit-il d'une voix rauque, étonnamment forte. Ne la laisse pas... me droguer encore...

– S'il vous plaît, coupa Deb sur un ton exaspéré. De quoi vous parlez, tous les deux ? »

Je jetai un coup d'œil à Harry, mais il ferma les yeux, assailli soudain par la douleur.

« Il pense que, euh... » commençai-je avant de m'interrompre. Deborah, bien sûr, ignorait tout de ma véritable personnalité, et Harry m'avait expressément demandé de ne pas lui en faire part. Il m'était donc plutôt difficile de lui fournir une explication sans rien révéler. « Il pense que l'infirmière lui donne trop de morphine, finis-je par dire. Délibérément.

– C'est idiot, dit-elle. C'est une infirmière. »

Harry la regarda mais ne réagit pas. Et, très sincèrement, je ne trouvai rien à répondre non plus à la naïveté stupéfiante de Deb.

« Que dois-je faire ? » demandai-je à Harry.

Ses yeux me fixèrent pendant un très long moment. Je crus d'abord que son esprit s'était égaré à cause de la douleur, mais lorsque je le considérai à nouveau je vis que Harry était bien présent. Sa mâchoire était tellement crispée que les os semblaient sur le point de transpercer la tendre peau pâle, et ses yeux étaient plus clairs et plus vifs que jamais, comme le jour où pour la première fois il m'avait parlé de sa méthode Harry dans l'intention de me « recadrer ».

« Arrête-la », dit-il enfin.

Je me sentis soudain électrisé. L'arrêter ? Était-ce possible ? Voulait-il vraiment que je... l'*arrête* ? Jusqu'à présent, Harry m'avait aidé à contrôler mon Passager Noir, en lui offrant des animaux errants, en lui faisant chasser des cerfs ; et une fois même, un jour de gloire pour moi, je l'avais accompagné afin de capturer un singe sauvage qui terrorisait un quartier de South Miami. Cela avait été si familier, presque humain... mais pas encore parfait, bien sûr. Et ensemble nous avions passé en revue toutes les étapes théoriques, allant de la filature à la destruction des preuves. Harry savait qu'un jour je franchirais le pas et il voulait que je sois prêt pour tout faire dans les règles. Mais il m'avait toujours retenu de passer à l'acte. Et maintenant... l'arrêter ? Était-ce vraiment ce qu'il voulait dire ?

« Je vais aller parler au docteur, dit Deborah. Il lui dira d'ajuster les doses. »

J'ouvris la bouche pour parler, mais Harry me pressa la main et hocha la tête, avec difficulté.

« Vas-y », dit-il.

Deborah le regarda un instant avant de se retourner puis de quitter la pièce à la recherche du docteur. Quand elle fut partie, la pièce se remplit d'un silence effarant. Je ne pouvais penser à rien d'autre qu'aux paroles de Harry : « Arrête-la. » Et je ne voyais aucune façon de les interpréter, si ce n'est qu'il me lâchait enfin la bride, me donnait la permission de passer aux choses sérieuses. Mais je n'osais pas lui demander si j'avais bien compris, de peur qu'il ne me dise que non. Je restai donc immobile à côté de lui pendant un temps interminable, contemplant par la petite fenêtre le jardin, où une giclée de fleurs rouges décorait le pourtour d'une fontaine. Les minutes s'écoulaient. J'avais la bouche sèche.

« Dexter... » dit Harry au bout d'un moment. Je ne répondis pas. Rien de ce qui me venait à l'esprit ne semblait approprié. « Voilà comment c'est », dit-il, lentement, péniblement. Je tournai aussitôt les yeux vers lui. Il m'adressa un petit sourire fatigué quand il vit que j'étais enfin avec lui. « Je serai bientôt parti, poursuivit-il. Je ne peux pas t'empêcher... d'être qui tu es.

– D'être *ce que* je suis, papa », le repris-je.

Il agita une main grêle et faible en signe de protestation.

« Tôt ou tard... tu... auras *besoin*... de t'en prendre à une personne », dit-il, et à cette pensée je sentis tout mon être vibrer. « Quelqu'un qui... en a *besoin*...

– Comme l'infirmière, dis-je, la langue pâteuse.

– Oui », répondit-il, fermant les yeux un long moment. Lorsqu'il poursuivit, sa voix était voilée par la douleur. « Elle en a besoin, Dexter. C'est que... » Il reprit son souffle, par petites saccades. Sa langue claquait comme si sa bouche était complètement sèche. « Elle donne délibérément... de trop grosses doses aux patients... Elle les tue... les tue... volontairement... C'est une tueuse, Dexter... Une tueuse... »

Je me raclai la gorge. Je me sentais gauche et un peu abruti, mais après tout il s'agissait d'un moment décisif dans la vie d'un jeune homme.

« Tu voudrais que... » commençai-je. Mais ma voix s'étrangla. « Ça ne poserait pas de problème que je... l'arrête, papa ?

– Oui, arrête-la. »

Je ne sais pas pourquoi, j'eus le sentiment qu'il me fallait être absolument certain.

« Tu veux dire... tu sais... Comme j'ai déjà fait ? Avec... tu sais... Le singe ? »

Harry avait les yeux fermés ; je voyais que la douleur revenait à l'assaut. Il prit une inspiration, le souffle faible, irrégulier.

« ... Arrête... l'infirmière, dit-il. Comme... le singe... »

Il rejeta brusquement la tête en arrière et se mit à respirer plus vite mais toujours avec beaucoup de difficulté.

Voilà.

C'était clair.

« Arrête l'infirmière comme le singe. » Des paroles qui, en soi, semblaient un peu délirantes. Mais pour mon cerveau survolté c'était une pure musique. Harry me lâchait la bride. J'avais sa permission. Nous avions parlé de ce passage à l'acte, mais il m'avait toujours retenu. Jusqu'à maintenant.

Maintenant.

« On en a beaucoup discuté... dit Harry, les yeux toujours fermés. Tu sais ce qu'il faut faire...

– J'ai parlé au docteur, dit Deborah, revenant précipitamment dans la chambre. Il va passer et corriger les doses sur les feuilles.

– Parfait », dis-je. Je sentais quelque chose se propager en moi, du bas de la colonne vertébrale jusqu'au sommet de mon crâne, un courant électrique qui me traversait de part en part et recouvrait ma tête comme une cagoule noire. « Je vais parler à l'infirmière. »

Deborah eut l'air déconcertée, peut-être à cause du ton que j'avais pris.

« Dexter... » dit-elle.

Je marquai un temps d'arrêt, m'efforçant de contrôler la folle jubilation qui croissait en moi.

« Je ne veux pas qu'il y ait de malentendu », dis-je.

Moi-même je ne reconnus pas ma voix. Je m'éloignai avant que Deborah puisse remarquer mon expression.

Et dans le couloir de cet hôpital, alors que je me frayais un chemin entre les piles de draps blancs impeccables, je sentis pour la première fois le Passager Noir prendre la place du Conducteur. Dexter devint insignifiant, presque invisible : les raies claires sur le pelage d'un tigre transparent. Je passais inaperçu ; on me voyait à peine, et pourtant j'étais là, à l'affût, occupé à traquer ma proie. Dans cet éclair de liberté formidable, alors que je m'apprêtais à passer à l'Acte pour la première fois, avec le consentement du tout-puissant Harry, je m'éclipsai, je disparus dans les coulisses de mon être obscur, tandis que mon autre moi s'agitait et grondait. J'allais enfin agir, faire ce pour quoi j'avais été créé.

Et c'est ce que je fis.

Chapitre XVII

Et c'était ce que j'avais fait. Il y avait bien longtemps maintenant, mais le souvenir palpitait encore en moi. Bien sûr, j'avais toujours cette première goutte de sang sec sur sa plaque de verre. C'était ma toute première, et je pouvais invoquer ce souvenir quand je voulais en sortant la plaquette sèche et en la regardant au microscope. Je le faisais de temps à autre. Cela avait été un jour très spécial pour Dexter. La Dernière Infirmière était devenue la Première Camarade de jeux, et elle avait ouvert tant de portes merveilleuses devant moi… J'avais tellement appris, découvert tant de nouvelles choses.

Mais pourquoi repenser à la Dernière Infirmière maintenant? Pourquoi cette série d'événements présents me replongeait-elle ainsi dans le passé? Je ne pouvais me permettre de repenser avec nostalgie à mes premières culottes longues. Il fallait que je me jette dans l'action, que je prenne de grandes décisions et mette en route d'importants projets. Au lieu de traînasser dans la galerie du passé et de rester bloqué sur le doux souvenir de ma première goutte de sang.

D'ailleurs, j'y pensais maintenant, je n'avais pas celle de Jaworski. C'est le genre de détail dérisoire, ridicule et insignifiant qui vous transforme de solides hommes d'action en névrosés pitoyables. Il me *fallait* cette goutte de sang. La mort de Jaworski était inutile sinon. Toute cette aventure inepte semblait bien pire à présent qu'une simple impulsion stupide; elle était inachevée. Je n'avais pas ma plaquette.

Je secouai la tête, comme un demeuré, essayant de faire coïncider deux neurones dans la même synapse. J'eus presque envie de prendre mon bateau pour une petite virée matinale. Peut-être l'air iodé chasserait-il l'imbécillité de mon crâne. J'aurais même pu mettre le cap sur le sud jusqu'à la centrale de Turkey Point dans l'espoir que les radiations me transmutent de nouveau en une créature rationnelle. Au lieu de quoi je décidai finalement de me faire du café. Pas de plaquette, pourtant. Toute l'expérience s'en trouvait dépréciée. Il aurait presque mieux valu que je reste chez moi, dans ce cas-là. Enfin, pas tout à fait quand même. J'avais eu certaines compensations. Je souris, me rappelant avec tendresse l'alliance du clair de lune et des cris assourdis. Ah, quel petit monstre écervelé j'avais été ! Cette aventure ne ressemblait en rien à toutes mes autres frasques. Mais c'était bien de rompre avec la morne routine de temps en temps. Et il y avait eu Rita aussi, bien sûr, mais cet épisode me laissait absolument perplexe, et j'évitai donc d'y penser. Je préférai me remémorer l'instant où la brise fraîche avait soufflé sur l'homme récalcitrant qui avait aimé s'en prendre à des enfants. Cela avait presque été un moment de bonheur. Mais, naturellement, dans dix ans le souvenir s'estomperait et sans la plaquette je ne pourrais plus le faire revivre. Il me fallait cette trace. Bon, on verrait plus tard...

Après avoir mis le café en route, j'allai voir si le journal était arrivé, sans vraiment y croire cependant : il était rare qu'il arrive avant 6 h 30, et le dimanche c'était plutôt après 8 heures. Encore un signe que notre société se désintégrait totalement, une réalité qui avait tant miné Harry. Non mais vraiment ! Si vous ne pouvez pas me livrer mon journal à l'heure, comment voulez-vous que je me retienne de tuer des gens ?

Pas de journal : tant pis. Les rapports des médias sur mes petites aventures ne m'avaient jamais intéressé outre mesure. Et Harry m'avait mis en garde contre la bêtise qui aurait consisté à garder les coupures de journaux. Précaution inutile : en règle générale, je jetai à peine un coup d'œil aux comptes rendus de mes prouesses. Cette fois, c'était légèrement différent, bien sûr, du fait de ma sotte imprudence, et j'avais un peu peur de ne pas avoir recouvert mes traces suffisamment. J'étais curieux de lire ce que l'on rapporterait de mon équipée accidentelle. Je patientai donc quarante-cinq minutes environ en buvant le café jusqu'à ce que j'entende le journal heurter la porte d'entrée. J'allai le chercher et l'ouvris aussitôt.

Il y a beaucoup à dire sur les journalistes – à tel point d'ailleurs qu'on pourrait presque écrire une encyclopédie –, mais une seule chose est sûre : la mémoire leur fait défaut. Le même journal qui claironnait quelques jours auparavant « LA POLICE ÉPINGLE LE TUEUR » proclamait aujourd'hui « L'HISTOIRE DU TUEUR SUR GLACE SE LIQUÉFIE ». C'était un article assez long et très plaisant, écrit dans un style emphatique, qui relatait avec force détails la découverte d'un corps en très mauvais état sur un chantier de construction, juste à côté d'Old Cutler Road. « Un porte-parole de la police de Metro-Dade » – l'inspecteur LaGuerta, sans aucun doute – avait déclaré qu'il était encore trop tôt pour affirmer quoi que ce soit, mais qu'il s'agissait probablement d'un crime calqué sur les meurtres précédents. Le journal, cependant, tirait ses propres conclusions – ce que dans la profession on hésite rarement à faire – et se demandait sans détour si le monsieur très distingué qui était en captivité, Mr Earl McHale, était bel et bien le tueur, finalement. Le vrai tueur n'était-il pas en fait toujours en liberté, comme semblait le prouver ce dernier outrage à la moralité publique ? Car comment pouvait-on croire, argumentait prudemment l'article, que deux tueurs similaires opèrent exactement en même temps ? Le raisonnement était implacable, et j'en vins à me dire que si ces journalistes avaient fourni autant d'énergie et d'effort intellectuel pour résoudre ces crimes, l'affaire aurait été classée depuis longtemps.

Mais c'était passionnant à lire, bien sûr. Et on était amené à se poser des questions. Bonté divine, se pouvait-il vraiment que cette bête enragée soit toujours en liberté ? Était-on à l'abri ?

Le téléphone sonna. Je jetai un coup d'œil à l'horloge murale : il était 6 h 45. Ça ne pouvait être que Deborah.

« J'ai le journal entre les mains, dis-je dans le combiné.

– Tu avais dit plus grand, attaqua Deborah. Plus tape-à-l'œil.

– Et ce n'est pas le cas ? lui demandai-je de mon air le plus innocent.

– Ce n'est même pas une prostituée. Un gardien de collège découpé en morceaux sur un chantier près d'Old Cutler Road. C'est quoi ce bordel, Dexter ?

– Tu sais bien que je ne suis pas parfait, Deborah.

– Ça ne cadre pas du tout avec le reste. Où est le froid que tu avais annoncé ? Et ton fameux endroit exigu ?

– C'est Miami, Deb. Les gens volent tout et n'importe quoi.

– Ce n'est même pas un crime calqué sur les autres, dit-elle. Rien à voir avec les précédents. Même LaGuerta n'a pu s'y tromper. Elle l'a déjà déclaré à la presse. Putain, Dexter ! Je suis complètement grillée dans cette affaire ; il s'agit juste d'un crime isolé, ou d'une histoire de drogue.

– C'est un peu injuste de tout me mettre sur le dos.

– Merde, Dexter ! » lança-t-elle avant de raccrocher.

Les premières émissions du jour à la télé consacrèrent près de quatre-vingt-dix secondes à la découverte macabre du corps disloqué – Channel 7 se distinguait par le choix de ses adjectifs. Mais personne n'en savait plus que le journal. Il se dégageait de ces bulletins d'information une intense indignation et un sinistre sentiment de désastre, qui se communiquèrent même aux prévisions météo, mais je suis sûr que c'était en grande partie dû au manque d'images…

Encore une belle journée en perspective. Quelques cadavres mutilés avec un risque d'averses dans l'après-midi. Je m'habillai et partis au travail.

J'avoue que j'avais un motif secret pour me rendre aussi tôt au bureau et, afin d'être plus crédible, je m'arrêtai en chemin à la boutique de doughnuts. Je pris deux beignets nature, un beignet aux pommes et un feuilleté à la cannelle de la taille de ma roue de secours. Je mangeai deux beignets, dont celui aux pommes, tout en traçant joyeusement ma route au milieu de la circulation meurtrière. Je ne sais pas comment je peux manger autant de beignets sans avoir à le payer cher ensuite. Je ne grossis pas et n'ai jamais de boutons, et j'ai beau me dire que c'est un peu injuste, je ne vais tout de même pas me plaindre. J'ai été plutôt avantagé par la loterie génétique : j'ai un métabolisme rapide, je suis grand et fort – ce qui m'a rendu service pour mon hobby –, et je me suis aussi laissé dire que je n'étais pas déplaisant à regarder, ce qui, je crois, est un compliment.

De plus, je n'ai pas besoin de beaucoup de sommeil : une bonne chose ce matin-là. J'avais espéré arriver suffisamment tôt au travail pour devancer Vince Masuoka ; j'étais effectivement là le premier. Son bureau était éteint lorsque j'y pénétrai, mon sachet de doughnuts à la main en guise de camouflage ; mais ma visite avait un tout autre objet que les beignets. J'examinai rapidement sa table de travail à la recherche de la boîte de preuves révélatrice, étiquetée au nom de JAWORSKI et portant la date de la veille.

Je la trouvai et en retirai aussitôt quelques prélèvements de tissus. Ce serait certainement suffisant. J'enfilai une paire de gants en latex et en un rien de temps j'avais apposé les prélèvements sur ma plaquette de verre propre. Je me rends bien compte à quel point c'était stupide de prendre à nouveau des risques, mais je devais à tout prix me procurer ce petit souvenir.

Je venais à peine de glisser la bande de verre dans une pochette en plastique quand j'entendis Vince arriver. Je remis aussitôt tout en place et pivotai sur moi-même pour faire face à la porte juste au moment où il entrait.

« Mon Dieu ! dis-je. Tu es drôlement silencieux quand tu marches. C'est pas des conneries, alors : t'as vraiment suivi un entraînement de ninja...

– J'ai deux frères plus âgés, dit Vince, c'est pareil pour eux. »

J'agitai le sachet en papier et inclinai le buste.

« Maître, j'ai un présent pour vous. »

Il regarda le sachet avec curiosité.

« Que Bouddha te bénisse, cher petit disciple. Qu'est-ce donc ? »

Je lui lançai le sac. Il l'atteignit en plein torse avant de tomber à terre.

« Je retire ce que j'ai dit sur l'entraînement ninja, commentai-je.

– Mon corps parfaitement réglé a besoin de café pour pouvoir fonctionner, m'expliqua Vince, se penchant afin de ramasser le sachet. Qu'est-ce qu'il y a là-dedans ? Ça fait mal. » Il regarda à l'intérieur, les sourcils froncés. « Ça n'a pas intérêt à être des bouts de corps. » Il retira l'énorme feuilleté à la cannelle et le contempla. « *¡ Ay, caramba !* Mon village ne mourra pas de faim cette année. Nous te sommes très reconnaissants, cher petit disciple. » Il inclina le buste à son tour, tout en tenant le gâteau en l'air. « Une dette remboursée est une bénédiction pour nous tous, mon enfant.

– Dans ce cas, dis-je, aurais-tu le dossier de l'affaire d'hier soir, le type qu'on a retrouvé près d'Old Cutler Road ? »

Vince prit une grosse bouchée du feuilleté. Ses lèvres, couvertes de glaçage, luisaient tandis qu'il mâchait lentement.

« Mmmff, fit-il avant d'avaler. On se sent exclu ?

– Si "on" désigne Deborah, la réponse est oui, répondis-je. Je lui ai promis que je jetterais un coup d'œil au dossier pour elle.

– Ouaif, dit-il, la bouche pleine. Afé pin fan fette foi.

– Pardonne-moi, maître, ton langage est obscur. »

Il finit de mâcher et avala.

« J'ai dit : "Au moins il y a plein de sang cette fois." Mais tu vas encore faire tapisserie : c'est Bradley qu'on a appelé.

– Je peux voir le dossier ? »

Il reprit une bouchée.

« I édé fifan…

– Très juste, c'est certain. Et ça veut dire quoi ? »

Vince avala.

« J'ai dit : "Il était encore vivant quand sa jambe est partie", expliqua-t-il.

– Les êtres humains ont une résistance prodigieuse, n'est-ce pas ? »

Vince coinça le gâteau dans sa bouche et attrapa le dossier ; il me le tendit avant d'engouffrer une énorme bouchée du feuilleté. Je le saisis.

« Il faut que j'y aille, dis-je. Avant que tu essayes de parler à nouveau. »

Il retira le gâteau de sa bouche.

« Trop tard », dit-il.

Je regagnai d'un pas lent mon bureau-placard, tout en étudiant le contenu du classeur. C'était Gervasio Cesar Martez qui avait découvert le corps. Sa déclaration était la première pièce du dossier. Il était agent de sécurité, employé par la firme Sago Security Systems. Il travaillait pour eux depuis quatorze mois et son casier judiciaire était vierge. Martez avait trouvé le corps à 22 h 17 et il avait immédiatement inspecté les lieux avant d'appeler la police. Il voulait attraper le *pendejo* qui avait fait ça parce qu'on n'avait pas le droit de faire ces choses-là, et en plus ça s'était produit quand lui, Gervasio, était de garde. C'était comme si on s'était attaqué à lui, vous comprenez ? Alors il voulait attraper le monstre lui-même. Mais il n'en avait pas eu la possibilité : il n'y avait aucun signe du coupable nulle part, et donc il avait appelé la police.

Le pauvre bougre l'avait pris personnellement. Je partageais son indignation. Une telle sauvagerie devrait être interdite. Bien sûr, je me félicitais aussi du fait que son sens de l'honneur m'avait donné le temps de m'enfuir. De ce point de vue-là, j'ai toujours pensé que la moralité était inutile.

Je bifurquai devant mon petit bureau sombre et me retrouvai nez à nez avec LaGuerta.

« Ha ha ! fit-elle. Votre vue laisse à désirer. »

Mais elle ne bougea pas.

« Je ne suis pas du matin, lui dis-je. Mes rythmes biologiques sont au ralenti jusqu'à midi. »

Elle me dévisagea ; trois centimètres nous séparaient.

« Ils m'ont l'air de très bien se porter », dit-elle.

Je la contournai pour me rapprocher du bureau.

« Puis-je être d'une quelconque utilité à Sa Majesté la Loi ce matin ? » lui demandai-je.

Elle me regarda fixement.

« Vous avez un message, dit-elle. Sur votre répondeur. »

Je jetai un coup d'œil à l'appareil. En effet, la lumière clignotait. Décidément, cette femme était un fin limier…

« C'est une fille, dit LaGuerta. Elle a l'air endormie et plutôt heureuse. Vous avez une petite amie, Dexter ? »

Je décelai une étrange nuance de défi dans sa voix.

« Vous savez comment c'est, expliquai-je. Les femmes de nos jours n'y vont pas par quatre chemins ; quand on a le malheur d'être aussi beau que moi, elles se jettent littéralement sur nous. »

Un choix de mots un peu malheureux, peut-être : tout en les prononçant, je ne pus m'empêcher de penser à la tête de femme qu'on avait jetée sur moi peu de temps auparavant.

« Prenez garde, dit LaGuerta. Un jour ou l'autre, l'une d'elles s'accrochera. »

Je me demandai ce qu'elle pouvait bien vouloir dire par là ; c'était en tout cas une image quelque peu dérangeante.

« Vous devez avoir raison, répondis-je. D'ici là, *carpe diem.*

– Quoi ?

– C'est du latin. Ça veut dire "cueille le jour".

– Qu'est-ce que vous avez pour l'affaire d'hier soir ? me demanda-t-elle à brûle-pourpoint.

– J'étais justement en train de m'y intéresser, dis-je en lui montrant le dossier.

– Ce n'est pas la même chose, dit-elle en fronçant les sourcils. Ces connards de journalistes peuvent dire ce qu'ils veulent, McHale est coupable. Il a avoué. Cette fois c'est autre chose.

– Ils trouvent sans doute la coïncidence un peu suspecte, dis-je. Deux tueurs aussi cruels qui agissent en même temps… »

LaGuerta haussa les épaules.

« On est à Miami, qu'est-ce qu'ils croient ? C'est ici que ces types viennent prendre leurs vacances. Ça fourmille de criminels ici. Je ne peux pas tous les attraper. »

Très honnêtement, elle ne pouvait en attraper aucun, à moins que l'un d'entre eux n'ait décidé de se jeter du haut d'un immeuble et n'atterrisse malencontreusement sur sa voiture, mais ce n'était peut-être pas le meilleur moment pour aborder le sujet.

LaGuerta se rapprocha de moi et posa un ongle rouge grenat sur le dossier.

« Il faut que vous me trouviez quelque chose, Dexter. Qui prouve que ce n'est pas la même chose. »

Je saisis tout à coup. Elle devait subir des pressions déplaisantes, probablement de la part du commissaire Matthews, un homme qui croyait ce qu'il lisait dans les journaux du moment que son nom était écrit correctement. Et elle avait besoin de munitions pour riposter.

« Bien sûr que ce n'est pas la même chose, dis-je. Mais pourquoi vous adresser à moi ? »

Elle me dévisagea un moment, les yeux mi-clos : un effet des plus curieux. Je crois que j'avais vu le même regard dans certains des films que Rita m'avait emmené voir, mais qu'est-ce qui prenait LaGuerta de me regarder comme ça ? Mystère.

« Je vous autorise à venir à la réunion des 24 heures, dit-elle enfin. Même si Doakes aimerait bien vous faire la peau. Je vous autorise à rester.

– Merci beaucoup.

– Parce que vous avez du flair pour ces affaires-là. Les tueurs en série… C'est ce que tout le monde dit : "Dexter a souvent des intuitions."

– Oh ! J'ai deviné juste une fois ou deux, c'est tout.

– Et j'ai besoin qu'un gars du labo me trouve un truc.

– Pourquoi ne pas demander à Vince ?

– Il n'est pas aussi mignon, dit-elle. Trouvez-moi quelque chose. »

Elle était toujours aussi désagréablement proche, si proche que je sentais l'odeur de son shampooing.

« OK, je vais vous trouver quelque chose », répondis-je.

Elle indiqua le répondeur de la tête.

« Vous allez la rappeler ? Vous n'avez pas le temps de courir après les minettes. »

Elle ne s'était toujours pas reculée. Je mis quelques secondes à comprendre qu'elle faisait allusion au message. Je lui adressai mon sourire le plus enjôleur.

« Je crois que ce sont elles qui courent après moi, inspecteur.
– Ha ! Là, vous n'avez pas tort. »

Elle me lança un regard appuyé, puis se retourna et s'éloigna.

Je ne sais pas pourquoi, mais je la suivis des yeux. Je n'avais pas grand-chose d'autre à faire. Juste avant de passer la porte, elle lissa sa jupe sur ses cuisses et se retourna pour me regarder. Puis elle disparut et alla retrouver les arcanes de la Politique Criminelle.

Et moi ? Ce pauvre Dexter de plus en plus paumé ? Que pouvais-je faire ? Je me laissai tomber dans mon fauteuil et appuyai sur la touche « messages » de mon répondeur. « Salut, Dexter. C'est moi. » Bien sûr que c'était toi. Et, si bizarre que cela puisse paraître, cette voix lente, légèrement râpeuse, me laissait penser que ce moi était Rita. « Mmm… Je repensais à hier soir. Appelez-moi, cher monsieur. » Comme LaGuerta l'avait observé, Rita paraissait à la fois fatiguée et heureuse. Apparemment, j'avais une véritable petite amie à présent.

Le délire allait-il s'arrêter un jour ?

CHAPITRE XVIII

Pendant quelques instants je restai immobile, à réfléchir sur l'ironie cruelle du sort. Après tant d'années d'indépendance et de solitude, voilà que j'étais soudain harcelé de tous les côtés par des femmes voraces : Deb, Rita, LaGuerta, elles étaient toutes apparemment incapables d'exister sans moi. Et cependant le seul individu avec qui j'avais envie de passer des moments privilégiés faisait l'effarouché, se contentant de laisser des poupées Barbie dans mon congélateur. Était-ce vraiment juste ?

Je glissai une main dans ma poche et tâtai la petite plaque de verre, bien protégée par sa pochette plastique. Je me sentis un peu mieux. Au moins il se passait des choses. La seule obligation qu'avait la vie, après tout, c'était d'être intéressante, et elle ne manquait pas de l'être à ce moment-là. « Intéressant » était loin d'être le mot approprié. J'aurais facilement donné un an de ma vie pour en savoir plus sur ce feu follet insaisissable qui me tourmentait sans pitié avec son travail d'artiste. De fait, j'avais failli perdre beaucoup plus qu'un an de ma vie à cause du petit interlude Jaworski.

Oui, tout ça était passionnant. Mais disait-on vraiment dans la brigade que j'avais du flair pour les meurtres en série ? C'était très troublant. Peut-être mon déguisement prudent était-il en passe d'être découvert. J'avais été trop fort trop souvent. Cela pouvait devenir un problème. Mais que pouvais-je faire ? Être idiot, pour changer ? Je n'étais pas sûr de savoir comment, même après toutes ces années d'observation.

Enfin, bon. Je repris le dossier Jaworski, ce pauvre bougre. Après une heure de lecture, j'arrivai à deux conclusions. La première, et la plus importante, c'était que j'allais m'en tirer à bon compte, malgré ma négligence et mon impardonnable irréflexion. La seconde, c'était qu'il y avait peut-être moyen de faire profiter Deb de cette histoire. Si elle pouvait prouver qu'il s'agissait de l'œuvre de notre grand Artiste, tandis que LaGuerta continuerait à défendre la théorie du meurtre calqué sur les précédents, Deb, qui était devenue la bête noire de la brigade, pourrait voir sa cote de popularité grimper considérablement. Bien entendu, il ne s'agissait pas exactement du même tueur, mais au point où on en était on n'allait pas pinailler. Et puisque je savais sans l'ombre d'un doute que de nouveaux corps feraient bientôt leur apparition, il n'y avait pas de quoi s'inquiéter.

Naturellement, dans le même temps, je devais donner les moyens à l'exaspérante LaGuerta de creuser sa propre tombe. Ce qui pouvait aussi, d'ailleurs, par ricochet, me rendre un grand service. Mise au pied du mur, ridiculisée, l'inspecteur essaierait bien entendu de rejeter la responsabilité sur l'imbécile de technicien qui lui avait donné des renseignements erronés : ce débile de Dexter. Et ma réputation pourrait tranquillement sombrer à nouveau dans la médiocrité. Bien sûr, mon poste ne serait pas compromis, étant donné que j'étais censé analyser des taches de sang et non fournir des conseils de *profiler*. Et ainsi LaGuerta passerait vraiment pour l'idiote qu'elle était tandis que Deborah n'en serait que plus valorisée.

C'était formidable quand tout s'arrangeait aussi bien. J'appelai Deborah.

Je la retrouvai le lendemain à 13 h 30 dans un petit restaurant situé à quelques rues au nord de l'aéroport au fond d'une galerie commerçante, coincé entre un magasin de pièces de voiture et la boutique d'un armurier. C'était un endroit que nous connaissions bien tous les deux ; ce n'était pas très loin des bureaux de Metro-Dade et on y mangeait les meilleurs sandwichs cubains au monde. Ça paraît un peu bête, peut-être, mais je vous assure qu'il y a des jours où seul un *medianoche* peut faire l'affaire, et en de telles occasions le café Relampago est un lieu incontournable. Les Morgan le fréquentaient depuis 1974.

Quoi qu'il en soit, j'estimais qu'un petit plaisir s'imposait – peut-être pas une célébration à proprement parler, mais du moins la reconnaissance de la bonne tournure qu'avaient l'air de vouloir prendre les événements. Peut-être devais-je cette humeur si joyeuse à ma petite séance de défoulement avec mon camarade Jaworski l'avant-veille ; j'étais en tout cas inexplicablement gai. Je commandai même un *batido de mamé*, un milk-shake cubain au parfum unique qui évoque un mélange de pastèque, de pêche et de mangue.

Deb, bien entendu, était incapable de partager mon humeur irrationnelle. On aurait dit à la voir qu'elle essayait d'imiter l'expression morne et butée de certains gros poissons.

« S'il te plaît, Deborah, la suppliai-je. Si tu continues, ton visage va rester coincé comme ça. Les gens vont te prendre pour un mérou.

– C'est sûr qu'ils vont pas me prendre pour un flic, dit-elle. Parce que j'aurai bientôt quitté les rangs.

– Ne dis pas de bêtises. Ne t'ai-je rien promis ?

– Ouais. Tu m'as aussi promis que tout s'arrangerait. Mais tu ne m'avais pas dit comment me regarderait le commissaire Matthews.

– Oh, Deb ! dis-je. Il t'a *regardée* ? Je suis vraiment désolé.

– Va te faire foutre, Dexter ! Tu n'y étais pas, et puis ce n'est pas ta vie qui est en train de se casser la gueule.

– Je t'avais dit que ce serait un peu rude pendant quelque temps, Deb.

– Eh bien, pour ça t'avais raison. D'après Matthews, je pourrais facilement être suspendue.

– Mais il t'a donné la permission de mettre à profit ton temps libre pour étudier cette affaire d'un peu plus près ? »

Elle émit un grognement.

« Il a dit : "Je ne peux pas vous en empêcher, Morgan. Mais je suis très déçu. Et je me demande ce qu'aurait dit votre père."

– Est-ce que tu lui as répondu : “Mon père n’aurait jamais clos l’enquête avec un faux coupable en prison” ? »

Elle eut l’air surprise.

« Non, dit-elle. Mais c’est ce que je pensais. Comment tu as deviné ?

– Mais tu ne l’as pas *dit*, n’est-ce pas, Deborah ?

– Non. »

Je poussai son verre vers elle.

« Bois un peu de *mamé*, frangine. La situation s’améliore. »

Elle me regarda.

« Tu es sûr que tu ne me mènes pas en bateau ?

– Jamais de la vie. Comment le pourrais-je ?

– Le plus facilement du monde.

– Sincèrement, Deb, il faut que tu me fasses confiance. »

Elle soutint mon regard quelques secondes puis baissa les yeux. Elle n’avait toujours pas touché à sa boisson, ce qui était vraiment dommage : elle était excellente.

« Je te fais confiance. Mais, très honnêtement, je me demande bien pourquoi. » Elle leva les yeux vers moi ; une drôle d’expression altérait légèrement ses traits. « Et parfois je me dis vraiment que je ne devrais pas, Dexter. »

Je lui fis mon beau sourire de grand frère rassurant.

« Dans deux ou trois jours, il va y avoir du nouveau, je te le promets, Deb.

– Tu ne peux pas savoir, dit-elle.

– Je sais que je ne peux pas. Mais je le sais. Avec certitude.

– Comment ça se fait alors que tu aies l’air aussi réjoui ? »

J’avais envie de lui dire : Parce que rien qu’à l’idée je me réjouis déjà. La pensée de voir encore une de ces merveilles exsangues m’enchante comme rien d’autre… Mais naturellement, ce n’était pas un sentiment que Deb pouvait comprendre, et je me gardai donc de le partager avec elle.

« Je me réjouis pour toi, bien sûr.

– C’est vrai, j’avais oublié », grogna-t-elle.

Mais au moins elle prit enfin une gorgée de son milk-shake.

« Écoute : soit LaGuerta a raison…

– Ce qui veut dire que je suis morte et foutue.

– … soit LaGuerta a *tort*, et, dans ce cas, tu es vivante et indemne. Tu me suis jusqu'ici, frangine ?

– Mmm, fit-elle, particulièrement grincheuse malgré les trésors de patience que je déployais.

– Si tu avais à parier, est-ce que tu parierais que LaGuerta voit juste ? De manière générale ?

– En matière de mode, oui, répondit-elle. Elle s'habille vraiment bien. »

Les sandwichs arrivèrent. Le serveur, l'air revêche, les déposa sans un mot au centre de la table et fila derechef derrière son comptoir. Ils étaient très bons. Je ne sais pas ce qui les rendait meilleurs que les autres *medianoches* en ville, mais ils étaient vraiment incomparables : le pain était croustillant sur le dessus, moelleux à l'intérieur, le porc et les pickles s'équilibraient parfaitement, le fromage fondait à merveille… Un pur délice ! Je pris une grosse bouchée du mien. Deborah jouait avec la paille de son verre.

J'avalai.

« Deb, si ma logique implacable n'arrive pas à te dérider, pas plus qu'un sandwich du Relampago, alors c'est trop tard. Tu es déjà morte. »

Elle me regarda de son air de mérou, puis mordit dans son sandwich.

« Il est très bon, dit-elle sans la moindre expression. Tu vois, je me déride. »

La pauvre n'était visiblement pas convaincue, et mon ego en prenait un sacré coup. Après tout, je venais de la régaler de l'un des mets traditionnels de la famille Morgan. Et je lui avais apporté d'excellentes nouvelles, même si elle en doutait encore. Si tout ça n'avait pas réussi à lui redonner le sourire… que voulez-vous, je ne pouvais pas non plus faire des miracles.

Une chose que je pouvais faire, en revanche, c'était soigner également LaGuerta : ce que j'allais lui servir serait un peu moins appétissant que les sandwichs du Relampago, mais tout aussi savoureux.

Et donc, au cours de l'après-midi, je rendis visite à l'éminente inspecteur, dont le bureau n'était autre qu'un charmant petit box situé dans une vaste pièce découpée en une demi-douzaine de box identiques. Le sien, bien sûr, était le plus élégant ; plusieurs photographies d'elle-même aux côtés de grandes célébrités étaient accrochées sur le tissu des cloisons. Je reconnus Gloria Estefán, Madonna et Jorge Mas Canosa. J'aperçus sur le bureau, près d'un registre couleur de jade à la reliure de cuir, un élégant porte-plume en onyx vert et une pendule à quartz.

LaGuerta était au téléphone et parlait dans son espagnol de mitraille lorsque je m'approchai. Elle me regarda sans me voir puis détourna les yeux. Mais au bout de quelques secondes son regard revint sur moi. Cette fois elle me regarda avec attention, fronça les sourcils et dit : « OK, OK. *'ta luo* », ce qui est la version cubaine de *hasta luego.* Elle raccrocha et continua à me scruter.

« Vous avez quelque chose pour moi ? finit-elle par dire.

– De bonnes nouvelles, lui annonçai-je.

– Tant mieux, j'en ai bien besoin. »

J'attrapai une chaise pliante avec le pied et la tirai jusque dans son bureau.

« Il n'y a pas le moindre doute, commençai-je tout en m'asseyant, vous avez arrêté le bon type. Le meurtre d'Old Cutler Road a été commis par quelqu'un d'autre. »

Elle me regarda un moment sans rien dire. J'étais curieux de savoir si elle avait besoin de tout ce temps pour enregistrer l'information et répondre.

« Vous avez des arguments ? me demanda-t-elle enfin. Et des solides ? »

Bien sûr que j'en avais, des arguments personnels même, mais je n'allais pas les lui donner, même si la confession est censée soulager la conscience. Je me lançai plutôt dans une longue démonstration.

« Les faits parlent d'eux-mêmes. C'est on ne peut plus clair. » Et, pour sûr, c'était clair comme de l'eau de roche, mais j'étais le seul à vraiment le savoir. « Regardez… lui dis-je en lui présentant une feuille sur laquelle j'avais tapé une liste de points soigneusement sélectionnés. Premièrement, la victime est un homme. Toutes les autres étaient des femmes. La victime a été trouvée près d'Old Cutler. Celles de McHale étaient aux abords de Tamiami Trail. Le corps de la victime était relativement intact et a été retrouvé à l'endroit même du meurtre. Celles de McHale étaient découpées en morceaux et avaient été déposées dans un lieu différent. »

Je poursuivis ; elle écouta attentivement. C'était une excellente liste. J'y avais passé plusieurs heures, cherchant les comparaisons les plus bêtes, les plus évidentes, d'une transparence ridicule, et j'avoue que j'étais content du résultat. LaGuerta joua elle aussi son rôle à merveille. Elle goba tout. Bien sûr, c'était exactement ce qu'elle voulait entendre.

« En bref, dis-je, ce nouveau meurtre m'a tout l'air d'être un règlement de comptes, probablement en rapport avec la drogue. Le type qui est en prison a bel et bien commis les autres meurtres, et cette affaire est absolument, irrévocablement terminée. Affaire classée. »

Je lui tendis ma liste.

Elle la prit et la regarda un long moment. Elle fronça les sourcils. Ses yeux parcoururent la page plusieurs fois. Le coin de sa lèvre inférieure tressaillit. Puis elle posa soigneusement la feuille sur son bureau sous une grosse agrafeuse vert de jade.

« OK, dit-elle, déplaçant l'agrafeuse pour qu'elle soit parfaitement alignée avec le bord du registre. OK. C'est pas mal. Ça devrait m'aider. » Elle me regarda, les sourcils toujours froncés sous l'effort de la concentration, puis soudain elle me sourit. « OK. Merci, Dexter. »

C'était un sourire tellement inattendu et sincère que si j'avais eu une âme je me serais senti fort coupable, c'est certain.

Elle se leva, le sourire toujours aux lèvres, et avant que je puisse battre en retraite elle avait jeté ses bras autour de mon cou.

« C'est très aimable à vous, dit-elle. Je vous suis TRÈS reconnaissante. »

Et elle frotta son corps contre le mien d'une façon plus que suggestive. Elle ne pouvait tout de même pas vouloir... Enfin quoi, imaginez un peu ! Cette femme qui défendait la moralité publique, juste là, en public... Cela dit, même dans l'intimité d'une chambre forte au fin fond d'une banque je n'aurais pas apprécié qu'elle se frotte à moi. Sans compter que je venais délibérément de lui donner les moyens de creuser sa propre tombe, ce qui ne semblait pas exactement le genre de chose qu'on célèbre en... Non mais vraiment ! Le monde entier était-il devenu fou ? Que se passait-il avec les humains ? Ne pensaient-ils tous vraiment qu'à ça ?

Me sentant au bord de la panique, j'essayai de me libérer de son étreinte.

« S'il vous plaît, inspecteur...

– Appelez-moi Migdia », dit-elle en se cramponnant et se frottant encore davantage.

Elle avança la main vers le devant de mon pantalon et je fis un bond. Si l'effet positif de ma réaction fut d'éloigner l'inspecteur lascive, l'effet négatif fut qu'elle en perdit l'équilibre, heurta le bureau avec sa hanche puis trébucha sur sa chaise avant de s'étaler de tout son long par terre.

« Je, euh... Il faut vraiment que je retourne travailler, bredouillai-je. J'ai un truc important... »

Mais le plus important pour moi était de me sauver de là le plus vite possible ; je sortis donc du box, son regard rivé sur moi.

Ça n'avait pas l'air d'être un regard particulièrement amical.

Chapitre XIX

Je me réveillai debout devant le lavabo avec l'eau qui coulait. J'eus un moment de panique totale, le sentiment d'être complètement désorienté ; mon cœur cognait à toute vitesse tandis que mes paupières encore collées essayaient de cligner pour ajuster ma vision. Le lieu clochait. Le lavabo n'était pas comme il devait être. Je n'étais même pas sûr de savoir qui j'étais. Dans mon rêve, je m'étais retrouvé debout devant mon lavabo avec l'eau qui coulait, mais c'était un autre lavabo. J'avais été occupé à me laver les mains, frottant fort avec le savon, cherchant à débarrasser ma peau de la plus infime particule de cet horrible sang rouge, et je rinçais avec une eau si chaude que ma peau en devenait toute rose, comme neuve, aseptisée. Et la chaleur de l'eau mordait davantage encore après la fraîcheur de la pièce que je venais de quitter : la salle de jeux, la pièce des meurtres, la pièce des incisions sèches et nettes.

Je fermai le robinet et restai là un moment, à vaciller contre le rebord froid de la vasque. Cela avait semblé si réel, si différent des rêves que je connaissais. Et je revoyais la pièce avec une telle clarté. Il me suffisait de fermer les yeux pour la voir.

Je me tiens au-dessus de la femme, je la regarde se tendre et se courber sous le ruban adhésif qui la retient, je vois l'effroi terrible grandir dans ses yeux ternes et se muer en impuissance, et je sens l'immense vague d'extase enfler en moi et jaillir dans mon bras jusque dans le couteau. Et alors que je soulève le couteau pour commencer…

.. mais ce n'est pas le commencement. Car sous la table il y en a

une autre, déjà sèche et soigneusement emballée. Et tout au bout de la pièce il y en a encore une qui attend son tour avec une terreur désespérée comme je n'en ai jamais vu auparavant malgré le côté désormais familier et nécessaire, et cette libération inévitable est si complète qu'elle m'envahit d'une énergie propre et pure plus enivrante que...

Trois.

Il y en a trois, cette fois.

J'ouvris les yeux. C'était bien moi dans le miroir. Salut, Dexter ! T'as fait un rêve, mon vieux ? Intéressant, non ? Trois, cette fois, hein ? Mais ce n'était qu'un rêve. Rien de plus. Je souris à mon reflet, testant les muscles du visage, l'air absolument pas convaincu. Et, si grisant que cela ait pu être sur le moment, j'étais réveillé à présent et je me retrouvais simplement avec la gueule de bois et les mains mouillées.

Ce qui aurait dû être un interlude plaisant dans mon inconscient me rendait perplexe et fébrile. J'étais rempli d'effroi à l'idée que mon esprit s'était fait la malle et m'avait laissé là en plan. Je revis mes trois camarades de jeux solidement ligotées et j'eus envie de les rejoindre et de continuer. Mais je pensai à Harry et sus que je ne pouvais pas. J'étais écartelé entre un souvenir et un rêve, et je n'aurais pu dire lequel des deux m'attirait le plus.

Ce n'était plus drôle du tout. Je voulais qu'on me rende mon cerveau, maintenant.

Je me séchai les mains et regagnai mon lit, mais la nuit n'avait plus de sommeil en réserve pour ce pauvre Dexter dérangé. Je restai donc allongé sur le dos à contempler les ombres noires danser au plafond jusqu'à ce que le téléphone sonne, à 5 h 45.

« Tu avais raison, dit Deb à peine eus-je décroché.

– Ravi de l'apprendre, dis-je, faisant un effort surhumain pour retrouver ma bonne humeur habituelle. À propos de quoi ?

– De tout, répondit Deb. Je suis sur la scène d'un crime à Tamiami Trail. Et tu ne devineras jamais !

– J'avais raison ?

– C'est lui, Dexter. Ça ne peut être que lui. Et c'est sacrément tape-à-l'œil…

– C'est-à-dire, Deb ? » lui demandai-je, pensant *trois corps*.

J'espérais qu'elle ne le dirait pas, mais j'étais surexcité à l'idée qu'elle ne pouvait que le dire.

« On dirait qu'on a affaire à des victimes multiples », répondit-elle.

Une décharge parcourut mon corps, du creux de mon ventre jusqu'au sommet de la tête, comme si j'avais avalé une batterie sous tension. Mais je m'efforçai de trouver une réplique intelligente bien dans mon style.

« C'est formidable, Deb ! Tu t'exprimes comme un rapport de police.

– Ouais, enfin. Je commence à me dire qu'un jour je finirai peut-être par en écrire. Mais je suis contente que ce ne soit pas pour cette affaire. C'est vraiment trop bizarre. LaGuerta ne sait pas quoi en penser.

– Ni comment penser, d'ailleurs. Qu'est-ce que ça a de bizarre, Deb ?

– Il faut que j'y aille, dit-elle brusquement. Ramène-toi, Dexter. Il faut que tu voies ça. »

Le temps que j'arrive sur place, la barrière avait été assaillie par une foule compacte, composée en grande partie de journalistes. C'est toujours très difficile de se frayer un chemin parmi un groupe de journalistes qui ont flairé l'odeur du sang. On ne s'en douterait pas. À l'écran ils ont l'air de mauviettes souffrant de lésions cérébrales et de graves troubles alimentaires. Et pourtant, placez-les devant un barrage de police, et un véritable miracle se produit. Ils deviennent forts, agressifs, soudain désireux et capables de bousculer tous les obstacles qui se dressent devant eux, matériels ou humains, et de les piétiner allègrement. C'est un peu comme ces histoires qu'on raconte sur des vieilles mères qui parviennent à soulever un camion sous lequel leur enfant est bloqué. La force surgit d'une réserve secrète ; et, par le plus grand des mystères, à la moindre trace d'hémoglobine, ces créatures anorexiques arrivent à vaincre toutes les difficultés. Sans même déranger un seul cheveu de leur coiffure.

Heureusement, l'un des agents de police me reconnut.

« Laissez-le passer, dit-il aux journalistes. Laissez-le passer, s'il vous plaît.

– Merci, Julio, lui dis-je. On dirait qu'il y en a davantage chaque année.

– Quelqu'un doit les cloner, maugréa-t-il. Pour moi, ils sont tous pareils. »

Je me baissai pour passer sous le ruban jaune et, alors que je me redressais de l'autre côté, j'eus la curieuse sensation que l'on avait trafiqué la teneur en oxygène de l'atmosphère. Je me tenais sur le terrain poussiéreux d'un chantier de construction. On y construisait ce qui allait sans doute devenir un immeuble de bureaux de trois étages, à l'usage de petits promoteurs immobiliers. Et tandis que je m'approchais lentement, observant l'activité qui se déployait autour du bâtiment inachevé, je savais que ce n'était pas une coïncidence si nous étions tous réunis ici. Ce tueur ne laissait jamais rien au hasard. Tout était mûrement réfléchi, soigneusement agencé dans un but esthétique, régi par une nécessité artistique.

Nous étions sur un chantier parce que c'était nécessaire. Il nous adressait un message, comme je l'avais prédit à Deborah. *Vous n'avez pas le vrai coupable,* nous disait-il. *Vous avez coffré un crétin parce que vous êtes vous-mêmes des crétins. Vous êtes tous trop bêtes pour le voir ; il faut que je vous mette le nez dessus. Voilà, c'est fait.*

Mais au-delà de cette déclaration qu'il faisait à la police et au public, c'était surtout à moi qu'il s'adressait. Il me narguait, me raillait, en citant un passage de mon propre travail bâclé. Il avait apporté les corps sur ce chantier parce que j'avais moi-même tué Jaworski sur un chantier. Il jouait avec moi ; il montrait à tout le monde l'ampleur de son talent et il disait à l'un d'entre nous – moi – qu'il savait. *Je sais ce que tu as fait, et je peux le faire aussi. Mieux que toi.*

Je suppose que cela aurait dû m'inquiéter un peu.

Mais non.

J'en étais presque pris de vertiges ; je me sentais comme une collégienne face au capitaine de l'équipe de football qui lui a enfin proposé de sortir avec lui. Qui ça, moi ? T'es sûr que tu ne te trompes pas ? Ça alors ! Vraiment ? J'en ai le rouge qui me monte aux joues.

J'inspirai profondément et essayai de me convaincre que j'étais une fille sage qui ne faisait pas ce genre de choses. Mais je savais que LUI les faisait et je mourais d'envie de le suivre. S'il te plaît, Harry ?

Quelle que soit l'envie que j'avais de jouer avec mon nouvel ami, il me fallait à tout prix trouver ce tueur. Je devais le voir, lui parler, me prouver qu'il était réel et que…

Que quoi ?

Qu'il n'était pas moi ?

Que ce n'était pas moi qui commettais ces actes terribles mais fascinants ?

Comment pouvais-je penser cela ? C'était une ineptie, absolument indigne de l'attention de mon cerveau, autrefois si fier. Sauf que… maintenant que l'idée s'était fourrée dans ma tête, je n'arrivais pas à la faire déguerpir. Et si c'était vraiment moi ? Et si, d'une façon ou d'une autre, j'avais commis tous ces actes sans le savoir ? C'était impossible, bien sûr, totalement impossible, mais…

Je m'étais réveillé devant le lavabo, en train de frotter mes mains pleines de sang après un « rêve » au cours duquel je m'étais soigneusement et joyeusement couvert les mains de sang en faisant des choses que d'ordinaire je rêvais seulement de faire. Et puis je savais aussi des choses sur la série de meurtres présente, des choses que, rationnellement, je n'aurais pas dû savoir à moins que…

À moins que rien du tout. Prends un calmant, Dexter. Respire, espèce d'imbécile : fais entrer l'oxygène, expulse les toxines. Ce n'était qu'un symptôme de plus du crétinisme dont j'étais atteint depuis peu. Je devenais prématurément sénile à force de mener une vie aussi saine. Il fallait reconnaître que j'avais connu quelques moments de bêtise humaine ces derniers temps. Et alors ? Ça ne prouvait pas pour autant que j'étais humain. Ou que j'étais devenu créatif dans mon sommeil.

Non, bien sûr que non. Ça ne signifiait rien de tel. Alors... qu'est-ce que ça pouvait bien signifier ?

J'étais parti du principe que je devenais tout simplement cinglé, que je perdais la boule petit à petit. Très rassurant... Mais si j'étais prêt à admettre cette possibilité, pourquoi ne pas accepter l'idée que j'avais commis quelques frasques fort plaisantes dont je ne me souvenais pas, excepté sous l'aspect de rêves fragmentés ? La folie était-elle vraiment plus facile à admettre que l'inconscience ? Après tout, ce n'était qu'une forme exagérée de somnambulisme. Le « somnanmeurtre ». Probablement très courant. Pourquoi pas ? Je cédais déjà à intervalles réguliers la place du conducteur de ma conscience chaque fois que le Passager Noir partait en virée. Ce n'était pas si extravagant de croire que la même situation se reproduisait, mais sous une forme légèrement différente : désormais le Passager Noir empruntait ma voiture pendant que je dormais.

Quelle autre explication trouver ? Mon corps astral prenait peut-être le relais durant mon sommeil et réglait ses vibrations sur l'aura du tueur, en raison de nos liens dans une vie passée. Oui, bien sûr... J'aurais pu y croire si j'avais vécu en Californie. Mais à Miami, c'était plus difficile. Et donc, si arrivant sur les lieux j'y trouvais trois corps disposés d'une façon qui m'était vaguement familière, il me faudrait sérieusement me demander si je n'étais pas l'auteur du message. Cette possibilité n'était-elle pas plus convaincante que l'idée d'une espèce de télépathie inconsciente ?

J'étais parvenu au pied de l'escalier extérieur du bâtiment. Je m'arrêtai là un instant et fermai les yeux, prenant appui contre le mur en béton brut. La paroi était un peu plus fraîche que l'air, et rêche au toucher. J'y écrasai ma joue, avec une sensation de plaisir et de douleur mélangés. J'avais beau désirer très fort monter voir ce qu'il y avait à voir, je voulais tout autant ne pas y aller. *Parle-moi*, murmurai-je à mon Passager Noir. *Dis-moi ce que tu as fait.*

Mais naturellement aucune réponse ne vint, hormis le lointain petit ricanement habituel. Qui ne m'était d'aucun secours. Je me sentais nauséeux, pris de légers vertiges, incertain, et ça ne me plaisait pas du tout d'être ainsi soudain sujet aux émotions. Je pris trois longues respirations, me redressai puis ouvris les yeux.

Le brigadier Doakes me scrutait à un mètre de distance, le pied posé sur la première marche de l'escalier. Son visage était figé en un masque noir plein d'une hostilité curieuse, pareil à un rottweiler qui veut vous arracher un bras mais aimerait bien savoir d'abord quel goût vous avez. Et il y avait une expression au fond de son regard que je n'avais jamais vue chez personne, si ce n'est dans mon miroir. C'était comme un vide profond et permanent né du spectacle de la comédie humaine dans toute sa splendeur...

« À qui tu parles ? me demanda-t-il, découvrant des dents luisantes et avides. Y a quelqu'un d'autre là-dedans avec toi ? »

Ces mots et l'air entendu qu'il eut en les prononçant m'atteignirent en plein ventre, me tordant l'estomac. Pourquoi choisir ces mots ? Que voulait-il dire par « là-dedans avec toi » ? Se pouvait-il qu'il connaisse l'existence du Passager Noir ? Impossible ! À moins que...

Doakes savait ce que j'étais vraiment.

Exactement comme j'avais su pour la Dernière Infirmière.

La Chose enfouie à l'intérieur se manifeste à grands cris lorsqu'elle reconnaît ses semblables. Le brigadier Doakes avait-il son propre Passager ? Comment était-ce possible ? Un brigadier homicide, un prédateur à la Dexter ? Inconcevable. Mais comment l'expliquer autrement ? J'étais interloqué, et pendant d'interminables secondes je restai là à le fixer. Il soutint mon regard.

Au bout d'un moment il secoua la tête, sans me quitter des yeux.

« Un de ces jours, dit-il. Toi et moi...

– La prochaine fois, c'est promis, lui dis-je avec toute la bonne humeur dont j'étais capable. En attendant, si vous permettez... »

Il restait là sans bouger, bloquant la cage d'escalier, le regard rivé sur moi. Mais il finit par hocher légèrement la tête et se rangea sur le côté.

« Un de ces jours... » répéta-t-il tandis que je le contournais et commençais à monter.

Le choc de cette rencontre m'avait instantanément tiré de mon petit délire paranoïaque. Bien sûr que je ne commettais pas des meurtres inconscients. Hormis l'absurdité même de l'hypothèse, c'eût été un gâchis impensable de commettre de tels actes sans pouvoir s'en souvenir ensuite. Il devait y avoir une autre explication, froide et simple. De toute façon, je n'étais pas le seul dans mon entourage, apparemment, à être doté d'une créativité débridée. N'oubliez pas que je vivais à Miami, entouré de créatures dangereuses comme le brigadier Doakes.

Je grimpai rapidement les escaliers, sentant une décharge d'adrénaline me parcourir, redevenu moi-même, pour ainsi dire. Mon pas était leste et souple, en partie peut-être parce que je fuyais le bon brigadier. Mais, en réalité, j'étais impatient à présent de voir ce dernier outrage à la moralité publique. Par simple curiosité, rien de plus. Je n'allais pas, bien sûr, trouver mes propres empreintes sur les lieux.

Je montai jusqu'au deuxième. Certaines cloisons étaient déjà en place, mais l'essentiel de l'étage était encore dépourvu de murs. Alors que je débouchais sur le palier et pénétrais dans l'espace ouvert devant moi, je vis Angel-aucun-rapport accroupi au centre de la pièce, immobile. Ses coudes étaient plantés sur ses genoux, ses mains soutenaient sa tête, et il regardait droit devant lui. Je m'arrêtai, stupéfait. C'était une des choses les plus surprenantes que j'aie jamais vues : un technicien de la brigade criminelle de Miami cloué sur place par ce qu'il avait trouvé sur la scène d'un crime.

Et ce qu'il avait trouvé était encore plus intéressant.

Une scène digne du plus sombre des mélodrames : un vaudeville pour les vampires. Exactement comme sur le chantier où j'avais tué Jaworski, il y avait une pile de placoplâtre enveloppé de film plastique. Elle avait été poussée contre un mur et était inondée de lumière, celle que diffusaient les lampes du chantier ainsi que quelques autres installées par l'équipe de police.

Par-dessus le placoplâtre, rehaussé comme un autel, se trouvait un établi noir portatif. Il avait été scrupuleusement centré pour que la lumière vienne l'éclairer comme il faut, ou plutôt pour qu'elle éclaire comme il faut ce qui avait été disposé sur l'établi.

Et, bien sûr, il s'agissait d'une tête de femme. Sa bouche enserrait le rétroviseur d'une voiture ou d'une camionnette, ce qui étirait le visage dans une expression de surprise presque comique.

Au-dessus à gauche se trouvait une deuxième tête. Le corps d'une poupée Barbie avait été placé sous son menton, donnant ainsi l'impression d'une énorme tête accolée à un corps minuscule.

À droite, on apercevait la troisième tête. Elle avait été fixée sur un morceau de placoplâtre, les oreilles soigneusement clouées au moyen de vis spéciales. Pas la moindre flaque de sang ne venait gâcher l'œuvre exposée. Les trois têtes étaient exsangues.

Un miroir, une Barbie et du placoplâtre.

Trois victimes.

Parfaitement sèches.

Bonjour, Dexter.

Il n'y avait pas le moindre doute. La Barbie était une allusion très claire à celle que j'avais retrouvée dans mon congélateur. Le miroir se référait à la tête lancée sur la voie surélevée, et le placoplâtre à Jaworski. Ou bien le tueur savait tout ce qui se passait dans ma tête, au point qu'il aurait presque pu être moi, ou bien il était vraiment moi.

Je pris une longue inspiration, respirant d'une manière saccadée. Je suis à peu près certain que nous n'éprouvions pas le même sentiment, mais j'avais envie de m'accroupir au centre de la pièce à côté d'Angel-aucun-rapport. Il fallait que je retrouve mes facultés mentales, et le sol semblait l'endroit idéal pour commencer. Mais je m'aperçus que je m'approchais lentement de l'autel, tiré vers l'avant comme si je me tenais sur des rails bien huilés. Je ne pouvais ni m'arrêter, ni ralentir, ni rien faire d'autre qu'avancer. Je ne pouvais que regarder, m'extasier, et me concentrer pour bien faire rentrer l'air dans mes poumons puis l'expulser correctement. Et je me rendis compte peu à peu que je n'étais pas le seul qui n'arrivait pas à croire ce qu'il voyait.

Dans le cadre de mon métier – sans parler de mon hobby –, je m'étais trouvé sur les lieux de centaines de meurtres, dont certains étaient si horribles et révoltants que même moi j'avais été choqué. Et pour chacun de ces meurtres l'équipe de Metro-Dade s'était activée et avait fait son travail d'une manière décontractée et professionnelle. Chaque fois, il y avait eu des gens qui sirotaient leur café tranquillement, d'autres qui mangeaient des *pasteles* ou des doughnuts ; il y avait toujours eu quelqu'un pour discuter ou plaisanter tout en épongeant le sang. Sur chaque scène de crime, j'avais toujours vu des gens si peu impressionnés par le carnage qu'ils auraient pu tout aussi bien se trouver à une kermesse organisée par leur paroisse.

Jusqu'à aujourd'hui.

Cette fois, la vaste salle en béton brut était anormalement silencieuse. Les policiers et les techniciens se tenaient par petits groupes de deux ou de trois, comme s'ils avaient peur de rester seuls, et regardaient simplement ce qui était exposé à l'autre bout de la pièce. Si quelqu'un avait le malheur de faire un léger bruit, tout le monde sursautait et fusillait l'importun du regard. C'était un spectacle d'une étrangeté si profondément comique que j'aurais éclaté de rire si je n'avais pas été moi aussi absorbé par la scène, comme tous les abrutis.

En étais-je l'auteur ?

C'était magnifique, quoique d'une façon horrible, bien sûr. Mais la disposition était parfaite, fascinante, superbement exsangue. Cela témoignait d'un grand esprit et d'un merveilleux sens de la composition. Quelqu'un s'était donné beaucoup de mal pour transformer ce tableau en une véritable œuvre d'art. Quelqu'un qui avait du style, du talent et une conception du divertissement un peu morbide. De ma vie, je n'avais connu qu'une seule personne qui combinait ces particularités.

Pouvait-il donc s'agir de Dexter le dormeur détraqué ?

Chapitre XX

Je me tenais aussi près que possible du tableau sans pour autant le toucher, me contentant de regarder. On n'avait pas encore cherché d'éventuelles empreintes sur le petit autel ; rien n'avait été bougé, mais je me doutais que des photos avaient déjà été prises. Oh, comme j'aurais voulu pouvoir rapporter chez moi une de ces photos ! En format poster et en couleur, s'il vous plaît, couleur livide. Si c'était moi l'auteur, j'étais un bien meilleur artiste que je ne l'avais jamais soupçonné. Même à cette distance, les têtes semblaient flotter dans l'espace, suspendues au-dessus de la terre mortelle dans une parodie de paradis éternel et exsangue, littéralement disjointes de leurs corps...

Leurs corps... Je jetai un coup d'œil autour de moi. Je ne les voyais nulle part ; aucune trace des paquets soigneusement emballés. Il n'y avait que la pyramide des têtes.

Je restai absorbé. Au bout d'un moment, Vince Masuoka sembla s'approcher au ralenti, la bouche ouverte, la figure pâle.

« Dexter », dit-il.

Et il secoua la tête.

« Salut, Vince », dis-je. Il secoua la tête de nouveau. « Où sont les corps ? »

Il resta là, les yeux rivés devant lui, sans répondre. Puis il me regarda avec un air d'innocence perdue.

« Ailleurs », répondit-il.

On entendit une cavalcade dans l'escalier et le charme fut rompu. Je m'éloignai de la scène tandis que LaGuerta faisait son entrée, accompagnée d'un petit groupe de journalistes triés sur le volet: Nick Machinchose et Rick Sangre, de la chaîne de télévision locale, et Eric le Viking, un chroniqueur de presse un peu singulier mais respecté. Pendant quelques instants l'animation fut à son comble dans la pièce. Nick et Eric avisèrent la scène et se précipitèrent aussitôt vers l'escalier, les mains sur la bouche. Rick Sangre fronça ostensiblement les sourcils, examina l'éclairage, puis se tourna vers LaGuerta.

« Est-ce qu'il y a une prise de courant quelque part? Il faut que je fasse venir mon caméraman », dit-il.

LaGuerta secoua la tête.

« Attendez les autres, dit-elle.

– Il me faut des images », insista Rick Sangre.

Le brigadier Doakes apparut derrière lui. Le reporter se retourna.

« Pas de caméra », dit Doakes.

Sangre ouvrit la bouche, observa un instant Doakes, puis referma la bouche. Une fois de plus, les qualités indéfectibles du bon brigadier étaient mises en évidence. Il s'éloigna et alla se poster auprès des morceaux de cadavres exposés, comme s'il s'agissait d'une expérience scientifique présentée lors d'un salon et qu'il en fût le dépositaire.

Un bruit de toux forcée nous parvint depuis la porte; Nick Machinchose et Eric le Viking réapparurent en haut des escaliers, la démarche lente et traînante, tels deux vieillards. Eric s'obligeait à ne pas regarder l'affreux spectacle; Nick essayait de ne pas regarder, mais sa tête ne cessait de se tourner de ce côté-là, et il devait la ramener brusquement chaque fois pour faire face à LaGuerta.

Celle-ci commença à parler. Je m'approchai afin de pouvoir l'entendre.

« Je vous ai demandé de venir voir cette scène avant que nous autorisions une présence médiatique officielle… expliqua-t-elle.

– Mais on peut traiter l'affaire de manière officieuse? » l'interrompit Rick Sangre.

LaGuerta ne releva pas.

« On ne veut pas que les médias commencent à échafauder des théories fumeuses sur cette affaire, poursuivit-elle. Comme vous pouvez le constater, il s'agit d'un crime vicieux et bizarre… » Elle marqua une pause, puis dit avec une extrême prudence : « Qui Ne Ressemble En Rien À Ce Que Nous Avons Pu Voir Avant. »

On pouvait presque l'entendre parler en majuscules.

Nick Machinchose laissa échapper un « Ah ? » et eut l'air pensif. Eric le Viking saisit immédiatement.

« Oh oh ! Attendez une minute, lança-t-il. Vous êtes en train de dire qu'il s'agit d'un nouveau tueur ? D'une série de meurtres entièrement différente ? »

LaGuerta lui adressa un regard lourd de sens.

« Bien sûr, il est trop tôt pour affirmer quoi que ce soit, dit-elle, très affirmative pourtant, mais il faut rester logique, n'est-ce pas ? Primo », elle leva un doigt en l'air, « on a un type qui a avoué les autres trucs. Il est en prison et on ne l'a pas libéré cette nuit pour qu'il fasse tout ça. Ensuite, ce cas ne ressemble à rien de ce que j'ai pu voir avant. Cette fois, elles sont trois et elles sont disposées bien joliment. Vous me suivez ? »

Grâce à Dieu, elle avait remarqué…

« Pourquoi je ne peux pas faire venir mon caméraman ? demanda Rick Sangre.

– N'y avait-il pas un miroir aussi pour l'un des autres meurtres ? s'enquit faiblement Eric le Viking, s'efforçant à tout prix de ne pas regarder.

– Avez-vous identifié les, euh… ? » demanda Nick Machinchose. Sa tête commença à se tourner vers le fond de la pièce mais il se reprit à temps. « Est-ce que les victimes sont des prostituées, inspecteur ?

– Écoutez », dit LaGuerta. Elle avait l'air un peu agacée, et une pointe d'accent cubain colora sa voix l'espace d'une seconde. « Laissez-moi vous *espliquer* quelque chose… Je me fiche que ce soit des prostituées. Je me fiche qu'il y ait un miroir. Je me fous de tout ça. » Elle reprit son souffle et poursuivit, beaucoup plus calme. « On a l'autre tueur qui est sous les verrous. On a un aveu. Là, c'est une affaire entièrement nouvelle, d'accord ? Voilà ce qui compte. Vous voyez vous-mêmes : c'est différent.

– Alors pourquoi êtes-vous chargée de l'enquête ? » demanda Eric le Viking – très justement, pensai-je.

LaGuerta montra des dents de requin.

« Parce que j'ai résolu l'autre affaire, répondit-elle.

– Mais vous êtes sûre qu'il s'agit vraiment d'un nouveau tueur, inspecteur ? demanda Rick Sangre.

– Ça ne fait aucun doute. Je ne peux pas vous donner de détails, mais j'ai des analyses de labo pour preuves. »

J'étais certain qu'elle se référait à moi. J'en tressaillis de fierté.

« Mais c'est drôlement similaire, tout de même. Même quartier, même technique grosso modo… » commença Eric le Viking.

LaGuerta le coupa.

« Rien à voir, dit-elle. Rien à voir.

– Vous êtes donc absolument convaincue que McHale a commis tous les autres meurtres et que ceux-ci sont l'œuvre d'un deuxième tueur, dit Nick Machinchose.

– Parfaitement, répondit LaGuerta. Du reste, je n'ai jamais dit que McHale avait commis les autres. »

Pendant un instant, les journalistes en oublièrent la déception de ne pas avoir pu filmer.

« Quoi ? » finit par articuler Nick Machinchose.

LaGuerta rougit.

« Je n'ai jamais dit que McHale était coupable. McHale a *dit* qu'il était coupable, d'accord ? Qu'est-ce que je suis censée faire ? Lui dire : “Rentrez chez vous, je ne vous crois pas” ? »

Eric le Viking et Nick Machinchose échangèrent un regard éloquent. J'aurais fait de même si seulement j'avais eu quelqu'un en face de moi. Je me contentai de jeter un coup d'œil furtif à la tête centrale sur l'autel. Elle ne me fit pas exactement un clin d'œil, mais je suis sûre qu'elle était aussi stupéfaite que moi.

« C'est n'importe quoi », marmonna Eric.

Mais Rick Sangre sauta sur l'occasion.

« Accepteriez-vous qu'on interviewe McHale ? demanda-t-il. En présence d'une caméra ? »

L'arrivée du commissaire Matthews nous épargna la réponse de LaGuerta. Il fit irruption en haut de l'escalier et se figea dès qu'il aperçut la petite œuvre d'art.

« Nom de Dieu ! » s'exclama-t-il. Puis il avisa les trois journalistes aux côtés de LaGuerta. « Qu'est-ce que vous foutez là, vous autres ? » lança-t-il.

LaGuerta jeta un regard circulaire dans la pièce, mais personne ne vint à sa rescousse.

« Je les ai laissés monter, finit-elle par dire. Officieusement. À titre strictement confidentiel.

– Vous n'avez pas dit "à titre confidentiel", lâcha Rick Sangre. Vous avez juste dit "officieusement". »

LaGuerta lui lança un regard furieux.

« "Officieusement" et "confidentiellement", c'est du pareil au même.

– Sortez ! vociféra Matthews. Et ça, c'est officiel. Sortez ! »

Eric le Viking se racla la gorge.

« Commissaire, pensez-vous, comme l'inspecteur LaGuerta, qu'on a affaire à une nouvelle série de meurtres et à un tueur différent ?

– Sortez, répéta Matthews. Je répondrai aux questions en bas.

– Il faut que je filme, dit Rick Sangre. J'en ai pour une minute. »

Matthews fit un signe du côté de la sortie.

« Brigadier Doakes ? »

Doakes surgit aussitôt et saisit le coude de Rick Sangre.

« Messieurs… » dit-il de sa voix douce et glaçante.

Les trois journalistes le fixèrent des yeux. Je vis Nick Machinchose avaler sa salive. Puis ils firent tous volte-face sans broncher et sortirent au pas.

Matthews les regarda partir. Quand ils furent hors de portée de voix, il se tourna vers LaGuerta.

« Inspecteur, dit-il d'une voix si hargneuse qu'il devait s'inspirer de Doakes, si vous me refaites ce genre de plan foireux vous devrez vous estimer heureuse qu'on vous offre un poste d'agent de sécurité sur le parking de Walmart. »

LaGuerta vira au vert, puis au cramoisi.

« Commissaire, je voulais juste... » commença-t-elle.

Mais Matthews avait déjà tourné les talons. Il rajusta sa cravate, lissa ses cheveux d'une main et dévala l'escalier à la suite des journalistes.

Je me tournai pour admirer l'autel à nouveau. Rien n'avait changé, mais ils commençaient à prendre les empreintes. Ensuite ils démonteraient tout pour analyser les divers éléments. Ce ne serait bientôt plus qu'un magnifique souvenir.

Je sortis et redescendis lourdement l'escalier, afin de trouver Deborah.

À l'extérieur, Rick Sangre s'activait auprès d'une caméra. Le commissaire Matthews se tenait dans la lumière des projecteurs, plusieurs micros sous le nez, et prononçait déjà sa Déclaration Officielle.

« ... la politique de cette brigade a toujours été de laisser une certaine autonomie à l'inspecteur chargé d'une enquête, jusqu'au point où il apparaît évident qu'une série d'erreurs de jugement majeures remet en question les compétences de l'inspecteur. Ce moment n'est pas encore venu, mais je suis de très près la situation. Compte tenu des enjeux pour notre communauté... »

J'aperçus Deborah et allai la rejoindre. Elle était postée près de la ligne de ruban jaune, vêtue de son uniforme bleu.

« Jolie tenue, lui dis-je.

– Moi, j'aime, dit-elle. Tu as vu ?

– J'ai vu. J'ai aussi vu le commissaire Matthews discuter du cas avec l'inspecteur LaGuerta. »

Deborah retint sa respiration.

« Qu'est-ce qu'ils ont dit ? »

Je lui tapotai le bras.

« Je crois qu'un jour j'ai entendu papa utiliser une expression imagée qui conviendrait bien ici : “T’aurais dû voir comme il lui a soufflé dans les bronches.” Tu la connaissais celle-là ? »

Deborah eut l’air surprise, puis contente.

« C’est super ! Maintenant, j’ai vraiment besoin de ton aide, Dex.

– Parce que bien sûr jusqu’à présent je ne t’ai pas aidée, c’est ça ?

– Je ne sais pas ce que tu t’es imaginé faire, mais ça ne suffit pas.

– Tu es injuste, Deb. Et vraiment désobligeante. Tu es bien sur la scène d’un crime, non ? Avec ton uniforme, qui plus est. Tu préfères ta tenue de vamp ? »

Elle tressaillit.

« Là n’est pas la question. Depuis le début tu me caches des choses sur cette affaire ; maintenant je veux tout savoir. »

L’espace de quelques secondes je ne sus que répondre ; toujours une situation embarrassante. J’étais loin de penser qu’elle était aussi perspicace.

« Enfin, Deborah...

– Écoute, tu t’imagines que je ne comprends rien à toutes ces combines politiques, et c’est peut-être vrai que je suis moins habile que toi à ce jeu-là, mais je sais très bien qu’ils vont tous chercher uniquement à sauver leur peau, pour l’instant. Et donc personne ne va avancer le véritable travail d’enquête.

– Ce qui veut dire que tu vois là l’occasion de t’y atteler ? Bravo, Deb !

– Ça veut aussi dire que j’ai plus que jamais besoin de ton aide. » Elle tendit la main et pressa la mienne. « S’il te plaît, Dexy. »

Je ne sais pas ce qui me surprit le plus : sa lucidité, son geste, ou le fait qu’elle emploie ce surnom. Je ne l’avais plus entendue m’appeler ainsi depuis mes dix ans. Qu’elle en ait eu ou non l’intention, en m’appelant Dexy elle nous replaçait d’emblée dans l’univers de Harry, un monde où la famille comptait et où les obligations étaient aussi réelles que les prostituées décapitées. Que pouvais-je dire ?

« Bien sûr, Deborah », répondis-je.

Dexy… C'en était presque assez pour faire naître en moi des émotions.

« Parfait », dit-elle. Elle retrouva un ton très professionnel – un revirement incroyablement rapide qui m'époustoufla. « Bon, qu'est-ce qui est le plus urgent pour l'instant ? demanda-t-elle avec un signe de tête vers le deuxième étage.

– Trouver les corps, dis-je. D'après ce que tu as pu comprendre, y a-t-il quelqu'un qui les cherche ? »

J'eus droit à un de ses nouveaux regards de Flic Chevronné, plein d'amertume.

« D'après ce que j'ai compris, tous les policiers sont chargés d'empêcher les caméras d'approcher, et non d'enquêter sur cette affaire.

– Très bien, dis-je. Si on arrive à trouver les corps, on aura peut-être une petite longueur d'avance.

– D'accord. Où est-ce qu'on cherche ? »

C'était une excellente question, sur laquelle, naturellement, je coinçais. J'ignorais absolument où il fallait chercher. Les membres avaient-ils été laissés dans la pièce des meurtres ? J'en doutais ; ça faisait un peu désordre, et si le tueur voulait à nouveau utiliser cette pièce, ce serait impossible avec tout ce fatras dégoûtant.

Bon. Il fallait donc partir du principe que le reste des carcasses avait été déposé ailleurs. Mais où ?

Ou alors… J'y pensai tout à coup, la véritable question était peut-être : pourquoi ? L'exposition des têtes obéissait à un motif précis. Quelle raison pouvait avoir le tueur de placer les corps ailleurs ? Simple dissimulation ? Non. Rien n'était jamais simple avec lui, et de toute évidence la dissimulation n'était pas son souci majeur. Surtout à ce moment, alors qu'il cherchait à en mettre plein la vue. Dans ce cas, où voudrait-il laisser son tas de morceaux de corps ?

« Alors ? m'interrogea Deborah. Qu'est-ce que tu en penses ? Où est-ce qu'on doit chercher ? »

Je secouai la tête.

« Je ne sais pas, dis-je lentement. L'endroit où il a laissé le reste fait partie du message qu'il nous adresse, ça c'est sûr. Mais on ne sait pas encore quel est vraiment son message, si ?

– Bon sang, Dexter !...

– Je sais qu'il veut nous mettre le nez dessus. Il cherche à nous dire qu'on a fait une énorme connerie et que, de toute façon, il est plus malin que nous.

– Jusqu'à présent il n'a pas tort, dit-elle, retrouvant son expression de mérou.

– Donc... l'endroit qu'il a choisi doit enfoncer le clou. Prouver qu'on est vraiment stupides... Non, je me trompe : qu'on a *fait* quelque chose de stupide.

– Exact. C'est une différence très importante.

– Je t'en prie, Deb, tu vas t'abîmer le visage à force. C'est important, parce qu'il va se prononcer sur l'*acte* et non sur les *acteurs*.

– Mmm mmm... C'est super, Dexter. Alors on devrait se rendre au théâtre le plus proche et chercher un acteur avec du sang jusqu'aux coudes, c'est ça ?

– Non, Deb. Pas de sang, surtout pas. C'est une des choses les plus importantes.

– Comment tu peux en être aussi sûr ?

– Parce qu'il n'y a jamais eu une seule goutte de sang. C'est délibéré, et c'est essentiel pour ce qu'il fait. Cette fois, il va reproduire les éléments importants de sa mise en scène tout en commentant ses actions passées, parce qu'on n'a rien compris, tu vois ?

– Je vois, je vois. C'est on ne peut plus clair. Alors pourquoi on n'irait pas vérifier au palais des Sports ? Il a probablement empilé les corps dans le filet, à nouveau. »

J'ouvris la bouche, prêt à débiter une de mes réponses incroyablement intelligentes. Elle était à côté de la plaque, complètement. La patinoire avait été une expérience, une innovation, mais je savais qu'il ne la répéterait pas. J'allais expliquer tout ça à Deb, lui dire que la seule raison qu'il aurait pu avoir de retourner à la patinoire était... Je restai figé, la bouche ouverte. Mais bien sûr, pensai-je. Évidemment.

« Qui est-ce qui ressemble à un poisson, maintenant, hein ?… Qu'est-ce qu'il y a, Dex ? »

Pendant quelques secondes je restai muet. J'étais trop occupé à essayer de mettre de l'ordre dans mes pensées. *La seule raison qu'il aurait pu avoir de retourner à la patinoire était de nous montrer qu'on n'avait pas le vrai coupable en prison.*

« Deb, finis-je enfin par dire, mais bien sûr ! Tu as raison : la patinoire. Ce n'est pas pour ce que tu crois, mais quand même…

– On s'en fout. L'essentiel c'est que j'aie raison », dit-elle en se dirigeant vers la voiture.

Chapitre XXI

« Tu as bien conscience que c'est juste une vérification ? dis-je. Il y a de fortes chances qu'on ne trouve rien du tout.

– Oui, oui, je sais, répondit Deb.

– Et on n'est couverts par aucune juridiction. On est dans le comté de Broward. Et les gars de Broward ne nous aiment pas, donc…

– Bon sang, Dexter ! dit-elle d'un ton brusque. Qu'est-ce que t'as à jacasser comme ça ? On dirait une collégienne surexcitée ! »

Elle avait peut-être raison, mais c'était peu aimable de sa part de le faire remarquer. Elle-même, du reste, était un véritable paquet de nerfs. Alors que nous quittions Sawgrass Expressway et pénétrions dans le parking du palais des Sports, elle serra un peu plus les dents. Je pouvais presque entendre sa mâchoire grincer. « Dirty Harriet », me dis-je en moi-même, mais Deb apparemment m'entendit.

« Ta gueule ! » lâcha-t-elle.

Mes yeux abandonnèrent le profil de granit de Deborah pour aller se poser sur le palais des Sports. L'espace d'un instant, avec la lumière du petit matin qui l'éclairait sous un certain angle, on aurait dit que le bâtiment était entouré d'une escadre de soucoupes volantes. Il s'agissait, bien entendu, des lampadaires qui se dressaient tout autour, tels de gigantesques champignons vénéneux en acier. On avait dû dire à l'architecte que le concept était très original. Et certainement aussi « jeune et dynamique ». Je suis sûr que ce devait être le cas sous l'éclairage approprié ; mais il restait toujours à trouver l'éclairage en question…

Nous fîmes une première fois le tour de la patinoire, guettant un signe de vie. Lors de notre deuxième passage, une Toyota toute déglinguée vint s'arrêter devant l'une des portes d'entrée. La portière du passager était maintenue fermée par un bout de corde passé par la vitre ouverte et entortillé autour de son montant. La portière du conducteur s'ouvrit tandis que je garais la voiture, et Deborah sauta dehors avant même que l'on soit à l'arrêt.

« S'il vous plaît, monsieur ? » dit-elle à l'homme qui sortait de la Toyota.

C'était un type plutôt courtaud, la cinquantaine, vêtu d'un pantalon verdâtre et d'une veste en nylon bleue. Dès qu'il aperçut l'uniforme de Deb il parut se crisper.

« Quoi ? fit-il. J'ai rien fait !

– Vous travaillez ici, monsieur ?

– Ben oui ! Qu'est-ce que vous croyez que je ferais là à 8 heures du mat, sinon ?

– Quel est votre nom ?

– Steban Rodriguez. J'ai mes papiers. »

Il farfouilla à la recherche de son portefeuille. Deborah fit un signe de la main.

« Ce n'est pas nécessaire, dit-elle. Que faites-vous là à cette heure-ci ? »

Il haussa les épaules et replaça son portefeuille dans sa poche.

« Je suis censé être là plus tôt les autres jours, mais l'équipe est en déplacement : Vancouver, Ottawa et Los Angeles. Alors je suis là un peu plus tard.

– Y a-t-il quelqu'un d'autre en ce moment, Steban ?

– Non, y a que moi. Ils sont encore tous à roupiller.

– Et la nuit ? Y a-t-il un gardien ? »

Il fit un geste circulaire du bras.

« Le vigile fait le tour du parking la nuit, mais il est pas là tout le temps. En général, c'est moi qu'arrive le premier.

– Vous voulez dire, le premier qui entre ?

– Ouais, c'est ça. C'est pas ce que j'ai dit ? »

Je descendis de voiture et me penchai par-dessus le toit.

« C'est vous qui passez la Zamboni le matin ? » lui demandai-je.

Deb me lança un coup d'œil furieux. Steban me regarda avec insistance, les yeux fixés sur ma pimpante chemisette hawaïenne et mon pantalon de gabardine.

« Vous êtes quel genre de flic, exactement, hein ?

– Je suis juste un expert, répondis-je. Je travaille au labo.

– Ahhhhh, je vois, dit-il en hochant la tête comme si tout s'expliquait.

– C'est vous qui passez la Zamboni, Steban ? répétai-je.

– Ouais, enfin, c'est-à-dire, ils me laissent pas la passer pendant les matchs. Ça, c'est pour les types en costard. Ils préfèrent mettre des petits jeunes, vous savez ? Célèbres, si possible. Qui font le tour perchés sur leur machine en saluant tout le monde. Ce style de conneries. Mais c'est moi qui la passe le matin avant l'entraînement. Quand l'équipe est en ville. Je la passe juste le matin, très tôt. Mais là, ils sont à l'extérieur, alors je viens plus tard.

– Nous voudrions inspecter rapidement les lieux », dit Deb, visiblement exaspérée par mon intrusion dans la conversation.

Steban lui fit face de nouveau, une petite lueur de malice au fond de l'œil.

« Pas de problème, dit-il. Vous avez un mandat ? »

Deborah rougit. Cela créa un joli contraste avec le bleu de son uniforme, mais ce n'était peut-être pas la réaction la plus adéquate pour renforcer son autorité. Et comme je la connaissais bien je savais qu'elle en serait consciente et que, agacée, elle s'emporterait. Étant donné que nous n'avions pas de mandat et que, de fait, nous n'avions aucune raison un tant soit peu officielle de nous trouver là, il ne me semblait pas que s'emporter fût la meilleure tactique.

« Steban… repris-je avant que Deb puisse prononcer des paroles fâcheuses.

– Ouais ?

– Ça fait combien de temps que vous travaillez ici ? »

Il haussa les épaules.

« Depuis que ça a ouvert. Et avant j'ai travaillé deux ans à l'ancienne patinoire.

– Alors vous étiez là la semaine dernière quand on a découvert le cadavre sur la glace ? »

Steban détourna les yeux. Sous sa peau hâlée, son visage verdit. Il déglutit avec effort.

« Je veux jamais revoir un tel truc, je vous jure. Jamais. »

Je hochai la tête, affectant une réelle compassion.

« Je vous comprends parfaitement, dis-je. C'est pour cela que nous sommes là, Steban. »

Il fronça les sourcils.

« Comment ça ? »

Je lançai un coup d'œil à Deb pour m'assurer qu'elle ne dégainait pas son arme. Elle me foudroya du regard tout en tapant du pied, les lèvres pincées en signe de désapprobation, mais elle ne dit rien.

« Steban, repris-je en m'approchant un peu plus de lui et en prenant un ton aussi confidentiel et viril que possible, nous pensons qu'il y a de fortes chances pour que, derrière cette porte, vous trouviez le même genre de surprise que l'autre jour.

– Merde ! cria-t-il. Je veux rien avoir affaire là-dedans.

– C'est tout à fait normal.

– *Me cago en diez* de cette saloperie.

– Exactement, approuvai-je. Alors pourquoi ne pas nous laisser jeter un coup d'œil d'abord ? Juste pour être sûrs ? »

Il me dévisagea un instant, puis regarda Deborah, qui avait toujours un air renfrogné : une expression qui la mettait très en valeur, en particulier avec son bel uniforme.

« Je pourrais avoir des ennuis, dit-il. Me faire virer. »

Je lui souris, l'incarnation de la bienveillance.

« Vous pourriez aussi ouvrir la porte et trouver un autre tas de bras et de jambes découpés en morceaux. Encore plus nombreux, cette fois.

– Merde ! dit-il à nouveau. Je vais m'attirer des ennuis, me faire virer… Pourquoi je ferais ça, hein ?

– Par civisme, peut-être…

– Allez, quoi ! Déconnez pas. Qu'est-ce que ça peut vous foutre que je me fasse virer ? »

Il n'alla pas jusqu'à tendre la main, ce qui me parut fort élégant, mais il était clair qu'il escomptait un petit cadeau pour le dédommager de l'éventuelle perte de son travail. Tout à fait naturel, étant donné qu'on se trouvait à Miami. Mais je n'avais qu'un billet de cinq dollars, et j'en avais vraiment besoin pour m'acheter un beignet et un café. Je me contentai donc de hocher la tête d'un air compréhensif et viril.

« Vous avez raison, dis-je. Nous espérions vous éviter de voir tous ces morceaux de corps – est-ce que j'ai précisé qu'il y en aurait plutôt beaucoup, cette fois ? –, mais nous ne voulons surtout pas que vous courriez le risque de perdre votre emploi. Excusez-nous pour le dérangement, Steban. Bonne journée ! » J'adressai un sourire à Deborah. « En route, agent Morgan. On ferait mieux de retourner sur la scène du crime pour chercher les doigts, maintenant. »

Deborah avait toujours sa mine renfrognée, mais elle eut tout de même la présence d'esprit de jouer le jeu. Elle ouvrit sa portière tandis que je saluais joyeusement Steban avant de remonter à bord.

« Attendez ! » cria Steban. Je levai les yeux vers lui, manifestant un simple intérêt poli. « Je vous jure que je veux pas retomber sur cette saloperie », dit-il.

Il me regarda un moment, espérant peut-être que je fléchirais et lui tendrais une liasse de billets, mais, comme je l'ai dit, le beignet était devenu une idée fixe et je ne cédai pas. Steban se passa la langue sur les lèvres, puis se retourna brusquement et enfonça la clé dans la serrure de la porte à double battant.

« Allez-y. Je vous attends ici.

– Vous êtes bien sûr ?… hasardai-je.

– Allez, quoi ! Qu'est-ce que vous voulez de plus ? Allez-y ! »

Je me levai et regardai Deborah.

« Il dit qu'il est sûr », commentai-je.

Elle secoua juste la tête, avec une drôle d'expression qui trahissait à la fois son exaspération de petite sœur et son humour de flic cynique.

Elle contourna la voiture et pénétra la première dans le bâtiment ; je la suivis.

À l'intérieur, le hall était sombre et frais, ce qui n'aurait pas dû me surprendre : il s'agissait bien d'une patinoire au petit matin. Steban savait forcément où se trouvait l'interrupteur, mais il n'avait pas proposé de nous l'indiquer. Deb détacha sa grosse lampe électrique de sa ceinture et promena le faisceau lumineux sur l'étendue glacée. Je retins ma respiration tandis que le rai de lumière allait éclairer l'un des filets, puis l'autre. Elle balaya la glace à nouveau, lentement, interrompant son geste une fois ou deux, puis se tourna vers moi.

« Rien, dit-elle. Que dalle.

– Tu m'as l'air déçue... »

Elle émit un grommellement agacé puis se dirigea vers la sortie. Je restai au milieu de la patinoire, sentant la fraîcheur de la glace irradier dans toute l'atmosphère, pris par mes pensées joyeuses. Enfin, pas exactement *mes* pensées, pour être honnête.

Car Deb s'était à peine éloignée que me parvenait de derrière mon épaule le son faible d'une voix : un petit rire sec et calme, ce frôlement de plume familier à la limite de l'audible. Et, alors que cette chère Deb regagnait l'extérieur, je restai là immobile sur la glace, fermai les yeux et écoutai ce que mon très vieil Ami avait à me dire. Ce n'était pas grand-chose : une sorte de sous-murmure, presque une absence de voix, mais j'écoutai. Je l'entendis glousser et marmonner des paroles terribles et douces dans le creux d'une oreille, tandis que mon autre oreille m'informait que Deborah avait prié Steban d'entrer et d'allumer les lumières. Ce qu'il fit un instant plus tard, alors que le léger souffle de cette non-voix s'élevait dans un brusque crescendo, alliant une belle humeur joviale à une horreur bon enfant.

Qu'y a-t-il ? demandai-je poliment. La seule réponse que j'obtins fut le redoublement du rire avide. Je ne savais absolument pas comment l'interpréter. Mais je ne fus pas extrêmement surpris lorsque le hurlement retentit.

Steban était nul, question hurlements. Son cri consistait en une espèce de bruit rauque, étranglé, qui donnait plutôt l'impression qu'il était malade comme un chien. Ce type n'avait vraiment aucun sens musical.

J'ouvris les yeux. Il m'était impossible de me concentrer dans ces conditions, et de toute façon il n'y avait plus rien à écouter. Les murmures s'étaient arrêtés au moment où les cris avaient commencé. Après tout, les cris parlaient d'eux-mêmes, non ? J'ouvris donc les yeux juste à temps pour voir Steban jaillir du petit placard situé à l'autre bout du hall et atterrir sur la patinoire. Il parcourut la surface glacée à grand bruit, glissant et dérapant, tout en gémissant en espagnol, avant d'aller buter tête la première contre les planches. Il se redressa tant bien que mal et se précipita vers la sortie, avec des grognements d'horreur. Une petite tache de sang maculait la glace à l'endroit où il était tombé.

Deborah franchit la porte en courant, son pistolet à la main ; Steban la bouscula puis gagna la lumière du jour en trébuchant.

« Qu'est-ce qu'il y a ? » demanda Deborah, l'arme toujours brandie.

J'inclinai la tête comme je percevais le dernier écho du gloussement final, et là, avec le grognement d'horreur qui résonnait encore dans mes oreilles, je compris.

« Je crois que Steban a trouvé quelque chose », dis-je.

Chapitre XXII

La politique au sein de la police, comme j'avais si souvent essayé de le démontrer à Deborah, est un terrain glissant et mouvant. Et lorsqu'on met en présence deux organisations des forces de l'ordre qui ne s'apprécient pas, les opérations ont tendance à être très lentes, à suivre le règlement à la lettre et à se perdre en mille atermoiements, excuses, insultes et menaces voilées. Très amusant à observer, bien sûr, mais la procédure est tout de même un peu longuette. Ainsi, ce n'est que plusieurs heures après l'affreux concert de tyroliennes de Steban que le conflit d'attribution fut résolu et que notre équipe put enfin se pencher sur la jolie petite surprise que notre nouvel ami avait découverte en ouvrant le placard.

Pendant tout ce temps, Deborah se tenait à l'écart ; elle faisait d'énormes efforts pour maîtriser son impatience, sans toutefois parvenir à la masquer. Le commissaire Matthews fit son entrée, suivi de près par l'inspecteur LaGuerta. Ils serrèrent la main de leurs homologues de Broward, le commissaire Moon et l'inspecteur McClellan. S'ensuivit une joute oratoire entre les deux camps, qui ne fut pas des plus polies et qui pourrait se résumer de la manière suivante.

Matthews était relativement certain que la découverte de six bras et de six jambes dans le comté de Broward s'inscrivait dans son enquête concernant trois têtes dépourvues de ces membres-là et trouvées sur le territoire de Metro-Dade. Il expliqua, en des termes bien trop simples et directs, qu'il lui semblait un peu tiré par les cheveux de penser qu'on puisse trouver trois têtes sans corps d'un côté, puis trois corps sans tête plus loin, et qu'il n'y ait aucun lien entre les deux affaires.

Moon et McClellan, avec la même logique, soulignèrent qu'à Miami c'était monnaie courante de trouver des têtes alors qu'à Broward c'était un peu plus inhabituel, et donc ils prenaient peut-être l'affaire plus au sérieux, et de toute façon il n'y avait aucun moyen de savoir si les deux découvertes étaient liées avant que des analyses préliminaires n'aient été faites, analyses qui relevaient d'ailleurs de leur compétence puisqu'on se trouvait dans le comté de Broward. Bien entendu, ils seraient ravis de transmettre les résultats dès qu'ils les connaîtraient.

Ce raisonnement, bien sûr, était inacceptable pour Matthews. Il expliqua prudemment que les équipes de Broward ne savaient pas ce qu'elles cherchaient et pouvaient donc omettre certains détails ou détruire des preuves essentielles. Non par incompétence ou par bêtise, bien entendu ; Matthews était convaincu que les équipes de Broward étaient parfaitement compétentes, au contraire.

Naturellement, ces précisions ne furent pas accueillies avec l'esprit de coopération espéré : Moon observa, un tantinet énervé à présent, que la remarque semblait sous-entendre que sa brigade était constituée de crétins de second ordre. À ce stade, le commissaire Matthews était si exaspéré qu'il ne put s'empêcher de répondre, de son ton le plus poli : « Non non, pas de second ordre, des crétins tout court. » Je suis sûr qu'ils en seraient venus aux mains si le représentant du FDLE n'était arrivé à ce moment-là pour arbitrer le match.

Le FDLE est un équivalent du FBI au niveau local. Ses agents sont habilités à intervenir à tout moment et partout en Floride ; de plus, contrairement au FBI, la plupart des flics les respectent. L'agent en question était un homme de taille et de corpulence moyennes, qui avait le crâne rasé et une barbe coupée ras. Il ne payait pas vraiment de mine, selon moi, mais quand il s'interposa entre les deux commissaires, beaucoup plus imposants, ceux-ci la bouclèrent aussitôt et reculèrent d'un pas. En un rien de temps tout fut réglé, et nous nous retrouvâmes bien vite à nouveau sur la scène, tranquille et méthodique, d'un homicide multiple.

L'agent du FDLE avait déclaré que l'enquête relevait de Metro-Dade, à moins que les analyses des prélèvements de tissus ne viennent prouver que les morceaux de corps et les têtes n'entretenaient aucun lien. Très concrètement, cela signifiait que c'était au commissaire Matthews de se faire prendre en photo par la horde de journalistes qui se pressait déjà à l'extérieur.

Angel-aucun-rapport arriva et se mit au travail. Je ne savais absolument pas quoi penser de tout ça – et je ne parle pas du conflit d'attribution. Non, j'étais beaucoup plus intéressé par l'événement lui-même, qui me donnait amplement matière à réflexion – et pas seulement la découverte des corps et la redistribution des carcasses, ce qui déjà, en soi, ne manquait pas de piment... J'avais bien sûr réussi à jeter un bref coup d'œil dans le petit placard des horreurs de Steban avant que le gros des troupes n'arrive. Vous ne pouvez pas m'en vouloir... Je souhaitais juste avoir un avant-goût du carnage et comprendre pourquoi mon cher Associé anonyme avait choisi d'entreposer les restes là-dedans. Un tout petit coup d'œil, je vous assure.

Dès que Steban avait disparu à l'extérieur en grognant et en hurlant comme un cochon à l'agonie, je m'étais donc empressé d'aller voir ce qui avait bien pu le contrarier autant.

Les morceaux de corps n'étaient pas soigneusement emballés, cette fois. Ils étaient disposés à même le sol en quatre groupes distincts. Et comme je regardais plus attentivement, je vis quelque chose d'extraordinaire.

Une jambe avait été placée le long du côté gauche du placard. Elle était d'un blanc bleuté exsangue très pâle, et il y avait même autour de la cheville une petite chaîne en or à laquelle était suspendu un pendentif en forme de cœur. Très joli, vraiment; un travail d'une parfaite élégance, qu'aucune tache de sang horrible ne venait gâcher. Deux bras sombres, très bien coupés eux aussi, avaient été repliés au niveau du coude et posés près de la jambe, le coude pointé vers l'extérieur. Juste à côté, les autres membres, tous pliés au niveau de l'articulation, avaient été disposés de façon à dessiner un cercle et un demi-cercle.

Il me fallut quelques secondes. Je clignai des yeux, et soudain ce fut très net; je dus froncer fort les sourcils pour m'empêcher de pouffer comme la collégienne surexcitée que Deb m'avait accusé d'être.

Car il avait disposé les bras et les jambes telles des lettres, et ces lettres formaient un seul mot très court.

BOU !

Les trois torses avaient été soigneusement placés en dessous et dessinaient un arc de cercle : un joli sourire façon Halloween.

Quel farceur !

Mais, alors même que j'admirais l'esprit espiègle dont témoignait cette farce, je me demandai pourquoi il avait choisi d'exposer sa petite création précisément là, dans un placard, plutôt que sur la glace, où elle aurait pu être admirée par un public plus vaste. C'était un placard très spacieux, certes, mais cela restait limité ; il y avait tout juste assez de place pour l'installation. Alors pourquoi ?

Comme je réfléchissais, la porte extérieure de la patinoire s'ouvrit à grand fracas – les premiers renforts, très certainement. Et la porte grande ouverte provoqua, un instant plus tard, un courant d'air frais qui souffla sur la glace et dans mon dos…

L'air froid courut le long de ma colonne vertébrale et fut rejoint par un flux de chaleur qui jaillissait vers le haut le long du même chemin. Cette bouffée d'air se glissa subrepticement tout au fond de ma conscience plongée dans l'ombre et quelque chose bougea dans les profondeurs de la nuit sans lune de mon cerveau reptilien, et je sentis le Passager Noir approuver vivement quelque chose que je n'entendais même pas ou ne comprenais pas, si ce n'est que c'était lié à l'urgence primitive de l'air frais et des murs très proches et à un puissant sentiment de…

Justesse. Aucun doute là-dessus. Il y avait là une réelle justesse qui rendait mon passager clandestin content, excité et comblé sans que je sois capable de comprendre pourquoi. Et au-dessus de tout ça flottait une troublante impression de familiarité. Je n'en saisissais pas le sens, mais je la percevais nettement. Malheureusement, avant que je puisse explorer davantage ces étranges révélations, je reçus l'ordre de la part d'un jeune homme trapu en uniforme de m'écarter et de garder mes deux mains bien en vue. Il devait très certainement faire partie du premier peloton, et il braquait son arme sur moi d'une façon très persuasive. Étant donné qu'il n'avait qu'un seul sourcil qui lui barrait tout le haut du visage et n'avait pas l'air d'avoir de front, je décidai qu'il était sans doute préférable de ne pas le contrarier. Il avait l'apparence d'une grosse brute capable de tirer sur n'importe quel innocent – ou même sur moi... Je m'éloignai donc de quelques pas.

Mon repli stratégique révéla le charmant diorama, et le jeune homme fut soudain très soucieux de trouver un endroit susceptible d'accueillir son petit déjeuner. Il réussit à atteindre une large poubelle située à trois mètres de là avant de commencer ses horribles borborygmes. Je restai immobile, attendant qu'il ait fini. Quelle sale habitude de balancer comme ça des aliments à moitié digérés... Quel manque d'hygiène ! Et venant d'un garant de la sécurité publique, en plus.

Plusieurs agents supplémentaires arrivèrent au trot, et bientôt mon simiesque ami dut partager sa poubelle avec quelques copains à lui. Le bruit était extrêmement déplaisant – sans parler de l'odeur qui parvenait à présent jusqu'à mes narines. Mais j'attendis poliment qu'ils aient terminé, car l'une des caractéristiques fascinantes des pistolets, c'est qu'ils peuvent très bien être actionnés par quelqu'un en train de vomir. Enfin, l'un des policiers se redressa, essuya son visage à sa manche et commença à me questionner. Ma situation fut vite clarifiée et je fus écarté, avec l'ordre de ne pas bouger et de ne toucher à rien.

Le commissaire Matthews et l'inspecteur LaGuerta arrivèrent peu après et, quand ils purent enfin prendre la relève, je commençai à me détendre un peu. Mais alors même que je pouvais bouger et toucher ce que je voulais, je m'assis simplement pour réfléchir. Et les pensées qui me vinrent à l'esprit étaient plutôt déconcertantes.

Pourquoi l'installation dans le placard suscitait-elle un écho en moi ?

À moins de succomber à nouveau à la confusion mentale qui s'était emparée de moi plus tôt dans la journée et de me persuader que c'en était moi l'auteur, pourquoi cette scène m'était-elle apparue si délicieusement juste ? Bien sûr que je n'en étais pas l'auteur. J'avais déjà honte de l'ineptie d'une telle hypothèse. « Bou ! », en effet... Ça ne valait même pas la peine d'en rire. C'était ridicule.

Alors... pourquoi cet écho en moi ?

Je soupirai. J'éprouvais encore une nouvelle émotion : une grande confusion. Je n'avais aucune idée de ce qui était en train de se passer, si ce n'est que, d'une façon ou d'une autre, j'y étais mêlé. Ce n'était pas en soi une découverte révolutionnaire, étant donné qu'elle rejoignait toutes les conclusions de mes analyses précédentes. Si j'écartais l'hypothèse absurde que j'étais, sans le savoir, l'auteur de ces meurtres – et je l'écartais –, alors toutes les autres explications devenaient encore plus improbables. Dexter aurait donc pu résumer l'affaire ainsi : il sait qu'il est plus ou moins impliqué, mais il ne sait même pas ce que cela veut dire. Je sentais les petites roues de mon cerveau autrefois si fier quitter leurs rails et aller s'écraser au sol. *Cling, cling. Bang.* Dexter avait déraillé.

Heureusement, je fus sauvé de l'anéantissement total par l'apparition de ma chère Deborah.

« Viens, me dit-elle brusquement. On monte à l'étage.

– Puis-je te demander pourquoi ?

– On va parler au personnel des bureaux, répondit-elle. Voir s'ils savent quelque chose.

– Ils doivent en savoir, des choses, s'ils ont un bureau... » plaisantai-je.

Elle me dévisagea un instant puis se détourna.

« Allez, viens », répéta-t-elle.

Ce fut peut-être à cause de son ton impérieux, toujours est-il que je la suivis. Nous traversâmes toute la patinoire jusqu'au hall d'entrée. Un flic de Broward se tenait devant l'ascenseur, et de l'autre côté de la longue rangée de portes vitrées il y en avait toute une ribambelle postée devant une barrière. Deb avança d'un air décidé vers celui de l'ascenseur et lui dit : « Je suis Morgan. » Il fit un signe de la tête et appuya sur le bouton d'appel. Il me regarda avec un manque d'expression total qui en disait long. « Moi aussi je suis Morgan », lui dis-je. Il continua à me fixer, puis tourna la tête et se mit à scruter les portes vitrées.

On entendit un léger carillon et la porte de l'ascenseur s'ouvrit. Deborah pénétra à l'intérieur avec arrogance et appuya si fort sur le bouton qu'elle obligea le policier à lever les yeux, juste avant que la porte ne se referme.

« Pourquoi cette tête d'enterrement, frangine ? lui demandai-je. Ce n'est pas ce que tu voulais faire ?

– C'est juste un boulot pour m'occuper un peu, et tout le monde le sait, lança-t-elle d'une voix rageuse.

– Mais ça reste un boulot d'enquêteuse, soulignai-je.

– Cette poufiasse de LaGuerta s'en est mêlée, siffla-t-elle. Dès que j'ai terminé ici, il faut que je retourne à mon rôle de prostituée.

– Oh, ma pauvre ! Avec ta jolie tenue sexy ?

– Avec ma tenue sexy », dit-elle.

Et avant que je puisse formuler quelques paroles magiques de réconfort nous étions arrivés à l'étage des bureaux et les portes de l'ascenseur coulissaient. Deb sortit, très raide, et je la suivis. Nous trouvâmes aussitôt la salle du personnel, où les employés des bureaux avaient été sommés d'attendre jusqu'à ce que Sa Majesté la Loi veuille bien s'occuper d'eux. Un autre policier de Broward était posté à l'entrée de la salle, sans doute pour s'assurer qu'aucun employé ne cherche à gagner la frontière canadienne en douce. Deborah fit un signe à l'agent et pénétra dans la pièce. Je lui emboîtai le pas sans grand enthousiasme et laissai mon esprit s'égarer de nouveau vers mes préoccupations. Un instant plus tard, je fus tiré de ma rêverie par Deborah, qui m'adressait un brusque signe de tête tout en conduisant vers la porte un jeune homme maussade au visage gras avec d'affreux cheveux longs. Là encore, je la suivis.

Très logiquement, elle le séparait des autres dans le but de l'interroger – une excellente procédure policière, mais, pour être sincère, je n'en concevais pas un très grand espoir. J'étais certain, sans savoir pourquoi, qu'aucune de ces personnes ne serait d'une quelconque utilité. En ce qui concernait ce premier spécimen, le constat devait s'appliquer autant à sa vie en général qu'au présent meurtre. Il s'agissait d'un vulgaire travail de routine qui avait été confié à Deb parce que le commissaire estimait qu'elle avait bien agi mais qu'elle restait malgré tout une empoisonneuse. Il l'avait donc expédiée dans les bureaux avec cette belle corvée, afin de l'occuper et de l'éloigner le plus longtemps possible. Et je m'étais retrouvé entraîné parce que Deb souhaitait ma présence. Elle voulait peut-être voir si mon fantastique don de perception extra-sensorielle pourrait l'aider à déterminer ce que ces gratte-papier avaient mangé au petit déjeuner. Un seul coup d'œil à la figure de ce jeune homme suffisait à me convaincre qu'il avait ingurgité un morceau de pizza froide, des frites et un litre de Pepsi. Ça lui avait bousillé le teint et donné une expression hostile et vide.

Mais je suivis docilement tandis que monsieur Grincheux indiquait à Deb une salle de conférence à l'arrière du bâtiment. À l'intérieur se trouvaient une longue table en bois et une dizaine de chaises noires à haut dossier, et, dans un coin, un bureau équipé d'un ordinateur et de matériel audiovisuel. Comme Deb et son jeune ami boutonneux s'asseyaient et se mettaient à échanger des froncements de sourcils, je m'approchai du bureau. Juste à côté, sous la fenêtre, on avait fixé une petite étagère. Dehors, pratiquement en dessous de là où je me trouvais, la cohorte des journalistes et des voitures de police grandissait autour de la porte par laquelle nous étions entrés plus tôt avec Steban.

J'eus l'idée de ménager sur l'étagère un petit espace afin d'y prendre appui pour m'éloigner un peu de la conversation. Il y avait une pile de dossiers en papier kraft et, posé au-dessus, un petit objet gris. Il était plutôt carré et avait l'air d'être en plastique. Un fil métallique noir le reliait à l'arrière de l'ordinateur. Je le soulevai afin de le déplacer.

« Hé ! cria le jeune crétin. Touchez pas à la webcam ! »

Je lançai un regard à Deb. Elle tourna les yeux vers moi, et je jure que je vis ses narines se dilater comme celles d'un cheval de course devant le starting-gate.

« La quoi ? demanda-t-elle calmement.

– Je l'avais réglée sur l'entrée, dit-il. Maintenant il va falloir que je recommence. Merde ! Vous êtes obligés de toucher à mes affaires ?

– Il a dit "webcam", dis-je à Deborah.

– Une caméra, me dit-elle.

– Oui. »

Elle se tourna vers le jeune Prince Charmant.

« Elle marche ? »

Il la regarda, bouche bée, faisant de gros efforts pour maintenir son froncement de sourcils en place.

« Quoi ?

– La caméra, expliqua Deb. Est-ce qu'elle fonctionne ? »

Il renifla bruyamment, puis essuya son nez avec un doigt.

« Qu'est-ce que vous croyez ? Que je m'énerverais comme ça si elle marchait pas ? Deux cents dollars, qu'elle a coûté. Elle marche d'enfer. » Je jetai un coup d'œil par la fenêtre, du côté où la caméra avait été dirigée, tandis qu'il poursuivait son laïus d'un ton monocorde et bougon. « J'ai un site Web et tout : kathouse.com. Les gens peuvent regarder l'équipe quand elle entre et quand elle sort. »

Deborah s'approcha elle aussi et se tint près de moi.

« Elle était dirigée sur la porte, dis-je.

– Ha ! fit notre boute-en-train. Comment les gens qui visitent le site verraient l'équipe, sinon ? »

Deborah se tourna et le dévisagea. Au bout de cinq secondes environ, il rougit, baissa les yeux et se mit à scruter la table.

« Est-ce qu'elle était branchée hier soir ? » demanda-t-elle.

Il garda les yeux baissés et marmonna simplement :

« Ouais. Enfin, j'imagine. »

Deborah me regarda. Ses connaissances en informatique se bornaient au remplissage des rapports de circulation standardisés. Elle savait que j'étais un peu plus calé.

« Comment est-elle programmée ? demandai-je au crâne du jeune type. Est-ce que les images s'archivent automatiquement ? »

Cette fois il releva les yeux. J'avais l'air d'employer le vocabulaire approprié, je devais donc être un mec correct.

« Ouais, dit-il. Elles se réactualisent toutes les quinze secondes puis elles basculent sur le disque dur. J'efface le matin, en général. »

Deborah serra mon bras si fort qu'elle faillit me trouer la peau.

« Vous avez déjà effacé, ce matin ? » lui demanda-t-elle.

Il baissa les yeux à nouveau.

« Non, répondit-il. Vous avez tous déboulé en hurlant et tout. J'ai même pas eu le temps de vérifier ma boîte e-mail. »

Deborah me lança un regard.

« Bingo ! fis-je.

– Venez ici, dit-elle à notre hippy renfrogné.

– Hein ?

– Venez ici », répéta-t-elle.

Il se leva lentement, bouche grande ouverte, tout en se frottant le dessus des mains.

« Quoi ?

– Pourriez-vous venir par ici, s'il vous plaît, monsieur ? » lui ordonna Deborah en véritable flic expérimenté. Il finit par se mettre en branle et approcha. « Pourrions-nous voir les images d'hier soir, s'il vous plaît ? »

Il considéra tour à tour l'ordinateur et Deborah.

« Pourquoi ? » demanda-t-il.

Ah ! Les mystères de l'esprit humain…

« Parce que, expliqua Deb, très lentement et prudemment, il y a des chances que vous ayez filmé le tueur. »

Il la dévisagea en clignant des yeux, puis rougit.

« Pas possible ! s'exclama-t-il.

– Possible... » dis-je.

Il me fixa, la mâchoire grande ouverte, puis regarda Deb.

« Géant ! souffla-t-il. Sans déconner ? Enfin, je veux dire, non, vraiment ? Enfin... »

Il rougit encore plus.

« Pourrions-nous voir les images ? » demanda Deb.

Il resta immobile quelques secondes, puis plongea brusquement dans le fauteuil installé devant l'ordinateur et toucha la souris. Aussitôt, l'écran s'anima, et il se mit à taper et cliquer avec frénésie.

« À quelle heure je commence ?

– À quelle heure est-ce que tout le monde est parti ? » lui demanda Deborah.

Il haussa les épaules.

« Y avait pas de match hier soir, donc plus personne n'était là, disons... à 20 heures ?

– Commencez à minuit », dis-je.

Il hocha la tête.

« D'ac. » Il travailla en silence pendant quelques instants, puis il marmonna : « Allez !... Y a que six cents mégahertz là-dedans. Ils veulent pas qu'on mette à jour. Ils disent tout le temps que ça va très bien comme ça, mais c'est d'une lenteur, putain !... Et impossible de... OK », dit-il, s'interrompant brusquement. Une image sombre apparut sur l'écran : le parking vide au-dehors. « Minuit », dit-il, les yeux rivés sur la machine.

Au bout de quinze secondes, l'image fut remplacée par la même image.

« Il va falloir qu'on regarde ça pendant cinq heures ? demanda Deborah.

– Faites défiler, conseillai-je. Jusqu'à ce qu'on aperçoive des phares ou quelque chose qui bouge.

– Pigé... » dit-il.

Il effectua quelques manipulations rapides avec la souris, puis les images se succédèrent au rythme d'une par seconde.

Elles ne changèrent pas beaucoup au début : toujours le même parking sombre et une lumière vive dans un coin. Au bout d'une cinquantaine de clichés, une nouvelle image surgit.

« Un camion ! » s'exclama Deb.

Notre neuneu de service secoua la tête.

« Le vigile », expliqua-t-il.

Et sur le cliché suivant le véhicule de l'agent de sécurité apparut.

Il continua à faire défiler les images, qui se répétaient, éternelles et identiques. Tous les trente ou quarante clichés, on voyait le camion du vigile passer, puis plus rien. Après plusieurs minutes de ce rythme-là, le schéma changea et il n'y eut plus rien du tout pendant un long moment.

« Niqué ! » lâcha notre petit ami cracra.

Deborah lui adressa un regard mauvais.

« La caméra est cassée ? »

Il la regarda, rougit à nouveau et détourna les yeux.

« Les mecs de la sécurité, expliqua-t-il. Ils craignent à fond. Toutes les nuits, vers 3 heures du mat, ils vont se garer de l'autre côté et se tapent un roupillon. » Il indiqua de la tête les images identiques qui continuaient à défiler. « Vous voyez ? Ohé ! Monsieur le mec de la sécurité ? Ça bosse dur ? » Il produisit un son mouillé avec son nez, ce qui, force me fut de constater, était censé être un rire. « Pas vraiment ! »

Il réitéra l'espèce de grognement et recommença à faire défiler les images.

Et puis, tout à coup…

« Stop ! » criai-je.

Sur l'écran, une camionnette venait d'apparaître devant la porte, juste en dessous de nous. L'image changea de nouveau, et cette fois un homme se tenait à côté du véhicule.

« Vous pouvez vous rapprocher ? demanda Deborah.

– Zoomez sur lui », dis-je avant même qu'il songe à froncer les sourcils.

Il déplaça le curseur, sélectionna le personnage, puis cliqua. L'image s'agrandit d'un coup.

« C'est limité au niveau de la résolution, commenta-t-il. Les pixels…

– Fermez-la », le coupa Deborah.

Elle scrutait l'écran avec une telle intensité qu'elle aurait presque pu le transpercer, et je compris vite pourquoi.

L'image était sombre, et l'homme était encore trop loin pour être vraiment net, mais d'après les quelques détails que je distinguais il me disait vaguement quelque chose : la façon dont il était figé sur l'écran, son poids bien réparti sur les deux jambes, et l'aspect général de la silhouette. Curieusement, malgré le manque de netteté, il en ressortait quelque chose d'assez clair. Et tandis qu'un énorme rire explosait en secret dans le siège arrière de mon cerveau je pris conscience, avec toute la force de l'accord final d'une symphonie, que, de fait, il ressemblait étrangement à…

« Dexter ?… » lâcha Deb, d'une drôle de voix rauque et étranglée.

Oui, en effet.

Il ressemblait incroyablement à Dexter.

Chapitre XXIII

Deborah dut très certainement ramener monsieur Cheveux Gras dans la salle commune car, quand je relevai la tête, elle se tenait debout devant moi, seule. Malgré son uniforme bleu, elle n'avait plus du tout l'air d'un flic. Elle paraissait inquiète, semblait hésiter entre les cris et les larmes, comme une maman terriblement déçue par son fiston chéri.

« Eh bien ? » demanda-t-elle.

Il me fallait bien reconnaître la pertinence de sa question.

« Pas génial génial, répondis-je. Et toi ? »

Elle donna un coup de pied dans une chaise, qui se renversa.

« Putain, Dexter, arrête avec tes jeux de mots à la con ! Dis-moi quelque chose. Dis-moi que ce n'est pas toi ! » Je ne répondis pas. « Alors, dis-moi que c'est toi ! Mais dis-moi quelque chose, bon sang ! N'importe quoi ! »

Je secouai la tête.

« Je... » Mais il n'y avait vraiment rien à dire, alors je secouai de nouveau la tête. « Je suis à peu près certain que ce n'est pas moi, dis-je. Enfin, je ne crois pas. »

J'avais moi-même conscience qu'il s'agissait d'une réponse fort médiocre.

« Qu'est-ce que ça veut dire, "à peu près certain" ? demanda Deb. Ça veut dire que tu n'es pas sûr ? Que c'est peut-être toi sur l'image ?

– Eh bien, dis-je – encore une superbe riposte. Peut-être. Je ne sais pas.

– Est-ce que “je ne sais pas” signifie que tu ne sais pas si tu veux me dire la vérité ou que tu ne sais vraiment pas si c’est toi sur l’image ?

– Je suis à peu près certain que ce n’est pas moi, Deborah, répétai-je. Mais je n’en suis pas sûr à 100 %. Ça a l’air d’être moi, non ?

– Merde ! lâcha-t-elle en envoyant son pied dans la chaise renversée, qui alla heurter la table. Comment tu peux ne pas savoir, bordel ?!

– C’est un peu difficile à expliquer.

– Essaye ! »

J’ouvris la bouche, mais pour la première fois de ma vie rien ne sortit. Comme si la situation n’était déjà pas assez critique, voilà que maintenant mon bel esprit me lâchait.

« C’est juste que… j’ai fait de drôles de… rêves, mais, Deb… je ne sais vraiment pas, expliquai-je – du bout des lèvres, me semble-t-il.

– Merde, merde et merde ! » cria Deborah, ponctuant chaque mot d’un coup de pied.

Et on ne pouvait qu’approuver son analyse de la situation.

Toutes mes rêvasseries stupides, auto-accusatrices, me revinrent en mémoire sous un nouvel angle moqueur. *Bien sûr que ce n’était pas moi – comment cela pouvait-il être moi ? Ne le saurais-je pas si c’était le cas ?* Apparemment non, mon cher. Apparemment tu ne savais rien du tout. Car notre petite cervelle sombre et trouble nous communique un tas de choses plus ou moins rattachées à la réalité, mais les images, elles, ne mentent pas.

Deb décocha une nouvelle volée de coups violents à la chaise, puis se redressa. Son visage était écarlate, et ses yeux ressemblaient plus que jamais à ceux de Harry.

« Très bien, dit-elle. Voilà comment c’est… »

Elle cligna des yeux et s’interrompit comme nous nous apercevions tous les deux qu’elle venait de prononcer une expression de Harry.

Et, l’espace d’un instant, Harry fut présent dans la pièce entre Deborah et moi, chacun de nous si différent et pourtant l'un comme l'autre ses enfants, les deux étranges dépositaires de son unique héritage. La raideur d'acier qui figeait Deb sembla l'abandonner, elle eut soudain l'air humaine, ce qui n'était pas arrivé depuis très longtemps. Elle me regarda fixement pendant un long moment, puis détourna les yeux.

« Tu es mon frère, Dex », reprit-elle.

J'étais convaincu que ce n'était pas ce qu'elle avait eu l'intention de dire.

« Personne ne te le reprochera, lui dis-je.

– Merde, Dexter, tu es mon frère ! » lança-t-elle avec fureur. Sa rage me prit entièrement par surprise. « Je ne sais pas ce qui se passait entre toi et papa – les trucs dont vous ne parliez à personne. Mais je sais très bien ce qu'il aurait fait à ma place.

– Il m'aurait dénoncé », dis-je.

Deborah hocha la tête.

« Exactement, répondit-elle. Il t'aurait dénoncé. Et c'est ce que je vais faire. » Elle se détourna, regarda par la fenêtre, au loin. « Je dois terminer ces interrogatoires, poursuivit-elle. Je te laisse le soin de déterminer si cet élément de preuve est pertinent. Emporte-le chez toi et débrouille-toi pour trouver ce qu'il y a à trouver. Dès que j'ai fini ici, avant de retourner bosser je passe chez toi pour que tu m'expliques, pour entendre ce que tu as à me dire. » Elle jeta un coup d'œil à sa montre. « À 20 heures. Et s'il faut que je t'arrête à ce moment-là, je le ferai. » Elle me regarda de nouveau pendant un très long moment. « Merde, Dexter », ajouta-t-elle doucement avant de quitter la pièce.

Je m'approchai de la fenêtre et regardai au-dehors à mon tour. Juste en dessous, le manège des policiers, des journalistes et de ces imbéciles de badauds continuait à tourner, identique à lui-même. Au-delà du parking, j'apercevais la voie express, saturée de voitures et de camions qui fonçaient à 145 kilomètres/heure, la vitesse limite pour Miami. Plus loin, sur l'horizon, se profilait la ligne des gratte-ciel.

Et ici au premier plan se tenait ce pauvre Dexter complètement paumé, occupé à scruter par la fenêtre une ville qui ne parlait pas, et qui, si elle avait parlé, ne lui aurait de toute manière rien dit.

Merde, Dexter.

J'ignore combien de temps je restai planté devant cette fenêtre, mais au bout d'un moment je finis par comprendre qu'elle ne m'apporterait aucune réponse. Il serait bien plus utile d'aller faire un tour sur l'ordinateur du commissaire Pustule. Je me dirigeai vers le bureau. La machine était équipée d'un lecteur CD/RW. Dans un tiroir, je trouvai une boîte de CD enregistrables. J'en insérai un dans le lecteur, recopiai intégralement le fichier des images puis éjectai le CD. Je le tins entre mes doigts et le considérai : il n'avait pas grand-chose à dire lui non plus, et le léger gloussement que je crus entendre depuis le siège arrière sombre n'était sûrement que dans mon imagination. Mais, juste au cas où, j'effaçai le fichier du disque dur.

Lorsque je quittai le bâtiment, les flics de Broward ne cherchèrent pas à m'arrêter, pas plus qu'ils ne m'adressèrent la parole, mais j'eus tout de même l'impression qu'ils me dévisageaient avec une indifférence plutôt méfiante.

Je me demandai si j'étais en train d'expérimenter ce que c'était que d'avoir une conscience. Sans doute ne le saurais-je jamais – contrairement à cette pauvre Deborah, écartelée entre plusieurs obligations qui ne pouvaient décemment coexister dans le même cerveau. J'admirai sa solution : me laisser la responsabilité de déterminer si cette preuve était réellement concluante. Très habile. Tout à fait conforme à l'esprit Harry ; un peu comme poser un fusil chargé devant un ami coupable puis s'éloigner, en sachant très bien que le sentiment de culpabilité l'amènerait à appuyer sur la détente et épargnerait ainsi un procès à la ville. Dans l'univers de Harry, la conscience d'un homme ne pouvait vivre avec une telle honte.

Mais, comme Harry le savait pertinemment, cet univers-là était mort depuis belle lurette – et je n'avais ni conscience, ni honte, ni sentiment de culpabilité. Tout ce que j'avais, c'était un CD avec quelques images. Et, bien sûr, ces images avaient encore moins de sens qu'une conscience.

Il y avait forcément une explication qui ne sous-entendait pas que Dexter ait traversé Miami au volant d'une camionnette pendant son sommeil. Certes, la plupart des conducteurs semblaient y arriver sans problème, mais ils étaient tout de même plus ou moins réveillés au démarrage, n'est-ce pas ? Et puis, moi qui avais le regard si vif, l'esprit si joyeusement alerte, je n'étais pas le genre de type à rôder à travers la ville afin de commettre des meurtres inconscients ; non, j'étais de ceux qui souhaitent pouvoir s'en souvenir dans les moindres détails. Et d'ailleurs, si l'on voulait être réaliste, il y avait cette fameuse nuit sur la voie surélevée. Il m'était physiquement impossible de jeter la tête sur ma propre voiture, non ?

À moins de croire que je pouvais me trouver dans deux endroits à la fois, ce qui paraissait assez logique, finalement… étant donné que la seule autre interprétation qui me vînt à l'esprit suggérait que je *m'imaginais* assis dans ma voiture en train de regarder quelqu'un lancer la tête quand, en réalité, je l'avais moi-même lancée sur ma propre voiture, puis…

Non. C'était ridicule. Je ne pouvais pas demander aux derniers lambeaux de mon cerveau jadis si fier de croire ces sornettes. Il y avait forcément une explication logique et simple, et je la trouverais ; et, quitte à passer pour un homme qui essaye de se convaincre qu'il n'y a rien sous son lit, je prononçai tout haut : « Il existe une explication logique et simple. » Et comme on ne sait jamais qui nous écoute j'ajoutai : « Il n'y a rien sous mon lit. » Mais, une fois de plus, la seule réponse que j'obtins fut un silence fort éloquent de la part de mon Passager Noir.

Malgré la belle humeur sanguinaire des autres conducteurs, je ne trouvai aucune réponse sur le chemin du retour. Ou, pour être absolument sincère, je n'en trouvai aucune qui tenait debout. De nombreuses réponses stupides me venaient, mais elles avaient toutes pour postulat essentiel que quelque chose ne tournait pas rond sous le crâne de notre monstre préféré, et j'avais beaucoup de mal à accepter cette hypothèse. Peut-être parce que je n'avais pas l'impression d'être plus dérangé que d'habitude. Il ne me semblait pas avoir des cellules grises manquantes, ni réfléchir plus lentement ou plus bizarrement qu'à l'accoutumée, et jusqu'à présent je n'avais pas eu, à ma connaissance, de conversation avec des copains invisibles.

Sauf dans mon sommeil, bien sûr... Mais est-ce que ça comptait vraiment ? Ne sommes-nous pas tous un peu dérangés quand nous dormons ? Qu'est-ce que le sommeil, en définitive, sinon le moyen de reléguer notre démence au fond de la trappe sombre de notre subconscient pour nous réveiller le lendemain prêt à manger un bol de céréales et non les gosses des voisins ?

Or, en dehors des rêves que j'avais faits, le reste se tenait : quelqu'un avait lancé la tête sur ma voiture à North Bay Village, laissé une Barbie dans mon appartement, et mis en scène les cadavres de façon fascinante. Quelqu'un d'autre, pas moi. Pas ce cher Dexter détraqué. Et ce quelqu'un d'autre se trouvait prisonnier des images contenues dans le CD-ROM. J'allais donc les regarder et prouver une bonne fois pour toutes que...

... que selon toute vraisemblance le tueur n'était autre que moi ?...

Très bien, Dexter. Bravo ! Je t'avais dit qu'il y avait une explication logique. Quelqu'un d'autre qui, en réalité, était moi. Évidemment. Ça tombait sous le sens, n'est-ce pas ?

Je regagnai mon appartement et jetai un coup d'œil furtif à l'intérieur. Personne n'avait l'air de m'attendre. Il n'y avait aucune raison, bien sûr, pour que quelqu'un m'attende, mais, étant donné que le personnage diabolique qui terrorisait la ville savait où j'habitais, j'étais un chouïa inquiet. Comme il l'avait déjà démontré, c'était un monstre capable de faire n'importe quoi ; à tout moment il pouvait entrer et laisser de nouveaux morceaux de Barbie. Surtout s'il était moi.

Ce qui n'était pas le cas, naturellement. Bien sûr que non. Les images allaient me fournir une petite indication qui prouverait que la ressemblance était purement fortuite ; et le fait que j'aie une connaissance si intime des meurtres était également une coïncidence, nul doute. Oui, il ne s'agissait manifestement que d'une suite de coïncidences monstrueuses et parfaitement logiques. Peut-être devais-je contacter les auteurs du *Guiness* – quel était le record mondial pour les gens qui n'étaient pas sûrs d'être les auteurs d'une série de meurtres ?

Je plaçai un CD de Philip Glass sur la platine et m'installai dans mon fauteuil. La musique instilla le vide en moi, et au bout de quelques minutes je retrouvai mon calme habituel et ma logique glaciale. Je m'approchai de mon ordinateur et l'allumai. J'insérai le CD-ROM dans le lecteur puis commençai à étudier les images. Je zoomai vers l'avant, vers l'arrière, et fis tout ce dont j'étais capable afin de rendre la définition meilleure. J'essayai des techniques dont j'avais juste entendu parler puis des techniques que j'inventai, mais rien ne marcha. Après ces multiples tentatives, je n'étais finalement pas plus avancé qu'au début. Il était impossible d'obtenir une résolution suffisante pour que le visage de l'homme soit bien net. Je continuai pourtant à scruter les images. Je les considérai sous des angles différents. Je les imprimai et les portai à la lumière. Je fis tout ce qu'une personne normale aurait fait, et si ce mimétisme me remplit de fierté je ne pus néanmoins rien découvrir, si ce n'est que l'homme me ressemblait beaucoup.

Je n'arrivais pas à me faire une seule idée claire, pas même concernant ses vêtements. Il portait une chemise qui aurait pu être blanche, ocre ou jaune, ou même bleu ciel. La lumière du parking qui tombait sur lui provenait d'un de ces éclairages très vifs à l'argon : elle diffusait une lueur rose orangé. Entre cette déformation et le manque de résolution de l'image, les vraies couleurs étaient impossibles à déterminer. Il portait un pantalon, de coupe assez large et de couleur claire. En bref, une tenue des plus banales, que n'importe qui aurait pu porter – y compris moi. J'avais tout un placard rempli d'habits de ce style ; j'en avais suffisamment pour habiller une armée entière de sosies de Dexter.

Je réussis en zoomant sur le camion à distinguer la lettre A et, en dessous, un B, suivi d'un R, puis d'un C ou un O. Mais la camionnette était stationnée en diagonale par rapport à la caméra, et je ne discernai rien de plus.

Aucune des autres images ne m'apporta d'indice. Je regardai à nouveau la séquence complète : l'homme disparaissait, réapparaissait, puis la camionnette n'était plus là. Aucun angle adéquat, aucune prise de vue fortuite de la plaque d'immatriculation… et rien finalement qui puisse prouver avec certitude qu'il s'agissait, ou non, de Dexter le dormeur déjanté.

Lorsque je finis par relever les yeux de mon ordinateur, la nuit était tombée. Et je fis ce qu'une personne normale aurait très certainement fait plusieurs heures auparavant : j'abandonnai. Je n'avais plus qu'à attendre Deborah. Et j'allais devoir laisser ma pauvre sœur torturée me jeter en prison. Du reste, d'une façon ou d'une autre, j'étais réellement coupable : je méritais de toute manière d'aller au trou. Peut-être même que je pourrais partager une cellule avec McHale. Il pourrait ainsi m'apprendre sa petite danse de rat.

Sur cette dernière pensée, je fis quelque chose d'absolument fabuleux.

Je m'endormis.

Chapitre XXIV

Je ne fis aucun rêve, n'eus pas la sensation de quitter mon corps pendant mon sommeil; je n'assistai pas à une procession de figures spectrales ou de corps exsangues et sans tête. Aucune vision de prunes au sirop ne vint visiter mon cerveau. Rien ne s'y manifesta, au contraire, pas même moi; rien qu'un sommeil noir et intemporel. Et pourtant, quand je fus réveillé par le téléphone, je sus que l'appel concernait Deborah, et je sus qu'elle ne viendrait pas. Ma main était déjà moite lorsque je décrochai le combiné.

« Oui, dis-je.

– Ici le commissaire Matthews. Je souhaiterais parler à l'agent Morgan, s'il vous plaît.

– Elle n'est pas là, répondis-je, me sentant frémir à l'idée de ce que cela impliquait.

– Mmmpf. Ah, vraiment, c'est... À quelle heure est-elle partie ? »

Instinctivement, je jetai un coup d'œil à l'horloge : il était 21 h 15, et j'en eus d'autant plus des sueurs froides.

« Elle n'est pas venue, dis-je au commissaire.

– Mais elle a déclaré officiellement se rendre chez vous... Elle est de service et devrait déjà être à son poste.

– Elle n'est pas arrivée.

– Merde alors ! s'exclama-t-il. Elle a dit que vous aviez une preuve qui pourrait nous être utile.

– C'est exact », dis-je.

Et je raccrochai.

J'avais effectivement une preuve, aucun doute là-dessus. J'avais juste du mal à savoir ce qu'elle prouvait exactement. Mais il allait falloir que je trouve, et je ne pensais pas avoir beaucoup de temps devant moi. Ou, pour être plus précis, je ne pensais pas que Debbie eût beaucoup de temps devant elle.

Et, une fois de plus, j'ignorais comment je le savais. Je ne m'étais pas dit consciemment : Il tient Deborah. Aucune vision alarmante du sort qui lui était réservé n'avait surgi dans mon esprit. Je n'avais été assailli par aucune intuition fulgurante, et je n'avais pas eu le temps de me dire : Mince alors, il y a longtemps que Deb aurait dû arriver ; ça ne lui ressemble pas. Je savais simplement – et je l'avais su dès mon réveil – que Deb était partie pour me voir, qu'elle n'était pas arrivée, et ce que ce constat impliquait.

Il la tenait.

Et il l'avait enlevée uniquement à cause de moi, j'en étais convaincu. Il avait tourné autour de moi, se rapprochant de plus en plus : il s'était introduit dans mon appartement, m'avait adressé des petits messages par le truchement de ses victimes et taquiné avec des allusions ou des commentaires sur son œuvre. Il était maintenant aussi proche qu'il pouvait l'être sans se trouver dans la même pièce que moi. Il avait enlevé Deb et à présent il attendait avec elle. M'attendait.

Mais où ? Et combien de temps attendrait-il avant de s'impatienter et de commencer à jouer sans moi ?

Or, sans moi, je savais pertinemment qui serait sa camarade de jeux : Debbie. Elle avait débarqué chez moi dans sa tenue de prostituée, un magnifique paquet-cadeau pour lui. Il avait dû penser que c'était Noël ! Il la tenait et, ce soir-là, ce serait elle, son amie spéciale. Je n'avais pas envie de penser à elle ainsi, allongée et solidement attachée, en train de regarder ces horribles morceaux d'elle-même qui disparaissaient lentement à jamais. Mais c'était ce qui allait se passer. Dans d'autres circonstances, ç'aurait pu constituer un merveilleux divertissement pour la soirée… Mais pas avec Deborah. J'étais à peu près certain de ne pas le souhaiter, de ne pas vouloir qu'il commette un acte merveilleux et irréversible. Pas ce soir-là. Plus tard, peut-être, avec quelqu'un d'autre. Lorsque nous nous connaîtrions un peu mieux. Mais pas ce soir-là. Pas avec Deborah.

Et à cette pensée tout sembla aller mieux. C'était si agréable d'avoir au moins résolu cette question. Je préférais ma sœur vivante plutôt que débitée en petits tronçons exsangues. Formidable... Je devenais presque humain. Voilà une chose de réglée. Bon, et maintenant ? J'aurais pu appeler Rita, louer un film, ou aller me promener au parc. Ou bien, voyons... Peut-être, je ne sais pas... essayer de sauver Deborah ? Oui, ce serait sans doute amusant. Mais...

Comment ?

J'avais quelques indices, bien entendu. Je connaissais la manière de penser du tueur. En fin de compte, c'était plus ou moins la mienne aussi... Et puis, il voulait que je le trouve. Son message avait été suffisamment clair. Si j'arrivais à m'extirper de la tête toutes ces niaiseries embarrassantes – les rêves, les fariboles New Age et le reste –, alors j'étais certain de pouvoir trouver l'endroit logique et exact. Il n'aurait pas enlevé Deb s'il n'avait pensé m'avoir donné tous les éléments dont pourrait avoir besoin un monstre intelligent pour retrouver sa trace.

Très bien, Dexter, le monstre surdoué : trouve-le. Traque le ravisseur de Deb. Laisse ta logique implacable se jeter sur sa trace comme une meute de loups féroces. Fais passer à la vitesse supérieure ton cerveau hypertrophié ; écoute le vent siffler contre les synapses météoriques de ton esprit puissant qui vole jusqu'à sa superbe et inévitable conclusion. Fonce, Dexter, fonce !

Dexter ?

Ohé ! Il y a quelqu'un là-dedans ?

Apparemment non. Je n'entendis pas le moindre souffle de vent provoqué par des synapses météoriques. J'étais aussi vide que si je n'avais jamais existé. Il n'y eut aucun tourbillon d'émotions débilitant non plus, étant donné que j'étais dénué d'émotions. Mais le résultat fut tout aussi affligeant. Je me sentais engourdi et vanné comme si j'étais réellement capable de sentiments. Deborah avait disparu. Elle courait le danger terrible d'être transformée en une fascinante œuvre d'art. Et le seul espoir qu'elle avait de conserver une forme d'existence un peu plus authentique qu'une série de clichés épinglés sur le mur d'un labo de police résidait en son frère comateux et complètement fêlé : ce drôle de Dexter décérébré, assis sur son fauteuil tandis que son cerveau bondissait dans tous les sens, essayait d'attraper sa queue, aboyait à la lune...

Je pris une profonde inspiration. De toutes les fois dans ma vie où j'avais particulièrement eu besoin d'être moi-même, celle-ci était une des plus cruciales. Je me concentrai très fort et tentai de me calmer. Et, comme une infime fraction du vrai Dexter revenait pour remplir le vide de ma cavité cérébrale, je m'aperçus à quel point j'étais devenu humain et stupide. Il n'y avait aucun mystère, en réalité ; c'était même parfaitement clair. Mon cher Ami ne faisait rien d'autre que m'envoyer un carton d'invitation sur lequel il avait écrit : « Pourriez-vous me faire l'honneur d'assister à la vivisection de votre sœur ? Tenue protectrice exigée. » Mais ce petit sursaut de lucidité fut balayé de mon crâne survolté par une nouvelle pensée qui s'insinua doucement et instilla sa logique perverse.

J'étais en train de dormir quand Debbie avait disparu.

Cela pouvait-il signifier, une fois de plus, que j'étais responsable sans le savoir ? Peut-être l'avais-je déjà découpée quelque part avant d'empiler les morceaux dans un lieu de stockage exigu et froid, et...

Lieu de stockage ? D'où me venait cette idée ?

L'impression d'étroitesse... l'évidence ressentie devant le placard de la patinoire... l'air frais qui soufflait sur mon dos... Pourquoi était-ce si important ? Pourquoi y revenais-je sans cesse ? Car, quels que soient les événements, j'y revenais ; je retrouvai cette même espèce de mémoire sensorielle illogique, sans comprendre du tout pourquoi. Quelle était sa signification ? Et pourquoi du reste me souciais-je autant de sa signification ? J'aurais pu m'en fiche royalement. Mais, de fait, que ces impressions aient ou non un sens, c'était tout ce que j'avais pour me guider. Il me fallait trouver un endroit qui corresponde à cette sensation si juste d'exiguïté et de froid. Il n'y avait pas trente-six solutions: je devais trouver le conteneur. J'y trouverais également Debbie et tomberais sur moi-même ou sur un autre que moi. C'était très simple !

Non. Ce n'était pas simple du tout; juste très simplet. Ça n'avait aucun sens de se fier aux messages spectraux qui hantaient mes rêves. Les rêves n'avaient aucune existence dans la réalité, ne laissaient aucune marque de griffes à la Freddy Krueger sur notre monde de veille. Je ne pouvais tout de même pas me précipiter dehors et me mettre à errer à travers la ville dans un état de transe anxieuse. J'étais un être froid et raisonnable. Et ce fut donc d'une manière froide et raisonnable que je fermai la porte de mon appartement. Je ne savais toujours pas où j'allais, bien sûr, mais la nécessité de m'y rendre le plus vite possible s'était emparée de moi et me poussait à présent vers le parking de l'immeuble où était garée ma voiture. À cinq mètres de mon fidèle destrier, je stoppai net, comme si j'avais percuté un mur invisible.

La lumière du plafonnier était allumée.

Ce ne pouvait être un oubli de ma part: il faisait encore jour lorsque je m'étais garé. De plus, de là où j'étais, je voyais que les portières étaient bien fermées; un voleur les aurait laissées entrouvertes afin d'éviter de faire du bruit en les refermant.

Je m'approchai lentement, ne sachant trop ce que je m'attendais à trouver, ni même si j'avais vraiment envie de trouver quoi que ce soit. Lorsque je ne fus plus qu'à un mètre, j'aperçus quelque chose sur le siège du passager. Je contournai la voiture prudemment, puis me penchai vers la vitre, frémissant d'appréhension, et jetai un coup d'œil à l'intérieur. Et je la vis.

Une autre Barbie. Je commençais à en avoir une sacrée collection…

Celle-ci portait un petit chapeau de marin, un chemisier ultra-court, et un mini-short moulant rose. Elle tenait dans sa main une petite valise sur laquelle on pouvait lire CUNARD.

J'ouvris la portière et pris la poupée. Je détachai la valise de la main de Barbie et regardai à l'intérieur. Un petit objet roula sur les dalles. Je le ramassai. Ça m'avait tout l'air d'être la bague de fin d'études de Deborah. À l'intérieur de l'anneau étaient gravées les lettres D. et M. : les initiales de Deb.

Je me laissai tomber sur le siège, serrant fort la Barbie entre mes mains moites. Je la tournai dans tous les sens. Pliai ses jambes. Agitai son bras. Qu'est-ce que tu as fait hier soir, Dexter ? Oh, j'ai joué avec mes poupées pendant qu'un ami à moi découpait ma sœur en morceaux.

Je ne perdis pas mon temps à me demander comment cette Barbie prostituée, spécialisée dans les croisières de luxe, s'était retrouvée dans ma voiture. Ça ressemblait à un message ; peut-être même un indice… Mais les indices étaient censés mettre sur la bonne piste, et celui-ci semblait au contraire mener dans une fausse direction. De toute évidence, il tenait Debbie… Mais Cunard ? Comment cette compagnie de paquebots était-elle conciliable avec un lieu étroit et froid ? Je ne voyais pas le rapport. Mais il n'y avait qu'un endroit à Miami auquel ce nom renvoyait.

Je remontai Douglas Road puis bifurquai dans Coconut Grove. Il me fallut ralentir pour me faufiler à travers la foule des imbéciles heureux qui dansaient entre les boutiques et les bars. Ils avaient tous l'air d'avoir beaucoup trop d'argent et de temps devant eux, et très peu d'indices pour moi ; je mis bien plus de temps à les dépasser que je n'aurais dû, mais il m'était assez difficile de m'énerver, ne sachant pas où j'allais exactement. Je poursuivis néanmoins ma route, le long de Bayfront Drive, sur Brickell Avenue, puis jusqu'au centre-ville. Nulle part je ne vis d'enseigne lumineuse ornée de flèches clignotantes et de paroles encourageantes à mon intention : Par ici pour la dissection ! Je continuai à rouler, arrivai à proximité du palais des Sports de l'American Airlines et, un peu plus loin, du pont MacArthur Causeway. Un coup d'œil du côté du palais des Sports me permit d'apercevoir la superstructure d'un paquebot à l'entrée du port – il n'appartenait pas aux lignes Cunard, bien entendu, mais je guettai anxieusement le moindre signe. Il était fort improbable que l'on cherche à m'envoyer sur l'un des paquebots : beaucoup trop de monde et d'innombrables officiels payés à fureter. Mais quelque part à proximité, dans un endroit qui serait lié aux bateaux : ce qui, bien sûr, devait forcément signifier… Quoi ? Plus aucun indice. Je scrutai le paquebot avec une telle intensité que j'aurais pu perforer la dunette d'où je me trouvais, mais Deborah ne surgit pas de la cale, pas plus qu'elle ne descendit la passerelle en dansant.

Je parcourai du regard les alentours. Contre le bateau, des grues de chargement se dressaient dans le ciel nocturne, tels des éléments abandonnés du décor de *Star Wars*. Un peu plus loin, sous les grues, les piles de conteneurs à charger se distinguaient à peine dans l'obscurité : un amoncellement de gros blocs désordonnés, éparpillés au sol comme si un enfant géant qui s'ennuyait à mourir avait vidé rageusement son coffre à jouets plein de cubes de construction. Certains des conteneurs étaient réfrigérés. Et derrière les conteneurs…

Attends une seconde, mon garçon.

Qui est-ce que j'entendais chuchoter ainsi, murmurer des mots doux au conducteur Dexter, solitaire et silencieux ? Qui était assis derrière moi maintenant ? Qui emplissait le siège arrière de son petit gloussement ? Et pourquoi ? Quel était ce message qui tintait dans ma tête décervelée, vide d'écho ?

Des lieux de stockage.

Certains d'entre eux réfrigérés.

Mais pourquoi ces lieux de stockage ? Quelle raison pouvais-je donc avoir de m'intéresser ainsi à un tas de conteneurs froids et étroits ?

Oh, oui…

Bon ! Puisque tu insistes.

Serait-ce l'Endroit ? L'emplacement futur de la maison natale de Dexter transformée en musée ? Avec d'authentiques objets lui ayant appartenu, et en prime un petit numéro exceptionnel interprété en direct par son unique sœur.

Je donnai un brusque coup de volant, coupant la route à une

BMW au klaxon tonitruant. Je levai le majeur, me comportant pour une fois en vrai natif de Miami – ce que j'étais –, puis j'accélérai le long du pont.

Le paquebot était sur ma gauche. La zone des conteneurs se trouvait sur la droite ; elle était délimitée par une clôture grillagée, rehaussée de fil de fer barbelé acéré. J'en fis une fois le tour le long de la route d'accès, luttant contre un sentiment de certitude croissant et un chœur assourdissant de chants surexcités qui me parvenait du siège arrière. La route se terminait en cul-de-sac devant une cahute de contrôle, bien avant les conteneurs. J'aperçus une barrière et plusieurs hommes en uniforme qui traînassaient autour ; il n'y aurait pas moyen de passer sans répondre à quelques questions légèrement embarrassantes. Oui, monsieur l'agent, je me demandais si je pouvais entrer et faire un petit tour… Vous voyez, je cherche un ami à moi qui doit découper ma sœur en rondelles, et je me disais que c'était l'endroit idéal, ici.

Je braquai et coupai à travers une rangée de cônes orange en plein milieu de la route, une dizaine de mètres avant la barrière, pour repartir dans l'autre sens. Le paquebot se profilait sur la droite, à présent. Je tournai à gauche juste avant de parvenir au pont qui permet de rejoindre le centre-ville et traversai une grande esplanade, limitée d'un côté par un terminal et de l'autre par une clôture grillagée. La clôture était joyeusement décorée de panneaux qui menaçaient d'une terrible punition quiconque s'aventurerait dans la zone, propriété des douanes américaines.

Le grillage s'étirait jusqu'à la route principale et longeait un vaste parking, vide à cette heure de la nuit. Je le parcourai lentement, les yeux rivés sur les conteneurs, de l'autre côté. Ils devaient provenir de ports étrangers et être en attente d'inspection par les douanes ; l'accès en était sévèrement réglementé. Inutile d'imaginer quelqu'un entrer et sortir de cette zone, surtout si ce quelqu'un transportait des cargaisons douteuses telles que des morceaux de corps. Il allait falloir que je cherche un autre endroit, ou alors que j'admette que je perdais mon temps en me raccrochant à de vagues impressions suscitées par une série de rêves moqueurs et une poupée en tenue légère. Et plus vite je l'admettrais, plus grandes seraient mes chances de retrouver Deb. Elle n'était pas ici. Elle n'avait aucune raison d'y être.

Enfin une pensée logique ! Je me sentais déjà mieux, et j'en aurais sans doute conçu une certaine fierté... si je n'avais aperçu une camionnette très familière tout contre le grillage à l'intérieur de l'enceinte, garée de manière à exhiber les caractères peints sur le côté du véhicule : « Allonzo Brothers ». Mon petit chœur intime logé dans l'antichambre de mon cerveau chanta trop fort pour que je pusse percevoir mon propre sourire narquois. Je freinai et me garai. Le garçon intelligent que j'abrite en moi se mit à cogner contre la porte de mon cerveau et à crier : « Allez, allez ! Fonce, fonce, fonce ! » Mais à l'arrière le reptile rampait jusqu'à la fenêtre en donnant juste des petits coups de langue prudents, et donc je demeurai un long moment immobile avant de me décider à descendre de voiture.

Enfin je m'approchai de la clôture et restai planté comme un figurant dans un film de prisonniers de la Seconde Guerre mondiale, les doigts accrochés au grillage, scrutant avec convoitise l'autre côté, si proche et pourtant inaccessible. J'étais sûr qu'il devait exister un moyen très simple pour une créature aussi merveilleusement intelligente que moi de franchir cet obstacle, mais dans l'état où j'étais je n'arrivais pas à relier une pensée à une autre. Il fallait que je passe. Mais je ne pouvais pas passer. J'étais là, cramponné au grillage, absorbé par ma contemplation, conscient que tout ce qui m'importait se trouvait juste derrière, à quelques mètres à peine de distance, mais totalement incapable d'atteler mon cerveau énorme au problème et d'attraper une solution au vol. L'esprit choisit de drôles de moments parfois pour piquer un somme, n'est-ce pas ?

La sonnette d'alarme de mon siège arrière se déclencha. Il fallait que je bouge, et tout de suite. Je me trouvais dans une zone surveillée, en pleine nuit, et mon attitude commençait à être suspecte ; d'un instant à l'autre l'un des vigiles allait s'intéresser au beau jeune homme qui scrutait de son air intelligent l'enceinte clôturée. Il fallait que je regagne la voiture ; je trouverais un moyen d'entrer tout en continuant à rouler doucement. Je reculai d'un pas et jetai un dernier coup d'œil langoureux à la clôture. Juste à l'endroit où mes pieds avaient touché le grillage, j'aperçus une petite trouée : les mailles avaient été sectionnées de manière à laisser passer un être humain, ou même une parfaite réplique comme moi. La partie découpée tenait en place grâce à la présence de la camionnette garée tout contre qui l'empêchait de battre au vent et d'être trop visible. Cela avait dû être fait récemment : le soir même, après l'arrivée de la camionnette.

Mon invitation finale.

Je reculai lentement et sentis une espèce de sourire désinvolte se former automatiquement sur mon visage, tel un masque. Tiens, bonsoir, monsieur l'agent, je prenais juste un peu l'air. Belle soirée, non, pour un dépeçage ? Je retournai gaiement à ma voiture, sans hâte, les yeux fixés sur la lune au-dessus de l'eau, et me mis à siffler un air joyeux tandis que je remontais à bord puis m'éloignais. Personne n'avait l'air de prêter la moindre attention à mes faits et gestes – hormis, bien sûr, mon chœur intérieur qui chantait ses alléluias. Je trouvai une place de parking près du bureau de la compagnie maritime, à une centaine de mètres de ma petite porte discrète vers le paradis. Quelques voitures étaient dispersées çà et là. Personne ne remarquerait la mienne.

Mais, alors que je me garais, une voiture vint occuper l'emplacement voisin, une Chevrolet bleu clair conduite par une femme. Je restai immobile quelques secondes. Elle aussi. Puis j'ouvris ma portière et sortis.

L'inspecteur LaGuerta fit de même.

CHAPITRE XXV

J'ai toujours très bien su gérer les situations embarrassantes, mais je dois avouer que cette fois-ci je séchai. Je ne savais absolument pas quoi dire, et pendant un moment je restai là à fixer LaGuerta ; elle soutint mon regard, sans ciller, découvrant légèrement ses crocs, comme un félin qui se demande s'il préfère jouer avec vous ou vous manger tout de suite. Je sentais que si j'ouvrais la bouche je ne ferais que bégayer, et elle, apparemment, ne souhaitait rien d'autre que me regarder. Nous restâmes donc figés ainsi pendant un long moment. C'est elle qui brisa enfin la glace.

« Qu'est-ce qu'il y a là-dedans ? demanda-t-elle en indiquant de la tête la clôture, située à une centaine de mètres du parking.

– Ça alors ! Inspecteur ! m'exclamai-je, dans l'espoir, sans doute, qu'elle oublie ses propres paroles. Qu'est-ce que vous faites là ?

– Je vous ai suivi. Qu'est-ce qu'il y a là-dedans ?

– Là-dedans ? » répétai-je.

Oui, je sais, c'est une réplique très bête, mais, honnêtement, j'avais épuisé mon stock de réponses intelligentes, et on ne peut pas s'attendre à ce que je brille en de telles circonstances.

Elle pencha la tête d'un côté et sortit sa langue, la passa sur sa lèvre inférieure : lentement à gauche, puis à droite, encore à gauche, puis elle la fit disparaître.

« Vous devez penser que je suis idiote », dit-elle. Certes, cette pensée m'avait bien traversé l'esprit une fois ou deux, mais ce n'était peut-être pas très diplomate de le lui avouer. « Mais vous avez sûrement oublié que je suis inspecteur, à Miami qui plus est. Comment croyez-vous que je suis arrivée jusque-là ?

– Grâce à vos charmes ? » hasardai-je, lui adressant un sourire radieux.

Il est toujours de bon ton de flatter une femme.

Elle me montra sa superbe denture, encore plus étincelante sous l'éclairage agressif du parking.

« C'est ça », dit-elle. Elle figea ses lèvres en une sorte de sourire étrange qui creusait ses joues et la vieillissait. « Je gobais ces conneries lorsque j'étais persuadée que je vous plaisais.

– Mais vous me plaisez, inspecteur ! » répondis-je, avec un peu trop d'empressement peut-être.

Elle n'eut pas l'air de m'entendre.

« Et puis un jour vous me poussez par terre comme si j'étais une grosse truie, et là je me dis que je dois avoir un problème. J'ai mauvaise haleine ou quoi ? Et tout à coup je pige. Ce n'est pas moi. C'est vous. Vous qui avez un problème. »

Elle avait raison, naturellement, mais c'était tout de même blessant de se l'entendre dire.

« Je ne... Qu'est-ce que vous voulez dire ? »

Elle secoua la tête.

« Le brigadier Doakes meurt d'envie de vous buter et il ne sait même pas pourquoi. J'aurais dû l'écouter... Vous êtes louche. Et vous êtes mêlé à cette affaire de prostituées, d'une façon ou d'une autre.

– Mêlé... Comment ça ? »

Cette fois, il y eut une expression de jubilation féroce dans le sourire qu'elle m'adressa, et une pointe d'accent alla jusqu'à se glisser dans sa voix.

« Gardez vos simagrées pour votre avocat. Et pour le juge, plus tard. Parce que maintenant je vous tiens. »

Elle me regarda durement pendant un long moment ; ses yeux sombres brillaient de haine. Elle avait l'air aussi inhumaine que moi, et à cette pensée ma nuque fut parcourue d'un léger frisson. L'avais-je sous-estimée à ce point ? Était-elle vraiment aussi forte ?

« Et donc vous m'avez suivi ?

– Exactement, répondit-elle en me montrant de nouveau ses dents. Pourquoi vous intéressez-vous à cette clôture ? Qu'y a-t-il derrière ? »

Je suis sûr qu'en temps normal j'y aurais pensé beaucoup plus tôt, mais à ce stade je n'étais plus vraiment moi-même. Ce fut donc seulement à cet instant que ça me traversa l'esprit. Et ce fut comme une petite lumière douloureuse qui s'allumait dans ma tête.

« Où avez-vous commencé à me filer ? Devant chez moi ? À quelle heure ?

– Pourquoi essayez-vous à tout prix de changer de sujet ? Il y a quelque chose là-dedans, hein ?

– Inspecteur, s'il vous plaît… Ça pourrait être très important. Où et quand avez-vous commencé à me suivre ? »

Elle m'observa pendant quelques secondes, et je me rendis compte que j'avais réellement mal évalué ses capacités. L'instinct politique n'était pas le seul mérite de cette femme. Elle m'avait bien l'air d'avoir des talents cachés. Je doutais toujours qu'ils aient trait à l'intelligence, mais elle avait indéniablement beaucoup de patience, et dans son métier c'était parfois plus important que la jugeote. Elle était disposée à attendre, à me regarder et à répéter sans cesse sa question jusqu'à ce qu'elle obtienne une réponse. Elle reposerait la même question plusieurs fois, en continuant à attendre et à m'observer, pour voir ce que je ferais. D'ordinaire, je savais me montrer plus malin qu'elle, mais je ne pouvais certainement pas rivaliser de patience avec elle, pas ce soir-là en tout cas. Je pris donc mon air le plus humble et réitérai ma demande.

« S'il vous plaît, inspecteur… »

Elle ressortit sa langue, puis finit par la rentrer.

« OK, dit-elle. Comme votre sœur était partie depuis plusieurs heures sans dire où elle allait, j'ai commencé à penser qu'elle était en train de manigancer quelque chose. Et étant donné qu'elle ne peut rien faire toute seule, où était-elle forcément allée ? » Elle haussa un sourcil en me regardant, puis poursuivit d'un ton triomphant. « Chez vous, bien entendu ! Pour parler avec vous ! » Elle releva brusquement la tête, fière de son raisonnement déductif. « Alors je me mets à réfléchir à votre cas. La façon dont vous apparaissez toujours et étudiez les scènes de crime, même quand vous n'êtes pas appelé. Cette façon que vous avez de deviner l'identité des tueurs en série, hormis celui-ci. Et puis comment vous m'avez trompée et fait passer pour une imbécile avec cette putain de liste, comment vous m'avez poussée par terre... » Son visage prit un air plus dur, et plus vieux, l'espace de quelques instants. Puis elle sourit et poursuivit. « J'ai parlé tout haut, dans mon bureau, et voilà que Doakes me dit : "Je vous ai mise en garde contre lui, mais vous n'écoutez pas." Et là je commence à voir votre belle gueule partout alors que je ne devrais pas. » Elle haussa les épaules. « Alors je me suis pointée devant chez vous.

– Quand ? À quelle heure ? Vous vous rappelez ?

– Non, dit-elle. Mais j'ai dû poireauter une vingtaine de minutes, et puis vous êtes sorti, vous avez joué avec votre poupée Barbie comme un pédé, puis vous avez rappliqué par ici.

– Vingt minutes... »

Elle n'était donc pas arrivée à temps pour apercevoir la personne, ou la créature, qui avait enlevé Deborah. Et elle devait dire la vérité ; elle m'avait sans doute seulement suivi pour voir... Pour voir quoi ?

« Mais pourquoi m'avoir suivi ?

– Vous êtes mêlé à cette affaire. Je ne sais pas si c'est vous le tueur. Peut-être pas. Mais je vais le découvrir. Je vais découvrir des trucs sur vous. Qu'est-ce qu'il y a là-dedans, dans ces conteneurs ? Vous allez me le dire ou on va rester plantés là toute la nuit ? »

À sa manière, elle avait mis le doigt sur le problème : on ne pouvait pas rester plantés là toute la nuit. On ne pouvait pas, d'ailleurs, j'en avais la certitude, rester ici beaucoup plus longtemps sans que des choses terribles arrivent à Deborah. Si ce n'était pas trop tard déjà. Nous devions y aller, et tout de suite, pour essayer de le trouver et de l'arrêter. Mais comment allais-je m'y prendre, à présent, avec LaGuerta sur le dos ? J'avais l'impression d'être une comète cherchant à se débarrasser de sa queue.

Je pris une profonde inspiration. Rita m'avait amené un jour à un atelier New Age sur la Recherche de la Santé Éternelle qui incitait à prendre régulièrement de grandes inspirations purifiantes. C'est ce que je fis. Je ne m'en sentis pas plus pur pour autant, mais au moins mon cerveau sembla un bref instant entrer en action, et je me rendis compte que j'allais devoir faire quelque chose d'entièrement nouveau pour moi : dire la vérité. LaGuerta me fixait de plus belle, attendant que je lui réponde.

« Je crois que le tueur est là-dedans, lui expliquai-je. Et je crois qu'il tient l'agent Morgan. »

Elle me regarda un moment sans bouger.

« OK, finit-elle par dire. Alors vous êtes venu vous poster près de la grille pour voir ? Vous aimez tellement votre sœur que vous voulez regarder ce qui lui arrive ?

– Je voulais passer de l'autre côté. Je cherchais un moyen d'entrer dans l'enceinte.

– Et comme ça vous avez oublié que vous travailliez pour la police ? »

Eh oui, évidemment... Elle avait touché le point sensible, et sans l'aide de personne, en plus. Je n'avais aucune réponse valable à lui donner. Cette sale attitude qui consiste à dire la vérité génère toujours des situations des plus inconfortables.

« Je... Je voulais juste être sûr de moi avant de faire un scandale. »

Elle acquiesça.

« Mmm mmm... Tout à fait louable, dit-elle. Mais laissez-moi vous dire ce que j'en pense. De deux choses l'une : soit vous avez quelque chose à vous reprocher, soit vous savez des trucs que vous ne devriez pas savoir. Vous cherchez donc à les cacher, ou alors à les vérifier par vous-même.

– Par moi-même ? Mais enfin pourquoi je ferais ça ? »

Elle secoua la tête, montrant qu'elle n'était pas dupe.

« Pour que tout le mérite vous revienne. À vous et à votre crétine de sœur. Vous croyez que je ne me suis rendu compte de rien ? Je vous ai dit que je n'étais pas idiote.

– Je ne veux pas faire le fayot, inspecteur, dis-je, essayant de la prendre par les sentiments, quoique persuadé désormais qu'elle en avait encore moins que moi, mais je crois qu'il est là-dedans, dans l'un des conteneurs. »

Elle passa sa langue sur ses lèvres.

« Qu'est-ce qui vous fait penser ça ? »

J'hésitai, mais elle continuait à me fixer sans ciller de son regard de reptile. Malgré la gêne que j'éprouvais, il me fallait encore lui révéler un fragment de vérité. Je fis un signe en direction de la camionnette des frères Allonzo garée derrière la grille.

« C'est sa camionnette, dis-je.

– Ah », fit-elle.

Et elle cligna enfin des yeux. Son attention se détourna de moi un instant et alla se perdre quelque part au fond d'elle-même. Qu'est-ce qui l'absorbait donc ? Ses cheveux ? Son maquillage ? Sa carrière ? Impossible à dire. Toujours est-il qu'un bon inspecteur aurait vu là l'occasion de me poser un certain nombre de questions embarrassantes : comment je savais que c'était son véhicule ? Comment je l'avais trouvé ici ? Comment je pouvais être si sûr qu'il n'avait pas simplement abandonné la camionnette là pour se rendre ailleurs ? Mais, au fond, LaGuerta n'était pas un bon inspecteur. Une fois de plus elle hocha la tête et passa sa langue sur ses lèvres, puis elle me demanda :

« Comment on va faire pour le trouver dans tout ce bordel ? »

Décidément, je l'avais vraiment sous-estimée. Elle était passée du « vous » au « nous » sans aucune transition apparente.

« Vous ne voulez pas appeler du renfort ? lui demandai-je. Cet homme est très dangereux. »

J'avoue que je cherchais seulement à l'asticoter. Mais elle me prit très au sérieux.

« Si je n'attrape pas ce type toute seule, dans deux semaines je suis contractuelle, dit-elle. J'ai mon arme. Personne ne peut m'échapper. J'appellerai du renfort quand je l'aurai. » Elle me dévisagea sans ciller. « Et s'il n'est pas là-dedans, c'est vous que j'embarque. »

Il me parut plus prudent de ne pas relever.

« Vous pouvez nous faire entrer ? »

Elle rit.

« Évidemment. J'ai mon badge, j'entre où je veux. Et après ? »

Là était la difficulté. Si elle acceptait ma proposition, j'étais un homme libre, pour ainsi dire.

« Après on se sépare et on cherche jusqu'à ce qu'on le trouve. »

Elle continuait à me fixer. Je vis de nouveau sur son visage l'expression qu'elle avait eue lorsqu'elle était descendue de voiture : le regard d'un prédateur qui observe sa proie et se demande quand et où il va pouvoir l'attaquer, et combien de griffes il va devoir utiliser. Le plus terrible, c'était que je commençais à éprouver de la sympathie pour cette femme.

« D'accord », dit-elle au bout d'un moment. Elle indiqua de la tête sa voiture. « Montez. »

Je montai. Nous nous retrouvâmes sur la route, puis près de la barrière. Même à cette heure-ci il y avait une certaine affluence. La majorité des véhicules semblait appartenir à des touristes de l'Ohio qui cherchaient leur bateau de croisière ; quelques-uns finissaient devant la barrière, d'où ils étaient renvoyés dans l'autre sens par les gardiens. L'inspecteur LaGuerta les doubla tous en faisant vrombir sa grosse Chevrolet et alla prendre place à l'avant de la file. Les pauvres conducteurs du Midwest ne faisaient pas le poids face à une Cubaine de Miami qui disposait d'une bonne assurance maladie et conduisait une voiture dont elle se fichait complètement. Un concert de klaxons et quelques cris étouffés retentirent alors que nous atteignions la barrière.

Le gardien, un Noir fin et musclé, sortit de la cahute.

« Madame, vous ne pouvez pas... »

Elle brandit son badge.

« Police. Ouvrez la barrière. »

Son ton était si dur et si autoritaire que je faillis bondir hors de la voiture et courir ouvrir la barrière moi-même.

Mais le gardien se figea, aspira l'air par sa bouche, et jeta un coup d'œil nerveux vers la cahute derrière lui.

« Qu'est-ce que vous cherch... ?

– Ouvre cette putain de barrière, ducon ! » lâcha-t-elle en agitant son badge.

Il fut obligé d'avancer.

« Voyons voir le badge », dit-il.

LaGuerta le lui tendit mollement, le forçant à se rapprocher encore d'un pas pour le voir. Il l'étudia, les sourcils froncés, mais n'y trouva rien à redire.

« Mmm mmm, fit-il. Vous pouvez me dire ce que vous cherchez là-dedans ?

– Je peux te dire que si tu n'ouvres pas la barrière d'ici deux secondes je te fous dans le coffre de ma voiture pour aller te jeter dans une cellule pleine de motards pédérastes, et je t'assure que je m'empresserai d'oublier où je t'ai mis. »

Le gardien se redressa.

« Je cherchais juste à me rendre utile, dit-il avant de lancer par-dessus son épaule : Tavio, ouvre la barrière ! »

La barrière se leva et LaGuerta fit rugir le moteur.

« Ce salopard trafique quelque chose et ne veut pas que j'y fourre mon nez », dit-elle. Je décelai une nuance d'amusement dans sa voix, en plus d'une excitation croissante. « Mais j'en ai rien à cirer de la contrebande, ce soir. » Elle me lança un regard. « Où est-ce qu'on va ?

– Je ne sais pas, répondis-je. On a peut-être intérêt à commencer là où il a laissé la camionnette. »

Elle hocha la tête et accéléra le long de l'allée qui bordait les rangées de conteneurs.

« S'il a un corps à transporter, il s'est sûrement garé assez près de l'endroit. »

Comme nous approchions de la clôture, elle ralentit, manœuvra la voiture tout doucement jusqu'à ce qu'elle se retrouve à une quinzaine de mètres de la camionnette, puis s'arrêta.

« Allons jeter un coup d'œil à la clôture », dit-elle en passant au point mort.

Et elle se glissa dehors alors que la voiture finissait de s'immobiliser.

Je la suivis.

« Nom de Dieu ! » cria-t-elle.

Elle avait marché dans quelque chose qui lui déplaisait fortement et pliait la jambe pour regarder sous la semelle de sa chaussure.

Je la dépassai et sentis mon pouls cogner de plus en plus fort comme je m'approchais de la camionnette. J'en fis le tour et essayai toutes les portières. Elles étaient fermées. Il y avait bien deux petites vitres à l'arrière, mais celles-ci avaient été peintes de l'intérieur. Je montai sur le pare-chocs et tentai malgré tout d'apercevoir quelque chose. La peinture ne laissait rien passer. Ce côté-ci n'offrait rien de plus à inspecter, néanmoins je m'accroupis et examinai le sol. Je devinai plus que je n'entendis LaGuerta se faufiler derrière moi.

« Qu'est-ce que vous avez trouvé ? » demanda-t-elle.

Je me redressai.

« Rien, répondis-je. Les vitres arrière sont peintes de l'intérieur.

– Vous voyez quelque chose par l'avant ? »

Je contournai le véhicule. L'avant n'offrait pas plus d'indices. Contre le pare-brise, l'un de ces pare-soleil si répandus en Floride avait été déplié sur le tableau de bord, protégeant entièrement la cabine des regards. Je grimpai sur le pare-chocs avant et, de là, sur le capot, puis me déplaçai à plat ventre de la droite vers la gauche, mais, là encore, le pare-soleil ne laissait rien filtrer.

« Rien, constatai-je avant de redescendre.

– OK», dit LaGuerta. Elle me regarda, les yeux mi-clos, le

bout de sa langue pointant entre ses lèvres. « Quel côté vous choisissez ? »

Celui-ci, murmura quelqu'un tout au fond de mon cerveau. *Par ici.* Je jetai un coup d'œil vers la droite, la direction que m'indiquait mon gloussement mental, puis regardai de nouveau LaGuerta, qui me scrutait de son grand regard fixe de tigre affamé.

« Je pars à gauche puis je décris un cercle, expliquai-je. On se retrouve au milieu.

– D'accord, dit-elle avec un sourire carnassier. Mais c'est moi qui pars à gauche. »

Je m'efforçai de prendre un air surpris et contrarié, et mon expression fut sans doute assez convaincante car elle m'observa puis hocha la tête.

« OK», répéta-t-elle avant de disparaître dans la première rangée des conteneurs de marchandise.

Et je me retrouvai seul avec mon timide Ami intérieur. Bon, et maintenant ? Maintenant que j'avais rusé pour que LaGuerta me laisse le côté droit, qu'est-ce que j'en faisais ? Après tout, je n'avais aucune raison de penser qu'il était vraiment mieux que celui de gauche, ou même, du reste, que je n'avais pas plus intérêt à rester posté près de la clôture en m'entraînant à jongler avec des noix de coco... Je n'avais que mon concert de sifflements intérieurs pour me guider, et était-ce vraiment suffisant ? Quand vous êtes un monument de raison pure comme je l'ai toujours été, vous cherchez spontanément des signes logiques qui pourraient orienter votre ligne de conduite. Et, tout aussi spontanément, vous refusez de prêter attention à l'irrationnelle cacophonie des voix stridentes qui s'élève du sous-sol de votre cerveau et manque de vous faire chanceler en pleine allée – si forte et si insistante soit-elle à présent dans les miroitements du clair de lune.

Quant à savoir où je devais aller maintenant... Je regardai autour de moi, contemplant les longues files irrégulières de conteneurs. Du côté où LaGuerta s'était élancée du haut de ses talons aiguilles, j'apercevais plusieurs rangées de remorques de camion aux couleurs vives. Et devant moi, occupant toute la moitié droite, se trouvaient les conteneurs des paquebots.

Brusquement, je me sentis très incertain. Je n'aimais pas cette sensation. Je fermai les yeux. Dans l'instant même le murmure se mua en nuage sonore et je me surpris en train de me diriger vers un amoncellement de conteneurs situés en contrebas, au bord de l'eau. Je n'avais pas consciemment formulé l'idée que ces conteneurs-là étaient différents des autres, ou mieux, ou que cette direction-là était plus appropriée, plus prometteuse. Simplement mes pieds s'étaient mis à avancer, et je les suivis. C'était comme s'ils traçaient un chemin que seuls les orteils pouvaient voir, ou comme si un motif irrésistible surgissait du murmure suraigu de mon chœur intérieur: mes pieds le traduisaient et m'entraînaient à leur suite.

Et tandis qu'ils avançaient le bruit enflait en moi, un grondement hilare et assourdi qui me faisait courir plus vite que mes pieds, me tirait brutalement en avant le long de l'allée tortueuse avec d'invisibles et puissantes secousses. Mais dans le même temps une autre voix, discrète et raisonnable celle-là, me poussait en arrière, me disait que pour rien au monde je ne voulais me trouver là, me suppliait en gémissant de m'enfuir, de rentrer chez moi, de quitter cet endroit, et cette voix m'était tout aussi incompréhensible que les autres. J'étais simultanément tiré en avant et poussé en arrière avec une telle force que je n'arrivais plus à commander mes jambes, et je finis par trébucher et tomber face contre terre sur le sol dur et caillouteux. Je m'agenouillai, la bouche sèche, le cœur affolé, et restai là à tripoter un accroc sur ma belle chemisette en dacron. Je glissai mon doigt dans le trou et me chatouillai. Bonsoir, Dexter ! Où est-ce que tu vas comme ça ? Bonsoir, monsieur Doigt. Je ne sais pas, mais je suis presque arrivé. J'entends mes amis qui m'appellent.

Je me relevai, flageolant, et écoutai. J'entendais très distinctement à présent, même avec les yeux ouverts, et c'était si puissant que je n'arrivais plus à marcher. Je restai immobile un instant, prenant appui contre l'un des conteneurs. Une expérience des plus troublantes, encore une fois. Quelque chose d'indéfinissable avait vu le jour en ce lieu, quelque chose qui se terrait désormais au plus profond de l'être qu'était Dexter et, pour la première fois de ma vie, du moins celle dont je me souvenais, j'avais peur. Je ne voulais pas rester dans cet endroit chargé de menaces. Et pourtant il fallait que je retrouve Deborah. J'étais déchiré par ce conflit intérieur. J'avais l'impression d'être une vivante illustration des théories de Sigmund Freud, et je n'avais qu'une envie : rentrer chez moi et me coucher.

Mais la lune grondait dans le ciel, l'eau mugissait à l'entrée du port de Miami, et la légère brise nocturne hurlait autour de moi, pareille à une horde de vampires, forçant mes pieds à avancer. Et le chant enflait en moi tel un gigantesque chœur mécanique ; il m'encourageait, me rappelait comment bouger mes pieds, me poussait, malgré mes genoux paralysés, le long des files de conteneurs. Mon cœur geignait et battait à se rompre, ma respiration saccadée était bien trop bruyante, et pour la première fois de ma vie, me semblait-il, je me sentais faible, abruti et stupide : comme un être humain, comme un tout petit être humain sans défense.

D'un pas chancelant, j'avançai machinalement sur ce chemin qui ne m'était plus si étranger, jusqu'à ce que je ne puisse faire un pas de plus ; et, de nouveau, je m'appuyai sur un conteneur, équipé, celui-ci, d'un compresseur de climatisation qui grondait à l'arrière et se mêlait au hurlement de la nuit. Ce vacarme me martelait tant la tête que je n'y voyais presque plus rien. Et tandis que je m'appuyais contre la paroi la porte s'ouvrit toute grande.

L'intérieur du conteneur était éclairé par deux lampes-tempête à piles. Contre le mur du fond, une table d'opération avait été improvisée sur des cartons d'emballage.

Et, solidement arrimée sur la table, se trouvait ma chère sœur Deborah.

Chapitre XXVI

Pendant quelques secondes je n'éprouvai pas vraiment le besoin de respirer. Je regardai simplement. De longues bandes lisses de ruban adhésif s'entortillaient autour des bras et des jambes de ma sœur. Elle portait un mini-short lamé or et un chemisier en soie moulant, noué au-dessus du nombril. Ses cheveux étaient tirés en arrière, ses yeux étaient démesurément grands, et elle respirait rapidement par le nez, étant donné que sa bouche, elle aussi, était recouverte d'un morceau de scotch qui barrait ses lèvres et rejoignait la table de chaque côté afin de maintenir sa tête immobile.

J'aurais voulu dire quelque chose, mais je m'aperçus que ma bouche était trop sèche pour parler, alors je continuai à regarder, simplement. Deborah me regardait aussi. Ses yeux exprimaient de multiples sentiments, mais le plus flagrant était l'effroi, et j'en restai figé sur le pas de la porte. Je n'avais jamais vu une telle expression chez ma sœur, et je ne savais qu'en penser. Je fis un pas vers elle et elle tressaillit sous le ruban adhésif. Elle avait peur ? Oui, naturellement… Mais peur… de moi ? J'étais venu la sauver, à l'évidence. Pourquoi aurait-elle eu peur de moi ? À moins que…

Était-ce moi qui l'avais ligotée ainsi ?

Et si, au moment de ma petite sieste, plus tôt dans la soirée, Deborah avait débarqué chez moi, comme prévu, et trouvé mon Passager Noir au volant de la Dextermobile ? Je l'ignorais donc, mais je l'avais amenée ici et attachée à la table de cette façon, sans en être conscient – ce qui, bien sûr, ne tenait pas debout. J'étais ensuite rentré à la maison à toute vitesse, avais laissé la Barbie dans la voiture à mon intention, avais couru jusqu'en haut, m'étais affalé sur le lit, puis m'étais réveillé, de nouveau moi-même, comme si je m'entraînais pour une espèce de course de relais homicide. Impossible, et cependant…

Comment aurais-je su arriver jusqu'ici sinon ?

Je secouai la tête. Il était inconcevable que j'aie pu dénicher ce local réfrigéré dans tout Miami sans avoir su au préalable où il se trouvait. J'avais donc su. Et si j'avais pu savoir, c'était parce que j'étais déjà venu ici. Et si ce n'était pas ce soir avec Deb, alors quand et avec qui ?

« J'étais presque sûr que c'était ici », dit une voix, une voix si pareille à la mienne que l'espace d'un instant je crus que j'avais parlé, et je me demandai ce que j'avais bien pu vouloir dire par là.

Mes cheveux se dressèrent sur ma nuque, je fis un pas de plus en direction de Deborah… et là il surgit de l'ombre. La lumière douce des deux lampes vint l'éclairer et nos yeux se croisèrent ; pendant quelques secondes la pièce tangua autour de moi, puis je ne sus plus où j'étais. Ma vue se focalisa alternativement sur moi qui me tenais près de la porte, puis sur lui qui se tenait devant la petite table de fortune, et je me vis le voir, puis je le vis me voir. Puis, dans une sorte de flash aveuglant, je me vis par terre, assis et absolument figé, mais j'ignorais ce que cette vision signifiait. Très perturbant. Enfin je fus moi-même à nouveau, bien que désormais cette notion n'eût plus beaucoup de sens pour moi.

« Presque sûr, reprit-il, d'une voix douce et gaie évoquant toutefois celle d'un enfant psychotique. Mais maintenant tu es là, toi aussi, alors ça ne peut qu'être ici. Tu ne crois pas ? »

Et là, j'ai un peu honte de vous l'avouer, mais le fait est que je le dévisageai la bouche grande ouverte. Je crois même que je bavais légèrement. Je le dévorais des yeux. C'était lui. Aucun doute là-dessus. C'était l'homme que nous avions vu sur les images de la webcam, l'homme que Deb et moi avions tous les deux pris pour moi.

D'aussi près, je voyais bien que, en fin de compte, ce n'était pas moi ; pas tout à fait – et cette découverte me remplit de gratitude. Hourra ! J'étais quelqu'un d'autre. Je n'étais donc pas encore complètement timbré. Sérieusement antisocial, oui, et un peu meurtrier sur les bords, à mes heures : rien de mal à cela. Mais pas fou. Il y avait un autre homme, et il n'était pas moi. Hip hip hip ! pour le cerveau de Dexter !

Mais il me ressemblait énormément. Peut-être trois ou quatre centimètres de plus que moi, plus épais au niveau des épaules et du torse, comme s'il avait fait beaucoup d'haltérophilie. Ce détail ainsi que la pâleur de son visage me laissèrent penser qu'il avait peut-être passé du temps en prison récemment. Sous sa pâleur, cependant, son visage était très semblable au mien : le même nez, les mêmes pommettes, le même regard au fond des yeux qui indiquait que la lumière était allumée mais que personne n'était là pour autant. Et ses cheveux, également, avaient la même curieuse ondulation que les miens. Il n'était pas exactement comme moi, mais il me ressemblait terriblement.

« Oui, dit-il. C'est plutôt un choc la première fois, n'est-ce pas ?

– À peine, répondis-je. Qui êtes-vous ? Et pourquoi tout ça m'est si… »

Je laissai ma phrase en suspens, parce que je ne savais pas ce que je voulais dire par « tout ça ».

Il eut une moue, une vraie moue de Dexter qui prend l'air déçu.

« Oh là là ! Et moi qui étais sûr que tu avais tout compris. »

Je secouai la tête.

« Je ne sais même pas comment je suis arrivé ici », dis-je.

Il sourit doucement.

« C'est quelqu'un d'autre qui conduit, ce soir ? » Et tandis que mes cheveux se dressaient sur ma nuque à nouveau il eut un petit gloussement, une espèce de son mécanique qui n'avait rien de particulier en soi, sauf que la voix familière tapie à l'arrière de mon cerveau lui répondit ton pour ton. « Et la lune n'est même pas pleine, pas vrai ?

– Mais elle n'est pas vide non plus », rétorquai-je.

Ce n'était pas du meilleur esprit, mais au moins j'essayais, et, vu les circonstances, j'avais un certain mérite. Je m'aperçus que j'étais comme enivré par la découverte qu'il existait enfin quelqu'un qui *savait.* Il ne prononçait pas des paroles en l'air qui allaient par hasard taper dans le mille de ma petite cible intérieure. Sa cible à lui était la même. Il savait. Pour la première fois de ma vie, je pouvais considérer le gouffre immense qui s'étendait entre mes yeux et ceux de quelqu'un d'autre et affirmer sans aucune crainte : *Il est comme moi.*

Je ne savais pas bien ce que l'on était au juste, mais on faisait partie du même club.

« Mais, sérieusement, demandai-je, qui êtes-vous ? »

Son visage se fendit en un sourire jusqu'aux oreilles, une expression très dextérienne, mais il me ressemblait tellement que je voyais bien qu'aucune véritable gaieté ne l'animait.

« Qu'est-ce que tu te rappelles d'avant ? » me demanda-t-il.

Cette question alla se répercuter sur les parois du conteneur, et l'écho manqua de faire éclater mon cerveau.

Chapitre XXVII

Qu'est-ce que tu te rappelles d'avant ? m'avait demandé Harry.

Rien, papa.

Sauf que…

Des visions assaillaient mon cerveau. Des images mentales ? Des rêves ? Des souvenirs ? Des visions très nettes, quoi qu'il en soit. Et elles se situaient ici. Dans cette pièce ? Non, impossible. Ce conteneur ne pouvait pas être là depuis très longtemps, et je n'étais certainement jamais venu ici auparavant. Mais l'exiguïté du lieu, l'air frais qui provenait du compresseur au martèlement incessant, la faible lumière, tout s'orchestrait en une symphonie des retrouvailles. Bien sûr, il ne s'agissait pas exactement du même conteneur ; mais les visions étaient si nettes, si similaires, si parfaitement ressemblantes, mis à part…

Je clignai des yeux ; une image palpita sous mes paupières. Je les fermai.

Et l'intérieur d'un autre conteneur m'apparut aussitôt. Il n'y avait pas de cartons dans celui-ci. Mais il y avait des… trucs, au fond. Près de… Maman ? J'apercevais son visage là-bas ; elle se cachait plus ou moins et jetait juste un coup d'œil par-dessus les… trucs… Seul son visage dépassait, son visage qui restait figé sans ciller, sans cligner, sans bouger. Et j'avais envie de rire au début, parce que maman s'était drôlement bien cachée. Je ne voyais pas le reste de son corps, juste son visage. Elle avait dû creuser un trou dans le sol. Elle devait se cacher au fond du trou et passer juste la tête… Mais pourquoi ne me répondait-elle pas maintenant que je l'avais vue ? Pourquoi ne me faisait-elle même pas un petit clin d'œil ? Et même quand je l'appelais très fort elle ne répondait pas, ne bougeait pas, ne faisait rien d'autre que me regarder. Et sans maman je me retrouvais tout seul.

Mais non... pas complètement seul. Je tournai la tête et le souvenir suivit mon mouvement. Je n'étais pas seul. Il y avait quelqu'un avec moi. C'était très déroutant d'abord, parce que... c'était moi... mais c'était quelqu'un d'autre... mais on aurait dit moi... on avait tous les deux l'air d'être moi...

Et qu'est-ce qu'on faisait dans ce conteneur ? Et pourquoi maman ne bougeait pas ? Il fallait qu'elle nous aide. On était là, assis dans cette énorme flaque de, de... Il fallait que maman bouge, nous sorte de ce... ce...

« Sang ?... murmurai-je.

– Tu t'en souviens, dit-il derrière moi. Je suis très content. »

J'ouvris les yeux. J'avais un mal de tête atroce. Je voyais presque l'autre pièce en même temps que celle-ci, en surimpression. Et dans cette autre pièce le tout petit Dexter était assis juste *là*. Je pouvais poser mon pied sur l'endroit exact. Et mon autre moi était assis à côté de moi, sauf qu'il n'était pas moi, bien sûr : il était quelqu'un d'autre, quelqu'un que je connaissais aussi bien que moi-même, et qui s'appelait...

« Biney ?... » dis-je, d'une voix hésitante.

Le son avait l'air de correspondre, mais le nom ne semblait pas tout à fait correct.

Il hocha la tête, l'air content.

« C'est comme ça que tu m'appelais. À l'époque tu avais du mal à prononcer "Brian". Tu disais "Biney". » Il me tapota la main. « Ça ne fait rien. C'est agréable d'avoir un surnom... » Il s'interrompit ; son visage souriait, mais ses yeux restaient immobiles, rivés aux miens. « Mon petit frère. »

Je m'assis. Il s'assit à côté de moi.

« Qu'est-ce que... ? fut tout ce que je réussis à dire.

– Mon frère, répéta-t-il. Presque mon jumeau. Tu es né seulement un an après moi. Notre mère ne prenait pas beaucoup de précautions. » Son visage se tordit en une horrible expression hilare. « À de multiples égards », ajouta-t-il. Je tentai d'avaler ma salive. Impossible. Lui, Brian, mon frère, poursuivait. « J'ai été obligé de deviner certains détails. Mais j'ai eu pas mal de temps pour moi, et quand on m'a encouragé à apprendre un métier utile je l'ai fait volontiers. Je suis devenu très calé pour trouver toutes sortes de renseignements sur ordinateur. J'ai trouvé les vieux fichiers de la police. Notre maman chérie fréquentait une bande assez peu recommandable. Ils travaillaient dans le secteur de l'importation, comme moi. Seulement leur marchandise était légèrement plus délicate à écouler. » Il tendit la main vers un carton derrière lui et en retira une poignée de casquettes ornées d'une panthère en train de bondir. « Mes produits sont fabriqués à Taïwan. Les leurs provenaient de Colombie. Ma théorie, c'est que maman, aidée de quelques amis, a voulu monter son petit projet à elle avec un produit qui, à strictement parler, ne lui appartenait pas ; ses associés n'ont pas franchement apprécié son esprit d'entreprise et ont décidé de la faire changer d'avis. »

Il replaça soigneusement les casquettes dans leur carton, et je sentis son regard se poser sur moi, mais je n'arrivai même pas à tourner la tête. Au bout d'un moment, il détourna les yeux.

« Ils nous ont retrouvés là, reprit-il. Ici même. » Sa main s'abaissa vers le sol et toucha l'endroit exact où le petit autre que moi avait été assis, dans cet autre conteneur d'autrefois. « Deux jours et demi plus tard. Collés par terre dans trois centimètres de sang séché. » Là, sa voix se fit discordante, horrible ; il dit ce mot affreux, *sang*, exactement comme je l'aurais dit, avec un profond dégoût et un terrible mépris. « D'après les rapports de police, plusieurs hommes se trouvaient là également. Trois ou quatre. L'un d'entre eux – ou peut-être même deux – pouvait très bien être notre père. Bien sûr, la tronçonneuse a rendu l'identification très difficile... Mais les flics étaient à peu près certains qu'il y avait une seule femme. Cette chère vieille mère. Tu avais trois ans. Moi quatre.

– Mais », dis-je.

Rien d'autre ne sortit.

« C'est vrai, me dit Brian. Et tu as été très dur à retrouver. Ils sont très pointilleux concernant les dossiers d'adoption, dans cet État. Mais j'ai fini par te trouver, petit frère. Hein, je t'ai trouvé ? »

De nouveau il me tapota la main, un geste étrange que je n'avais jamais vu personne me faire. Évidemment, je n'avais jamais vu non plus un véritable frère de sang. Peut-être était-ce un nouveau truc auquel j'allais devoir m'entraîner avec mon frère, ou avec Deborah… Et je me rendis compte, pris d'une soudaine inquiétude, que je l'avais complètement oubliée.

Je me tournai vers elle, allongée à deux mètres de nous, bien attachée comme il fallait.

« Elle n'a encore rien, dit mon frère. Je ne voulais pas commencer sans toi. »

Cela peut paraître un peu étonnant, mais la première question cohérente que je parvins enfin à formuler fut :

« Comment tu savais que je voudrais ? » Évidemment, ceci avait peut-être l'air de sous-entendre que j'étais d'accord… alors que bien sûr je n'avais pas envie d'explorer Deborah. Absolument pas. Et pourtant… j'étais là avec mon grand frère, qui avait envie de jouer : une occasion assez exceptionnelle, pour sûr ; et, bien plus important encore que notre lien de parenté : nous étions pareils. « Tu ne pouvais pas vraiment savoir, dis-je, sur un ton beaucoup plus incertain que je n'aurais cru possible.

– Je ne savais pas, répondit-il. Mais je me disais qu'il y avait de fortes chances. La même chose nous est arrivée à tous les deux. » Son sourire s'élargit et il leva l'index. « Le "traumatisme psychique" : tu connais le terme ? Tu t'es un peu documenté sur les monstres comme nous ?

– Oui, dis-je. Et Harry, mon père adoptif, s'est renseigné aussi, mais il n'a jamais voulu me dire exactement ce qui s'était passé. »

Brian indiqua l'intérieur du petit local.

« Voilà ce qui s'est passé, frérot. La tronçonneuse, des morceaux de corps qui volent dans tous les sens, le… sang… » Et à nouveau la même accentuation affreuse. « Deux jours et demi à croupir dedans. C'est un miracle qu'on ait survécu, non ? On aurait presque envie de croire en Dieu... » Ses yeux étincelaient et, à ce moment-là, Deborah se tortilla et émit un bruit étouffé. Il n'y prêta aucune attention. « On a estimé que tu étais assez jeune pour t'en remettre. Moi, j'avais un peu dépassé l'âge limite. Mais on a tous les deux subi un traumatisme psychique classique – tous les bouquins concordent sur ce point. C'est ça qui m'a fait tel que je suis... et je m'imaginais qu'il avait dû t'arriver la même chose.

– C'est vrai, approuvai-je. Exactement la même chose.

– Comme c'est charmant ! Les liens de famille... »

Je le regardai. Mon frère. Ce mot qui m'était étranger. Si je l'avais prononcé tout haut, je suis sûr que j'aurais bafouillé. C'était absolument impossible à croire ; mais ç'aurait été encore plus absurde de nier l'évidence. Il me ressemblait. On aimait les mêmes choses. On avait, qui plus est, exactement le même humour douteux.

« Mais je... »

Je secouai la tête.

« Oui, dit-il. Il faut quelques minutes pour se faire à l'idée qu'on est deux maintenant, pas vrai ?

– Un peu plus, peut-être, répondis-je. Je ne sais pas si...

– Ma parole ! On fait le délicat ? Après ce qui s'est passé ? Deux jours et demi à croupir ici, petit frère. Deux petits garçons, assis pendant deux jours et demi dans du *sang* », dit-il.

J'en eus la nausée, presque des vertiges, mon cœur était près de flancher, ma tête d'exploser.

« Non », lâchai-je avec un haut-le-cœur.

Je sentis sa main sur mon épaule.

« Ce n'est pas important, dit-il. L'important, c'est ce qui va se passer maintenant.

– Ce qui... va se passer, répétai-je.

– Oui. Ce qui va se passer. Maintenant. » Il fit un drôle de petit bruit, entre le reniflement et le gargouillement, qui était très certainement sa propre version du rire, mais peut-être n'avait-il pas appris à l'imiter aussi bien que moi. « C'est le moment sans doute de prononcer une phrase telle que: “J'ai attendu ce moment toute ma vie!” » Il reproduisit l'espèce de raclement bizarre. « Bien sûr, aucun de nous deux ne pourrait se comporter ainsi si nous avions réellement des sentiments. Mais nous ne sommes pas capables d'en avoir, n'est-ce pas? Nous avons passé notre vie à jouer un rôle. À réciter notre texte en faisant semblant d'appartenir à un monde conçu pour les humains, sans jamais être humains nous-mêmes. Et on essaye toujours, inlassablement, de trouver le moyen de SENTIR quelque chose, nous aussi! On aspire sans cesse à un moment comme celui-ci, petit frère! Pour éprouver enfin un sentiment authentique, véridique, non simulé !... Ça te coupe le souffle, pas vrai? »

En effet. J'avais la tête qui tournait, et je n'osais pas refermer les yeux, par peur de ce qui pouvait m'attendre derrière. Mais, surtout, mon frère se tenait juste à côté de moi, m'enveloppait de son regard et exigeait que je sois moi-même, c'est-à-dire exactement comme lui. Et pour être moi-même, être son frère, pour être qui j'étais vraiment, il fallait que je, que je... quoi? Mes yeux se tournèrent, malgré moi, vers Deborah.

« Oui », dit-il, et toute la fureur froide et joyeuse du Passager Noir se percevait dans sa voix, à présent. « Je savais que tu comprendrais. Cette fois, on le fait ensemble. »

Je secouai la tête, mais sans trop de conviction.

« Je ne peux pas, dis-je.

– Tu le dois », répondit-il.

Et nous avions tous les deux raison. Sa main sur mon épaule à nouveau, telle une plume, rivalisait avec la pression exercée par Harry, qu'il ne pourrait jamais comprendre et qui pourtant semblait tout aussi puissante que la main de mon frère, mais celle-ci m'incitait à me lever et me poussait à avancer: un pas, deux pas... Les grands yeux fixes de Deborah étaient rivés aux miens, mais avec cette présence derrière moi je ne pouvais pas lui dire que je n'allais certainement pas...

« Ensemble, dit-il. Encore une fois. Fini le passé. À nous le présent. En garde, en avant, on touche! »

Encore un petit pas; les yeux de Deborah hurlaient, me suppliaient, mais…

Il était à côté de moi maintenant, debout lui aussi, et un objet brillait dans sa main, deux objets.

« Un pour tous, tous pour un… Tu as lu *Les Trois Mousquetaires* ? » Il lança un couteau en l'air; celui-ci décrivit un cercle puis atterrit dans sa main gauche, et il me le tendit. La faible lumière pâle se réfléchissait sur la lame, et je me sentis brûlé par son éclat autant que par la flamme qui dansait dans les yeux de Brian. « Allez, Dexter ! Petit frère. Prends le couteau. » Ses dents brillaient comme les lames. « Que le spectacle commence ! »

Deborah, dans son carcan de ruban adhésif, tentait de se débattre. Je baissai les yeux vers elle. Son regard exprimait une impatience extrême, ainsi qu'une folie croissante. Allons, Dexter ! Comment pouvais-je envisager une seconde de lui faire ça ? Que je la libère et qu'on rentre à la maison. D'accord, Dexter ? Dexter ? Ohé, Dexter ! C'est bien toi, n'est-ce pas ?

Et je ne savais pas.

« Dexter, dit Brian. Je ne veux certes pas influencer ta décision, mais depuis que j'ai appris que j'avais un frère exactement comme moi je n'ai fait qu'attendre ce moment. Et c'est pareil pour toi, je le vois sur ton visage.

– Oui, dis-je, ne quittant toujours pas des yeux le visage désespéré de Deb. Mais il faut vraiment que ce soit avec elle ?

– Pourquoi pas avec elle ? Qu'est-ce qu'elle est pour toi ? »

En effet, qu'est-ce qu'elle était ? Mes yeux étaient rivés sur ceux de Deb. Elle n'était pas vraiment ma sœur, après tout; il n'y avait aucun lien de parenté entre nous, aucun. J'avais beaucoup d'affection pour elle, bien sûr, mais…

Mais quoi ? Pourquoi est-ce que j'hésitais ? Évidemment que c'était impossible. Je savais parfaitement que c'était impensable. Pas seulement parce que c'était Deb – même si ça comptait, bien sûr. Mais une pensée des plus étranges se formait dans ma pauvre tête tourneboulée et je ne parvenais pas à l'en chasser : *Que dirait Harry ?*

Je restai donc planté là, indécis, parce que, j'avais beau avoir très envie de céder, je savais ce que dirait Harry. Il l'avait déjà dit. C'était une vérité immuable de Harry : *Fais la peau aux sales types, Dexter. Pas à ta sœur.* Mais Harry n'avait jamais prévu un tel scénario – comment aurait-il pu ? Il n'avait jamais imaginé, en élaborant le code Harry, que je serais confronté à une telle alternative : prendre parti pour Deborah – qui n'était pas ma vraie sœur – ou m'associer avec mon vrai frère 100 % authentique pour un jeu auquel je désirais tant jouer. Harry ne pouvait pas avoir envisagé cela lorsqu'il m'avait mis sur le droit chemin. Harry ne pouvait pas savoir que j'avais un frère qui…

Mais… attendez une minute… Allô, ne quittez pas, s'il vous plaît. Bien sûr que Harry savait : Harry était là quand ça s'était passé, pas vrai ? Et il l'avait gardé pour lui, il ne m'avait jamais dit que j'avais un frère. Toutes ces années de vide et de solitude à croire qu'il n'y avait que moi… Il savait que je n'étais pas seul, il savait et il ne m'avait rien dit. L'unique renseignement important me concernant – je n'étais pas seul –, il me l'avait caché. Que devais-je vraiment à Harry, dès lors, après cette trahison monstrueuse ?

Et, plus concrètement, que devais-je à ce gros tas de chair animale qui se tortillait devant moi, cette créature qui se prenait pour ma sœur ? Que pouvais-je bien lui devoir au regard de ce qui me liait à Brian, ma propre chair, mon frère, une réplique vivante de mon propre ADN si précieux ?

Une goutte de sueur dégoulina sur le front de Deborah et atterrit dans son œil. Elle se mit à cligner frénétiquement des yeux en faisant d'atroces grimaces, dans un effort désespéré pour continuer à me regarder et évacuer la sueur de son œil en même temps. Elle avait vraiment l'air pitoyable, ligotée ainsi, à se débattre comme un vulgaire animal, un vulgaire animal humain. Pas du tout comme moi, comme mon frère ; rien à voir avec le Dexter surdoué immaculé nickel-chrome, le danseur du clair de lune corrosif et railleur, le fier Dexter et son frère.

« Alors ? » demanda Brian.

Je perçus de l'impatience dans sa voix, une réprobation, le début de la déception.

Je fermai les yeux. La pièce bascula autour de moi, s'assombrit, et je n'arrivai plus à bouger. Il y avait maman qui me regardait, sans ciller. J'ouvris les yeux. Mon frère se tenait si près derrière moi que je sentais son souffle sur ma nuque. Ma sœur me regardait, ses yeux aussi grands, aussi fixes que ceux de maman. Et le regard qu'elle m'adressait me soutenait comme celui de maman m'avait soutenu. Je fermais les yeux : maman. Je les ouvrais : Deborah.

Je levai le couteau.

Il y eut un léger bruit, et une bouffée d'air tiède vint se mêler à l'air frais du conteneur. Je me retournai brusquement.

LaGuerta se tenait dans l'entrée, un méchant petit pistolet automatique entre les doigts.

« Je savais que vous tenteriez un truc comme ça, lança-t-elle. Je devrais vous buter tous les deux. Tous les trois, même, ajouta-t-elle avec un regard pour Deborah. Ah ! fit-elle en apercevant le couteau dans ma main. Le brigadier Doakes devrait voir ça. Il ne s'est pas trompé à votre sujet. »

Et elle pointa le pistolet vers moi, à peine un quart de seconde.

Mais ce fut suffisant. Brian fut très rapide, plus rapide que je n'aurais cru possible. LaGuerta réussit toutefois à tirer un coup et Brian trébucha légèrement alors qu'il enfonçait son couteau dans le ventre de LaGuerta. Elle tira à nouveau et tous les deux se retrouvèrent à terre, immobiles.

Une petite flaque de sang commença à se former sur le sol, les sangs mêlés de Brian et de LaGuerta. Elle n'était pas profonde, ni très large, mais à la vue de cette matière infâme j'eus un mouvement de recul, comme pris de panique. Je fis deux pas en arrière et vins buter contre quelque chose qui émettait des bruits étouffés, en réponse à ma propre panique.

Deborah. J'arrachai le ruban adhésif collé à sa bouche.

« Merde, ça fait mal ! s'exclama-t-elle. Détache-moi de ce putain de truc et arrête de te comporter comme un psychopathe, OK ? »

Je baissai les yeux vers elle. Le gros scotch avait laissé une auréole de sang autour de ses lèvres, cet horrible sang rouge qui me ramenait derrière mes paupières et dans le conteneur d'autrefois avec maman. Et elle était étendue là – tout comme maman. Tout comme l'autre fois avec l'air frais qui soulevait mes cheveux sur ma nuque et les ombres noires autour de nous qui vibraient. Exactement comme l'autre fois cette façon qu'elle avait d'être étendue ligotée le regard fixe et d'attendre comme une espèce de…

« Putain, c'est pas vrai ! cria-t-elle. Allez, Dexter ! Secoue-toi. »

Et cette fois pourtant j'avais un couteau et elle était toujours incapable de se défendre, et je pouvais tout changer à présent, je pouvais…

« Dexter ? » dit maman.

Je veux dire Deborah. Bien sûr que je veux dire Deborah. Absolument pas maman, qui nous avait abandonnés là dans cet endroit, un endroit identique à celui-ci, nous avait abandonnés dans cet endroit où tout avait commencé et où tout allait peut-être finir enfin, et la dévorante absolue nécessité montée sur son grand cheval noir galopait déjà sous la lune sublime et les mille voix intérieures murmuraient : *Fais-le… maintenant… fais-le et tout peut changer… comme ça devrait être… comme avant…*

« Maman ? dit quelqu'un.

– Dexter, allez ! » dit maman. Je veux dire Deborah. Mais le couteau bougeait déjà. « Dexter, bordel de merde, arrête tes conneries ! C'est moi ! Debbie ! »

Je secouai la tête, et évidemment c'était Deborah, mais je ne pouvais pas retenir le couteau.

« Je sais, Deb. Je suis vraiment désolé. »

Le couteau s'éleva un peu plus. Je ne pouvais que le regarder, ne pouvais nullement le retenir. L'infime frôlement de la main de Harry m'atteignit encore, m'intimant de prêter attention et de me laisser recadrer, mais il était si faible, si ténu, et le Besoin était si grand, si fort, plus fort qu'il n'avait jamais été… car cette fois tout fusionnait, le début et la fin, et je me sentais soulevé et emporté loin de moi, le long du tunnel qui reliait le garçon assis dans le sang à cette dernière chance de tout arranger. Et tout allait changer, j'allais le faire payer à maman, lui montrer un peu ce qu'elle avait fait. Parce que maman aurait dû nous sauver, et cette fois-ci devait être différente. Même Deborah pouvait bien comprendre.

« Pose le couteau, Dexter. »

Sa voix était un peu plus calme maintenant, mais toutes les autres voix étaient tellement plus fortes que je l'entendais à peine. J'essayai de poser le couteau, je vous jure que j'essayai, mais je ne réussis qu'à l'abaisser de quelques centimètres.

« Je suis désolé, Deb. Je n'y arrive vraiment pas », dis-je, faisant un terrible effort pour parler au milieu du grondement croissant de la tourmente qui se formait en moi depuis vingt-cinq ans – mon frère et moi réunis désormais tels d'énormes nuages menaçants par une nuit de lune orageuse...

« Dexter ! » cria méchante maman qui voulait nous laisser là tout seuls dans cet horrible sang froid, et la voix de mon frère au fond de moi s'associa à la mienne pour siffler : « Salope ! » et le couteau remonta jusqu'en haut.

Un bruit sembla provenir du sol : LaGuerta ? Je n'aurais su dire, et peu importait. Il fallait que je termine, que j'aille jusqu'au bout maintenant, que je laisse les choses s'accomplir.

« Dexter, dit Debbie. Je suis ta sœur. Tu ne peux pas me faire ça. Que dirait papa ? » J'avoue, ces mots me firent mal, mais... « Pose ce couteau, Dexter. » Un autre petit bruit derrière moi, et un gargouillis. Le couteau dans ma main s'éleva en l'air. « Dexter, attention ! » cria Deborah.

Je me retournai.

L'inspecteur LaGuerta, le souffle court, se dressait sur un genou et s'efforçait de lever son arme devenue soudain très lourde. Le canon se leva doucement, doucement... visa mon pied, mon genou...

Mais était-ce vraiment important ? Parce que j'étais déterminé à aller jusqu'au bout quoi qu'il arrive, et j'avais beau voir le doigt de LaGuerta se resserrer sur la détente le couteau dans ma main ne ralentit même pas.

« Elle va te tirer dessus, Dex ! » hurla Deb, paraissant hors d'elle à présent.

Le pistolet était braqué sur mon nombril, le visage de LaGuerta complètement déformé par l'extrême concentration et l'effort démesuré qu'elle fournissait, et elle allait vraiment me tirer dessus. Je me tournai légèrement vers elle, mais mon couteau continua à s'abaisser lentement vers…

« Dexter ! » cria maman / Deborah sur la table.

Mais le Passager Noir m'appela encore plus fort et s'approcha, attrapa ma main puis guida le couteau vers…

« Dex !… »

C'est la chose la plus difficile que j'aie jamais faite.

Épilogue

Je sais, c'est presque une faiblesse humaine de ma part, et c'est peut-être la marque d'une sentimentalité un peu ordinaire, mais j'ai toujours adoré les enterrements. Ils sont toujours si propres, si impeccables, parfaitement agencés selon un cérémonial scrupuleux. Et celui-ci était vraiment excellent. Des rangées de policiers en uniforme bleu se déployaient, l'air solennel, impeccable et très... cérémonieux, en somme. Nous eûmes droit à la salve d'artillerie, au rituel du drapeau et à tout le tralala. Un superbe hommage, en bonne et due forme, à la défunte. Après tout, elle avait été des nôtres: une femme qui avait fièrement servi la nation. Enfin, ça c'était peut-être ce qu'on disait dans l'armée... Peu importe; elle avait été flic à Miami, et les flics de Miami sont imbattables en matière d'enterrements. Ils ont une si longue pratique.

« Oh, Deborah », soupirai-je, tout doucement.

Je savais qu'elle ne pouvait pas m'entendre, mais il me semblait que c'était la réaction la plus appropriée, or je tenais à observer strictement les règles.

Je regrettais presque de ne pas avoir une larme ou deux en réserve pour l'occasion. Elle et moi avions été très proches, en fin de compte. Et elle était morte d'une façon fort déplaisante, absolument indigne d'un flic, débitée en morceaux par un psychopathe. Les secours étaient arrivés trop tard; tout était fini depuis longtemps quand on l'avait retrouvée. Néanmoins, par le courage désintéressé dont elle avait fait preuve, elle illustrait admirablement comment un flic se devait de vivre et de mourir. Je cite, bien sûr, afin de vous donner une idée du ton général. Un beau spectacle, vraiment, plutôt émouvant même, si tant est que l'on soit sujet aux émotions. Ce n'est pas mon cas, mais ça ne m'empêche pas d'être bon juge, et là, très sincèrement, c'était grandiose. Ainsi, gagné par la bravoure silencieuse des agents vêtus de leur superbe uniforme et par les pleurs des civils, je ne pus m'en empêcher : je soupirai profondément.

« Oh, Deborah, soupirai-je, un peu plus fort cette fois, parvenant presque à être sincère. Ma chère, chère Deborah…

– Ta gueule, imbécile ! » souffla-t-elle, en m'enfonçant son coude dans les côtes.

Elle était absolument ravissante dans sa nouvelle tenue : elle avait enfin été promue brigadier, et c'était vraiment la moindre des choses après tous les efforts qu'elle avait déployés pour identifier et être si près d'attraper le Boucher de Tamiami. Avec l'avis de recherche qui avait été lancé contre lui, mon pauvre frère ne tarderait sans doute pas à être retrouvé par les flics – s'il ne les trouvait pas d'abord, bien sûr. Venant tout juste de comprendre pleinement l'importance de la famille, je préférais de beaucoup le savoir libre. Et Deborah allait se radoucir, maintenant qu'elle avait accepté sa promotion. Elle souhaitait vivement me pardonner, et j'avais déjà presque réussi à la convaincre de la sagesse de Harry. Après tout, elle aussi était ma famille, comme les événements avaient fini par le prouver, n'est-ce pas ? À partir de là, ce n'était pas si difficile de m'accepter tel que j'étais, pas vrai ? Les choses étant ce qu'elles étaient. Ce qu'elles avaient toujours été, du reste.

Je soupirai à nouveau.

« Arrête, veux-tu ! » siffla-t-elle en m'indiquant de la tête le bout de la rangée des policiers figés.

Je jetai un coup d'œil : le brigadier Doakes me fusillait du regard. Il ne m'avait pas quitté des yeux une seule seconde depuis le début de la cérémonie, même lorsqu'il avait jeté sa poignée de terre sur le cercueil de LaGuerta. Il était persuadé que la vérité était loin d'être ce que l'on croyait. Je savais sans l'ombre d'un doute qu'il allait maintenant me traquer comme un bon chien de chasse, renifler ma trace en grognant jusqu'à ce qu'il me débusque et m'accule dans un coin, pour ce que j'avais fait et ce que, très naturellement, je continuerais de faire.

Je pressai la main de ma sœur, et de mon autre main je caressai le bord froid et dur de la plaquette de verre glissée au fond de ma poche, une unique petite goutte de sang séché qui n'accompagnerait pas LaGuerta dans sa tombe, mais irait prendre place pour toujours sur mon étagère. Ça me réconfortait et m'ôtait tout souci concernant le brigadier Doakes. Pourquoi m'en serais-je soucié ? Pas plus qu'aucun d'entre nous Doakes ne pouvait contrôler qui il était et ce qu'il faisait. Il allait forcément se lancer à mes trousses ; que pouvait-il faire d'autre ?

Que pouvons-nous faire tous ? Impuissants que nous sommes, prisonniers de nos petites voix intérieures, que pouvons-nous bien faire, en effet ?

Je regrettais vraiment de ne pouvoir verser une larme. C'était si magnifique. Aussi magnifique que le serait la prochaine pleine lune, lorsque je rendrais visite au brigadier Doakes. Et la vie suivrait son cours, comme elle l'avait toujours suivi, sous cette lune radieuse.

La merveilleuse, la musicale lune ronde et rousse.

Remerciements

Je n'aurais pas pu écrire ce livre sans l'aide généreuse, technique et spirituelle, de Einstein et Deacon. Ils représentent ce qu'il y a de mieux chez les flics de Miami, et ils m'ont appris ce qu'est ce travail difficile dans une ville plus difficile encore.

Je voudrais aussi remercier certaines personnes qui m'ont donné de précieux conseils, plus particulièrement ma femme, les Barclay, Julie S., le docteur et Mrs A. L. Freundlich, Pooky, Bear et Tinky.

Je suis profondément reconnaissant à Jason Kaufman pour sa clairvoyance.

Merci aussi à Doris, « the Lady of the Last Laugh ».

Et surtout merci à Nick Ellison, qui est tout ce qu'un agent est supposé être mais n'est que rarement.